成親好難

下

文創風
407

夏語墨 著

目錄

第三十四章　蘇姨娘的往事

蘇雲自從懂事起，就生長在隴西這片有戈壁、有風沙的土地上。母親、父親是清清白白的良民，父親是大家族李氏開的當鋪裡的一名帳房先生，她的上面還有個兄長，叫蘇寶生，比她大了七歲。

從懂事開始，蘇雲就是個乖巧的孩子，一邊幫母親做活，時不時還能跟著父親學字。家中父母送兄長蘇寶生去讀書，全家人對他抱了很大的期望，希望家中能出個正兒八經的讀書人。那時，家中雖然不富裕，可是一家人卻過得開心又充實。

家中的悲劇要從蘇寶生無意中被一起學習的同窗少年帶入賭莊說起，本是跟著紈袴去的，結果紈袴們見多識廣，沒什麼事情，反倒是蘇寶生對其好奇不已，小小年紀的他哪能有賭莊裡的人厲害？於是一來二去，就勾得他拿了家中給先生湊的束脩去了賭莊，賭的時間也越來越長，直到輸得精光。

當蘇老爺知道的時候，去賭莊尋找蘇寶生，看見的卻是此生最讓他心碎的情景——蘇寶生整個人臉色發青、頭髮散亂、衣衫盡開，嘴裡喊著污言穢語，哪裡有個讀書人的樣子？真是白讀了這麼多年的聖賢書！蘇老爺將蘇寶生揪回家，將人關在家裡，可沒幾天，賭莊的人就上門來要債了，原來這蘇寶生不僅輸掉了所有，還欠了極多銀錢，蘇老爺只得將家中幾年來攢的錢全拿出來還了債。那些日子，蘇夫人常抱著蘇雲哭泣，可卻拿這兒子沒辦法。

那之後，蘇寶生依舊進賭莊，剛開始還能找到人，到後來都不知道躲到哪個隱蔽的賭莊去了，家中但凡能換成錢的東西也都叫他偷個精光。蘇老爺幾次半夜舉著刀想結果了這個禍害，卻下不去手，不得不痛哭失聲。

最後，蘇寶生見家中已無積蓄，就將主意打到了自己的妹妹身上。蘇雲被抱進蘇家時，蘇寶生早已經記事，儘管父母總說蘇雲是親妹妹，可漸漸長大的蘇寶生哪裡不知道那不過是父母的說詞罷了，何況逐漸長大的蘇雲的確與蘇氏夫婦和蘇寶生沒有半點相像之處。

蘇寶生以前好的時候，對蘇雲很疼愛，可是現在滿腦子都是要賭錢翻本的他，哪裡還能顧念人倫親情？蘇雲那時不過七、八歲的年紀，卻已經出落得亭亭玉立，猶如出水芙蓉，稍微有點眼光的就能窺見，這蘇家小娘子未來定是個一等一的美人。蘇寶生早就將主意打到妹妹身上，卻又想賣個好價錢。這時，恰好當地一富裕的員外家有個傻兒子身子弱，眼看著是病得不大好了，就想招個童養媳來沖沖喜，聘禮豐厚，於是一傳十、十傳百的。

蘇寶生一聽說，簡直是欣喜若狂，這根本就是為他而備的絕佳機會啊！於是他拿了妹妹的生辰八字就準備去那員外家，只恨不能立刻拿到員外的聘禮，到賭莊來一把大的，卻被蘇夫人死活拉住，哭著喊著是苦苦哀求。

一家之主的蘇老爺已經徹底對兒子失望了，但是內心卻是看不得兒子淪落成這樣的。儘管蘇老爺也疼愛蘇雲，可是在這關鍵時刻，蘇老爺心中竟然滿腦子都是親生血緣。蘇雲這個女兒不是親生的，不過是當年夫妻二人從牙婆那兒買下，報了戶籍的，圖的不過是兒女雙全。如今家中一貧如洗，若女兒去當了童養媳，便能解決債臺高築的家中哀景，這也是沒辦法中的辦法。何況，小女兒去了員外家，也許會過得更好，這何嘗不是一舉兩得？已經心有抉擇的蘇老爺拉住了蘇夫人，擺了擺手，示意蘇寶生走吧。

本以為父母會阻止兄長的蘇雲，從未想到自己會被以這樣的方式嫁出去，心裡又驚又怕，她從來不知道自己能有這麼多的淚，彷彿在一天之內就要哭乾。

但是讓人沒想到的是，那員外家請來的道人一看蘇雲的八字便搖搖頭道「此女命格富貴，若是與你兒結為夫妻，怕是更不好」。那員外心中詫異，心道不過是個帳房先生的女兒，竟然是個命貴的，能比他兒子命貴嗎？本聽說這小娘子是個美人胚子，倒是想給兒子娶來，但現在把沖喜當救命稻草的員外不得不為了兒子的性命慎之又慎，因此便沒有選蘇雲。

蘇雲幸運地沒被兄長賣出去，卻被氣急敗壞趕回來的蘇寶生一巴掌給搧暈了。蘇寶生不知道員外看不上蘇雲的具體緣由，還道是蘇雲命格不好，不禁罵道「妳就是蘇家的賠錢貨，要妳何用」。蘇氏夫婦只得好說歹說地安撫著蘇寶生，可是自小在父母身邊長大的蘇雲知道父母一向最疼愛哥哥，這次的事情讓她漸漸對家人寒了心，每天生活在恐懼裡，不知道自己哪天又要被拉出去抵債。

一天夜裡，蘇夫人趁夫君和兒子都熟睡的時候，偷偷將她拉出門，拿著她所有的戶籍文書，一把塞進她懷中，疾聲道「小雲，咱們這個家真真是沒救了，妳兄長已經走火入魔，遲早要毀了這個家！我跟妳阿爺年紀也大了，就他這麼一個兒子，是生是死就隨他一起了，但是阿娘養妳這麼多年，無論如何都不忍心，也不能看著妳毀了，妳現在就逃吧，這個家不能再待下去了，走到哪兒算哪兒」。

這一瞬間，蘇雲腦海中沒有怨恨了，出現的全是阿娘對自己的好。再說，阿娘、阿爺對她有生育養育之恩，她又怎能丟下父母，說走就走？蘇雲低聲哭著說不走，誰想到蘇夫人立刻拿出藏在衣間的尖刀，抵在自己的脖子上，厲聲道「妳若是不走，我就當場血濺三尺」！蘇雲最後在母親以性命要脅的逼迫下，連夜哭哭啼啼地離開了家。

小小年紀的她只知道朝北走，就能到另一座城池，一個人走得迷迷糊糊的，最後暈倒在安寧城外的郊野中。也是蘇雲命不該絕，這日，恰逢守城武將李家的大娘子跟阿爺鬧脾氣，騎馬就跑出了家門，直奔安寧城外，就看見了暈倒在地的蘇雲。李大娘子性格豪爽，樂於助人，就將其帶回家，得知蘇雲的遭遇後，仗義地將蘇雲留在自己家中，自此蘇雲賣身為婢，成了李家娘子的丫鬟，以報答其救命之恩。由於二人年紀相近，頗為投緣，加之年少就逢人生突變的蘇雲極為懂事，因此二人倒是名為主僕，實有姊妹之情。

再後來，李大娘子嫁給了西京姓沈的人家，蘇雲也要隨大娘子離開隴西這片生她養她的地方，走前，她還是回去了家鄉，想看看家中的父母，哪怕只是遠遠地看上一眼也好。哪裡知道，自家的老宅早已經是一片廢墟，聽說三年前鬧了火災，人都沒了。坐在老宅的廢墟前，蘇雲呆呆地看著天上飛過的鳥，淚如雨下，只得在老宅附近的墓地給父母和兄長立了衣冠塚，上了香，告訴他們，自己要背井離鄉去西京了。

自此，蘇雲再也沒有回過隴西，到了西京便一心一意伺候著成為沈二夫人的李大娘子還有她的夫君。夫妻二人倒是一直感情甚篤，琴瑟和鳴。蘇雲本就是個本分的人，想著自己過幾年也就尋個老實人嫁了就行。

哪裡想到，沈二夫人生了雙生子後一下子傷了身，又太過害怕失去沈二老爺的寵愛，便想著與其要找個不知根底的姨娘，不如找個跟自己親近的，於是在夫人的眼淚攻勢和苦苦哀求下，蘇雲就成了今日的蘇姨娘。

蘇姨娘說得平淡無波，彷彿在說著別人的故事，故事中那個叫蘇雲的女子和她無半點關係，但是卻讓聽在耳中的大長公主心如刀絞，差點喘不上氣來。一個孩子，小小年紀就遭受了這麼多的事情，怪都怪她當年不應該放小囡囡一人在家，讓她遭了這麼多年的罪啊！

這是沈珍珍第一次聽姨娘說起過去的事情，她感到難過不已，怪不得蘇姨娘總是能波瀾不驚，淡定如斯，實在是因年少時使經歷了太多的風霜。忽然間，她希望蘇姨娘能夠離開沈家，去尋找自己真正的幸福，而不是為了報恩就這樣一輩子待在沈家。

大長公主心裡一邊不斷地責怪自己，一邊也在思量著，不能再讓女兒在沈家繼續待下去了。「那妳跟阿娘說，妳有什麼打算？就妳的出身，做那沈家小兒的正妻都綽綽有餘了。若妳是真心喜愛他，母親怎麼也要讓他抬妳做平妻；若妳真的只是為了報答他夫人的救命之恩，這麼多年來妳做得也夠多了，我能給他們銀錢，讓他們過得更好，但是妳必須回家來，跟那沈家小兒和離。」

蘇姨娘低頭思索了一陣子後，說：「大長公主，容我再想想吧？」

大長公主聽了連忙說了聲「好」，一時之間，這對親生母女反而不知道該再說什麼。大長公主想要伸出手摸摸女兒的頭，小心翼翼地問道：「那……妳願意現在叫我一聲阿娘，讓我摸摸妳的頭髮嗎？」

蘇姨娘笑了笑，帶著濃重的鼻音道：「阿娘！」

此刻的大長公主再也控制不住自己，伸手摟住蘇姨娘。「我的兒啊！」簡單的幾個字，道不出的卻是這多年來的沈重和心酸，還有蘇雲那傷心的過往。

在近衛隊當值的陳益和，生怕沈珍珍和蘇姨娘在大長公主府遇到什麼不好的事情，因此下午換輪當值之後，便騎馬直奔興慶宮附近，找到了大長公主府。當他看到自家馬車在門口附近停著，就知道沈珍珍和蘇姨娘還在大長公主府裡，因此乾脆找了棵大樹，拴住馬，倚著樹幹開始等待妻子。然而大半個時辰快過去了，都不見妻子出來，有些心焦的陳益和決定進府去看個究竟。

府外的陳郎君等娘子等得著急，而府內卻正是大長公主抱著失而復得的女兒哭得難捨難分的時候，她恨不得能就此將女兒留下，一刻也不分離，於是下人來報說長興侯府來人求見時，大長公主直覺就是袖子一揮拒絕了。這會兒除了皇帝，來人一概不見！

沈珍珍一聽便知道是夫君來了，雖然不想打斷大長公主，卻也只得硬著頭皮道：「外祖母，那求見之人必是我夫君。」

大長公主這時才反應過來，自己的外孫女沈珍珍已經嫁入什麼長興侯府了，且竟然還嫁了個庶長子！於是她這心中的憋悶不免又多了幾分，卻也只得朝下人點了點頭。待來人走進府內，大長公主看清對方竟是個胡人時，險些一口氣提不上來。

沈珍珍看見陳益和來接自己，本是心覺甜蜜、笑臉相迎的，可是此情此景，實在不適合表現得太開心，因此她只得開口對大長公主說：「外祖母，這便是我那夫君，陳益和。」

大長公主不得不承認，陳益和看著的確是英俊瀟灑、樣貌不俗，但怎麼覺得有些眼熟……哎，這不是上次安城一個勁兒直瞧的那位郎君嗎？原來竟是她的外孫女婿！多年以來，大長公主一直對當年那胡姬心懷怨恨，因此對所有胡人都心存偏見，但是現在礙於自己女兒和外孫女的面子，只得面無表情地點了點頭，對著行禮的陳益和做了個免禮的手勢。

陳益和看見大長公主抱著蘇姨娘，一副捨不得鬆手的樣子，暗想蘇姨娘莫非是大長公主的親戚？

沈珍珍湊過頭去，低聲道：「姨娘竟然是大長公主的親生女兒！」

每天面對皇帝的陳益和也算是見過大世面的人了，此刻表面上看著波瀾不驚，內心卻掀起了滔天巨浪。世間竟然有這等事？！琅琊王氏的嫡女給一個小官做了妾?!本是富貴人家堂前燕，怎奈飛入尋常百姓家，真是造化弄人！可是這中間究竟是怎麼一回事？

沈珍珍低聲道：「回去再跟你細說，此事不是一言兩語說得清的。」

蘇姨娘也是個有女兒的人，看著大長公主如此真情流露，明白大長公主多年來尋不到孩子的苦，一方面心疼她，但是另一方面，這突如其來的認親又讓她不知所措。多年來心如止水、古井無波的她，現在反倒不知該如何與母親親近起來了。眼看陳益和都來接沈珍珍了，蘇姨娘知道孩子等得急了，便低聲說：「阿娘，時候不早了，我們得先回去了，一來家中大大小小的事情不少，二來珍珍這孩子還是新婦，不好回得太晚，待過幾日我再來看您。」

大長公主儘管不捨，卻明白今天大概已經是無數次失望中最好的結果了，如今她已經找到女兒，還怕以後見不到嗎？這世間再沒有人能將她們母女分開了！她抹了抹眼角的淚，道：「好。阿娘既然找到了妳，總要帶妳進趟宮的，好歹妳也是我們皇室的血脈。再說，妳多年來漂泊在外，阿娘是無論如何要帶妳回趟家的，看看咱們琅琊王氏世世代代生活的地方，再給妳阿爺上炷香，告訴他，妳終於回來了。還有，妳阿兄他並沒有出仕，在打理家族中的事宜，妳阿弟如今不在西京，他做了將軍，率兵輪守去了西域。我今兒就給他們去信，若是他們知道我尋到了妳，不知道有多開心呢！」

蘇姨娘聽著大長公主這碎碎唸的高興勁，再一聽到「家」這個字，不禁鼻子一酸，點了點頭，道了一聲「好」。

大長公主急忙又道：「妳回去好好想想，妳是要認祖歸宗的，以後該是個什麼章程？」

蘇姨娘忽然就笑了，拍了拍母親的手道：「放心吧，阿娘。我回去想清楚，也跟夫人、老爺好好說說，畢竟女兒都這麼大了。」

大長公主立刻轉頭看向站在一邊的沈珍珍，慈愛道：「看我，光顧著女兒了，都忘了我的外孫女，快，再叫一聲外祖母！」

沈珍珍大方地叫了一聲「外祖母」。

陳益和站在一邊，也只得跟著叫了聲「外祖母」。

大長公主牽起沈珍珍的手，感慨道：「若非見了妳，外祖母怕是永遠也找不到女兒了。如今妳姨娘這樣的情況，外祖母也想要妳說一句公道話，究竟妳姨娘在你們家過得可好？」

這簡單的一句，字雖不多，卻擲地有聲，還真把沈珍珍給問住了。身為姨娘的親生女兒，她有思考過姨娘究竟過得幸福嗎？若是放在以前，蘇姨娘在沈府過著平淡的生活未嘗不是一種人生，但是如今，蘇姨娘的身分可是琅琊王氏的嫡女，母親還是大長公主，蘇姨娘既出自世家，又有皇家血統，可以說全天下比她更有身分地位的女子沒有幾人了，那蘇姨娘又憑什麼不能追求更好的人生？沈珍珍，想到蘇姨娘過去受的苦，還有這麼多年來自己的疏忽，心中不禁又酸又苦，大大的杏眼眨巴了幾下，卻還是控制不住哭意，泣不成聲，斷斷續續地說：「外祖母說得對，姨娘該去過自己的生活。珍珍一想到過去對姨娘的疏忽，就覺得慚愧至極……」

陳益和看妻子哭得傷心，只得伸出手拍拍她的背，低聲道：「那咱們以後對姨娘好一些，別哭了，嗯？」

大長公主心裡跟明鏡似的，也很滿意這外孫女說的到底是公道的實話，拍了拍蘇姨娘的肩道：「阿娘不逼妳，不過妳也想想，若是妳恢復身分，我這外孫女在婆家的地位就不可同日而語了。好啦，趁著天亮，快回去吧。過幾日若是妳不來，阿娘就到那沈府尋妳去。再說，我也要見見那位沈二夫人，當年畢竟是她救了妳。當然，我也想問問她，若是真把妳當姊妹，怎麼會想出讓妳做妾？她難道不知道妾的地位嗎？」

蘇姨娘聽出了大長公主語氣中的不滿，連忙道：「阿娘不必生夫人的氣，若是沒有她，我恐怕已經不在人世了，又何來今天的與您相認？做妾也是我答應夫人的，決定是我作的，怨不得夫人。」

大長公主冷哼了一聲。「我看她是攜恩逼妳就範！若是真為妳好，就該為妳尋個清白人家，讓妳去做個正頭娘子。再說，她為什麼將妳的女兒養到她房裡？還不是怕妳分了她夫君的寵愛！」

沈珍珍又被提到了，可是這回她不知道該為誰說話，一邊是生了自己的姨娘，一邊卻是養育自己的嫡母，實在左右為難。

見蘇姨娘默不作聲，大長公主冷笑一聲。「我看妳就是個聰明人，要不然後來也不會一直無所出，妳呀妳！算了，如今孩子少，妳離開才會無牽無掛。恩早就報完了，若是他們夫婦還有臉讓妳繼續做妾，那我就算真正開了眼！」大長公主一看女兒低頭垂目的樣子，又覺得自己說話有些太過，只得放緩語氣道：「妳別怪阿娘心直口快，阿娘是什麼人？混跡了皇宮，又去了最大的世家，那一般人的小心思在我這兒真是不夠看的。行啦，帶著孩子們回去吧，今日我說的話並無玩笑，妳仔細思量一番，即便和離，憑妳琅琊王氏嫡女的身分，還怕找不到好的對象嗎？」

沈珍珍這時上前拉住大長公主的手道：「外祖母放心，回去後我們全家就會商量，拿出個章程來。家中各人都是通情達理的，我也贊成姨娘離開沈家，只是事情都不是一蹴而就的，總得慢慢來不是？」

大長公主點了點頭，才真正放了人走。

沈珍珍母女和陳益和一起離開了大長公主府，坐著馬車去往沈府。一路上，三人各有所思，馬車上安靜非常，只有馬車車輪快速滾動的軲轆聲。

第三十五章　蘇姨娘的去留

沈珍珍與夫君、蘇姨娘一道回到了沈家，剛進門沒多久，沈大夫人肖氏聽了下人來報之後，連忙從廚房到了前廳。

肖氏急急問道：「究竟是怎麼一回事？無事吧？我這一下午都心神不寧的，眼皮跳個不停呢！怎麼去了那麼久？」

沈珍珍淡笑了一下。「是好事。大伯母，不知大伯是否在家？」

肖氏指了指書房的方向。「一回來就在書房裡鑽著呢！有事？」

沈珍珍點了點頭。「沒什麼，是要告訴大伯一點事。那我們這就過去，大伯母先忙。」

肖氏還想問問這對小夫妻要不要在家用飯呢，只見二人拉著蘇姨娘，匆匆就去往書房了，她不禁自言自語道：「還說沒什麼，都急成這個樣子了……」

沈大老爺正在書房中寫字，聽見下人說沈珍珍來見，便放下筆，打開了房門。

沈珍珍乖巧地問道：「大伯父可是在忙？今日珍珍有事要說。」

沈大老爺看了一眼低眉順目的蘇姨娘，問道：「聽說是今日去了大長公主府？可是有事？」

沈珍珍點了點頭。「姨娘……姨娘是大長公主之女。」

「什麼?!這怎麼可能?」沈大老爺失聲問道。這件事情實在太過匪夷所思了，而且也從未聽說過大長公主有一女啊！

沈珍珍便將在大長公主府聽到的來龍去脈都說了出來，但並未太過提及蘇姨娘的過往。在一旁的陳益和才明白了其中的曲折。

沈大老爺聽了有些愣，萬萬沒想到他阿弟的姨娘竟然是王氏之女，那個世家都要馬首是瞻的世家之首！

「那大長公主的打算是?」

「外祖母的意思，是要先認回姨娘，再為姨娘的以後打算。」

沈大老爺自然是十分理解大長公主的心理，想委屈他們王氏的嫡女在這裡做妾、伺候他們一家人，他們沈家也得有這個本事才成！他不禁想著，若是蘇姨娘能留在家中，這會是家族裡多麼大的助力啊！可是，若想將她留在家中，又該是個什麼章法?阿弟夫婦二人又該如何想?一時之間，沈大老爺的思緒千迴百轉。

沈大老爺看著一言未發的蘇姨娘，問道：「妳心裡怎麼想?」

蘇姨娘這才抬起頭，不急不慢地道：「今兒一天的事來得太快，奴婢還沒有想好，但奴婢是想要回去王氏族人生活的地方看看的，好歹也給祖宗們上炷香。」

「以後別自稱奴婢了，平白折煞了別人，這家裡現在沒人擔得起。不過今日之事我必須寫信告知阿弟夫婦，妳就暫時不要南下了。我當然希望妳留在沈家，但若妳一心求去，我也不會自私地留住妳。待阿弟信一來，咱們就拿出個主意。妳不是正妻，若是要離開沈家，也沒什麼麻煩的事，只要阿弟親筆一封放妾書，咱們拿到衙門去做個備案，就算是可以了。」

蘇姨娘點了點頭道：「謝謝大老爺。」

沈大老爺擺了擺手。「這麼多年委屈妳了。」

說完事的沈珍珍與陳益和這就準備回侯府了，沈珍珍不太敢看蘇姨娘的眼睛，只得悶聲道：「姨娘，我先回去了，過兩天再來看妳，妳好好休息。」

蘇姨娘看沈珍珍這副扭扭捏捏的樣子，使知這孩子心中有了疙瘩。她摸摸女兒的頭髮道：「珍珍不必兩邊為難，不管夫人當年抱妳去正房養的理由如何，她對妳是真心的好，就憑這一點，我對夫人就一直很感激。再說，當年給妳父親做妾也是我答應的，不怨她。若是計較那麼多，姨娘也不可能活到今天，是不是？」

陳益和聽了蘇姨娘這番話，著實對其刮目相看，一個弱女子卻擁有如此寬闊的胸襟，實在是讓人佩服不已，真不愧是大長公主的孩子。

沈珍珍這麼一聽，心裡更加不好受。過去她一直活得單純簡單，今日大長公主問的問題就像刺一樣地扎在她的心裡，她也不斷問自己，阿娘對姨娘抱的到底是什麼心？是不是把姨娘當成一個工具？抑或是真的情同姊妹，捨不得姨娘？她不敢再問自己，越想越怕知道答案。而今蘇姨娘說得越是豁達，她就越是難過，這份豁達是多少苦熬成的？

蘇姨娘看沈珍珍沒說話，慈愛道：「姨娘如今有了娘親，忽然覺得過去的種種都是上天的安排，若是沒有過去，姨娘又怎麼會有妳這麼乖巧的女兒呢？姨娘不後悔也不怨別人，這都是我的命。」

沈珍珍強忍住眼中的淚，道：「姨娘，無論如何，我是站在外祖母那邊的，妳還是離開沈府，以後再尋個對妳好的良人吧，一輩子那麼長呢！」

蘇姨娘笑道：「傻孩子，姨娘都多大的歲數了？姨娘只是想以後在妳外祖母跟前多盡孝，她生了我，我做女兒的卻沒有盡過一天孝，實在枉為人女。好啦，你們快回去，天也不早了，省得被侯府夫人念叨。」

沈珍珍和陳益和便離開了沈家，打道回府。

陳益和安慰沈珍珍道：「蘇姨娘這麼豁達，妳也別想太多了。過去的已經過去了，最重要的是過好當下。咱們先等等看妳阿爺的信吧。」

沈珍珍和陳益和回到侯府之後，並沒有將蘇姨娘的事講出來，畢竟這是還沒有過明路的事情，等到一切塵埃落定再說也不遲。

遠在揚州的沈二老爺收到了阿兄的來信，一看之下卻大驚失色，他的小妾竟然是琅琊王氏的嫡女？這也太匪夷所思了！再仔細詳讀，沈大老爺將沈珍珍敘述的來龍去脈說得是一字不漏，最後問他要怎麼辦？於是，沈二老爺只得跑回家追著夫人商量去了。

再說這沈二夫人沒了蘇姨娘的幫助後，在府中十分忙碌，她不禁想著，這蘇姨娘怎地還沒回來啊？雖說三郎已經完婚，這家裡多了新婦，可是哪裡能跟精明能幹的蘇姨娘比呢？然而她這日盼夜盼的，人都還沒到，不是說珍姊的婚事一完，就會立刻南下的嗎？正想著事情的沈二夫人看見夫君突然慌慌張張地跑來，不禁詫異道：「什麼事情這麼慌慌張張的？」

沈二老爺上氣不接下氣地道：「收到阿兄的來信了，蘇姨娘……蘇姨娘她……」

「蘇姨娘到底怎麼了？你倒是說啊！」沈二夫人緊張地問。

「蘇姨娘乃是大長公主的親生女兒！」

「這不可能！」沈二夫人極為震驚，一口否定。

「我知道很難相信，但她真的是，妳別不相信了。聽我細細跟妳說這來龍去脈……」於是沈二老爺就將信中阿兄所講的又複述給了沈二夫人。

沈二夫人聽後呆傻了，悶悶地低聲道：「這麼說她是那琅琊王氏的嫡女？母親還是大長公主？這天下還有幾個娘子能比她尊貴？而她竟然還服侍了我這麼多年！」

沈二老爺道：「我看這大長公主好不容易找到女兒，蘇姨娘勢必是要認祖歸宗的，咱們家可沒本事讓王氏嫡女做妾，即便是做平妻，人家也是看不上的。」

沈二夫人立即揚聲道：「你要抬她做平妻？」

沈二老爺看見夫人吃醋發怒的樣子，忙擺手道：「我有妳就足夠了，何苦再耗著人家？這麼多年來蘇姨娘對妳我、對這個家如何，咱們都是看在眼裡的。待我修書一封給大兄，再附上放妾書，就讓她去吧。等她重新回到王家，明日可就不是這般光景了。」

沈二夫人喃喃道：「沒想到蘇雲竟有這般造化，以前怎麼就沒看出她是這麼富貴命的人呢？你說大長公主不會記恨我讓她女兒當了妾吧？這、這、這……」

沈二老爺拍了拍妻子的肩頭。「過去的都過去了，妳也別再自尋煩惱了。蘇姨娘是個心裡有數的，只要她心裡沒有怨恨，我相信大長公主也不會計較的。」

沈二夫人搖了搖頭，道：「不，蘇雲的心裡不見得不怪我，當年是我逼著她給你做妾，後來怕她人美又能幹，會搶走你，所以我就直接將剛生下來的珍姊抱到我屋裡養。雖然我拿珍姊當自己的親生女兒，可是我也是有私心的……」

沈二老爺聽著娘子一股腦兒地道出心中所想，不禁嘆了口氣，緩聲道：「我早就允諾過妳不會納別人，妳卻硬逼著我納了蘇雲。我當年就覺得蘇雲心中是有想法的，說不定她更願意嫁給一個無官身的人，但起碼是個正頭娘子，畢竟誰會想要做妾？不過如今女兒都這麼大了，我看蘇雲是不會計較的，所以妳也別難過了，好歹妳救過她不是？」

沈二夫人聽夫君這麼一說，心裡好歹寬慰了些。不知道這麼多年來，蘇雲的心中恨不恨她？只能希望蘇雲心中豁達，原諒她當年的任性和自私了。

沈二老爺立刻就給大兄回了信，說明蘇姨娘的去留問題——抬成平妻是不能的，他畢竟跟髮妻感情極好，所以不如就讓蘇姨娘離開沈家，去追尋自己的幸福吧。

因此，這封從揚州發出的信中，就附上了沈二老爺的放妾書，蘇姨娘很快便不再是沈家的人，將恢復成自由身。

蘇姨娘如今在沈府的日子有些尷尬，雖再不像以前被人使喚，但她依舊是該做什麼事就做什麼事，也沒什麼架子，直叫沈大老爺和夫人嘆氣，這蘇姨娘真是怎麼看怎麼好，怎麼竟被命運如此捉弄呢？

上次雖然大長公主口口聲聲說要讓蘇姨娘認祖歸宗，可是對於大長公主認祖歸宗的說法，蘇姨娘反而有自己的看法。有些事情並不是能完全盡如人意的，畢竟她給人做過小妾，這說出去並不好聽，還有損王家的聲譽，更別說王家乃是百年世家門第之首了。若是家族不認她，即便她不能恢復身分，她都無話可說，只求能在大長公主身邊盡孝，此生就足矣。

大長公主這幾日並沒如她所說的前來造訪沈府，這是因為收到大兒的來信後頗為惱火。蘇雲的親哥哥，也就是現在的王氏族長王敬之，自收到母親的來信後便細細思慮了一番，覺得讓蘇雲立刻認祖歸宗極為不妥。他雖為母親找到妹妹而開心，可卻以族長的身分告訴母親，妹妹認祖歸宗之事需得緩一緩，畢竟他是族長，什麼事總得先為整個家族考慮。

大長公主此刻也從找到女兒的欣喜中清醒了一些。王家連庶女嫁出去都是風風光光的嫡妻，更不要說嫡女了。當年蘇雲丟了，家中的一致說詞是女兒生病，送到鄉下養去了，後來就說夭折了。如今這怎麼忽然就冒出一個女兒來了？又該怎麼向眾人解釋她曾經做過小妾？天下沒有不透風的牆啊！大長公主一想到這裡，不禁悲從中來，一下子就病了。

第三十六章　諸家事宜

沈珍珍這幾日在侯府中一直努力按照嫡母的吩咐做事，真是累得胳膊腿都不知放哪兒了，只得認命地安慰自己，新婦大概都是這般，先要在長輩那裡受點苦，也就咬牙堅持著，不過幾天小臉就瘦了。陳益和十分心疼妻子，卻也無甚好的方法來幫助妻子，這個時候撐下來是最重要的，除非他們分出去單過，否則沈珍珍在家總是得聽趙舒薇的吩咐，要不就是不敬長輩了。嫁進來的新婦，若是傳出去什麼不好的風言風語，沈珍珍以後在西京的日子恐怕就不大好過了。

趙舒薇折騰了沈珍珍幾天後略有停歇，思量著這日回娘家一趟，好敲定宏哥與姪女巧姊的婚事。沒想到一回家提起這事，第一個反對的竟然是一直交好的嫂子！黃氏絲毫不給面子，就是覺得不妥。趙舒薇十分納悶，這表兄妹成親乃是親上加親的好事啊！

趙舒薇的哥哥倒是覺得宏哥不錯，對這樁婚事是點頭的。

黃氏自然是有自己的顧慮，她是看著宏哥長大的，這孩子從小就身體弱，看著不像是長壽之相，叫她怎麼放心把唯一的寶貝女兒嫁給宏哥？可是這話她怎麼說得出口？

趙舒薇只得問阿兄道：「嫂嫂為何不同意？我們家宏哥是多好的孩子啊，你們都是看著他長大的。何況我是巧姊的姑姑，以後她嫁進我們家，我能對她不好嗎？」

趙大老爺不知該如何回答妹妹的話，他自然知道妻子為何不同意，但若是將妻子的擔心跟妹妹講，這家就不得安寧了。

趙舒薇看兄長沒吭聲，也是個能演戲的，轉眼間就哭了出來，委屈地道：「阿兄可是忘了阿爺致仕回老家之前是怎麼囑咐咱們的？要親上加親！你莫不是忘了？」

趙大老爺一聽妹妹搬出阿爺就有些難受了，阿爺有多寶貝這個妹妹他可是知道的，就說當年為了她嫁進侯府是費了多少心吧，恨不得能為其掃清一切障礙，鋪平道路，生怕其過得不好。這一邊是妻子，一邊是親妹妹，可叫他有些為難了，但是想到阿爺，他的心中就難免偏向了妹妹，何況宏哥的確是個好孩子，身體麼，也是可以調養的。

於是，最後趙舒薇帶著哥哥的保證，滿意地離去了。

趙大老爺一跟自己的妻女說，這黃氏就不樂意了，而巧姊從小被母親慣得驕橫跋扈，又總是聽母親說表哥是個病秧子，中看不中用，心裡也是不樂意的，立即哭喊著她才不要年紀輕輕就守寡！

趙大老爺一聽女兒這說詞，頓時怒火中燒，怎麼好好一個女兒竟被黃氏教成這樣子，還咒她表哥，哪裡有個大家閨秀的樣子！母女倆交織的哭聲讓趙大老爺心裡亂極了，隨即大吼一聲。「這事是我阿爺離家前深思熟慮定下的，要是不願意就是讓我不孝！平日我雖未多說，但是這家裡還是我作主的，女兒的婚事也是我說了算，妳們若是不願意，就給我滾出這個家！」

這下可把黃氏給嚇著了，概因趙大老爺平日總是好說話，也讓著黃氏，於是這一發火，就都安生下來。

巧姊抽抽噎噎地道：「阿爺不疼我……」

趙大老爺不耐煩地罵道：「我還不疼妳？都將妳嬌慣成這個樣子了！從今兒起，妳給我在家乖乖學規矩！就妳這樣的，嫁進別人家，我看也活不長，妳自己好好想想吧！」趙大老爺哼了一聲後拂袖而去。

被留下的這對母女只能兩兩相望，淚眼凝噎。

趙舒薇到家後覺得步子輕盈，心情極好，急忙叫來宏哥道：「我給你定下了你表妹，這都知根知底不是？咱們兩家也好親上加親！等明年就叫你們完婚。」

宏哥一聽母親這話，有些愣神，他不過才十一歲，阿娘就急著將婚事定下，他的心裡是一點準備都沒有，何況他和表妹雖然同歲，但兩人平時見面也並無太多交集。說到成親的妻子，這時宏哥的腦海中忽然閃過沈珍珍笑靨如花的容顏，可是無奈心儀的佳人是自己的嫂嫂，想到此，宏哥不禁有些失落。反正總是得成親的，他只得嘆了一口氣，強笑道：「兒子一切自然是聽母親的安排。」

趙舒薇看到兒子如此聽自己的話，感到欣慰極了，剩下的就只等跟侯爺說說，這樁婚事就是板上釘釘了，不禁笑得燦爛。恰這時，沈珍珍進來問晚飯的事情，趙舒薇因為心情極好，連帶著對沈珍珍說話的態度都柔和多了，沈珍珍還頗詫異，今兒嫡母怎地這般好說話？

陳克松許久之前就知道趙舒薇有意將趙家女嫁給宏哥，他雖然不待見趙家，但是覺得有親戚關係在，也放心一些，就點了點頭同意了。

於是，宏哥的婚事就在兩家都首肯的情況下定了下來，開始走六禮的儀式。

西京是四季分明的一座城市，金秋九月本就應該是碩果纍纍的日子，因此人們也期望在這個季節能收穫希望的果實。

沈大郎身為整日在家苦讀的學子，參加了這一年的明經科考，在沈大老爺看來，沈大郎的資質本就不差，這些年一直努力學習又頗有進益，雖不是十分拔尖的水平，但是正常發揮的情況下，考個好成績並不難。因此，沈家一家都對沈大郎這次考試寄予了很大的期望。

沈大郎去考試時還碰見了久未謀面的蕭令楚，二人難免寒暄一陣，互相恭祝好運，又各自躊躇滿志地進了考場。

沈二老爺的放妾書於八月下旬到了西京，蘇雲早已猜測到這個結果，畢竟在沈二夫人和沈二老爺之間，她一直是那個多餘的人。她簡單地收拾了一個小包袱後，在沈大老爺的帶領下，就去了衙門備案。看著放妾書上印下的衙門章子，過去的幾十年就恍若夢一場。

在踏出衙門的那一刻，蘇雲忽然就笑了，燦爛得宛若天邊的朝霞，美得驚人，哪裡像是三十歲的婦人？直叫路過的行人頻頻側目，暗道這是哪家的美婦人，竟如此好顏色！

走出衙門後，蘇雲對沈大老爺行了一個大禮，感謝其多年來的照拂。

沈大老爺看著面前這個依舊貌美婉約的少婦，儘管歷經風霜，可她不僅沒有被生活折磨倒，反而就如那長在懸崖上的花苞般，有股冷冽強勁的力量，厚積而薄發，等待著再燦爛盛開。沈大老爺不禁嘆了一口氣，道：「以後若是有什麼事情，沈府的門總是為妳打開的，再怎麼說，妳女兒還是我沈家人不是？」

蘇雲點了點頭，感激地說道：「蘇雲謝您這一番心意。」

大長公主上次因為女兒不能認祖歸宗的事情而病倒後，仔細琢磨了一番，想到了一個折衷的辦法——將蘇雲認為義女，好歹先讓她待在自己身邊，以後的事情再徐徐圖之。因此，大長公主派來的馬車早已經候在衙門口，只等蘇雲將一切辦好，就接其去大長公主府。

蘇雲向沈大老爺道別後，便上了前去大長公主府的馬車。

第二日，大長公主派人給沈珍珍送了信，告知蘇雲已經住進大長公主府。沈珍珍一邊打算著過兩日去大長公主府看看，一邊在心裡想著大兄考試的事情。這連考兩天也是挑戰體力的時刻，當年兄長與夫君在長豐書院學習課程的事又忽然浮現在她的腦海中。

陳益和回來就看見沈珍珍，人擺弄著瓶中的花朵，半跪在榻上，似有心事。他悄悄走過去，雙手摟住她的肩膀，問道：「想什麼呢？這麼入神？」

沈珍珍伸出一隻手挽住夫君的手。「姨娘已經住進大長公主府了，不知這是個什麼章法？是要直接認祖歸宗嗎？」

陳益和搖了搖頭，道：「我看此事沒有這麼簡單。大長公主雖然是皇家公主，可畢竟也是王氏婦，若是認祖歸宗這等大事，還是要族長說話的。」

沈珍珍一聽就急了。「那……那若是他們嫌姨娘做過妾怎麼辦？經過這些事，我著實覺得心裡難受得緊，當時阿娘的決定就這樣將姨娘的人生定調下來，如今真是進退維谷。」

陳益和摸了摸妻子的頭髮，吻了吻，道：「不管當年之事如何，都已經過去了，大長公主自然也會想辦法的。我們小輩能做的十分有限，妳就別自尋煩惱了，當心愁成個老婦人。」

沈珍珍一掌拍上夫君的手臂笑罵。「好啊，成親不到兩月，就說我是老婦人了？」

陳益和一把抓住沈珍珍亂動的手，笑道：「妳在我懷裡不老實，可知道後果，嗯？」

沈珍珍臉一紅，立刻就老實了，卻不忘啐了一口。「色胚！」

陳益和在沈珍珍耳邊低聲道：「那不正是妳夜裡最愛的模樣？」

陳益和一口氣吹到沈珍珍的耳邊，立刻激得她身上一陣酥麻，她卻故作正經地道：「夫君，這還是青天白日，要收斂收斂的好！人家跟你說正經事呢，你倒勾得人家去哪兒了？」

陳益和看著沈珍珍臉紅嗔怒的模樣，不可抑制地哈哈大笑起來，好一會兒才收住問道：「可是在想妳大兄的事情？明日我只當值半日，到時候咱們去考場候著，如何？」

沈珍珍感慨陳益和就跟她肚子裡的蛔蟲一般，將她心裡的事情看得如此清楚，隨即很有眼色地送上一個香吻，以表示對夫君的感謝。

第二日，小夫妻先去了趟沈家，說要去接沈大郎，楊氏因心繫夫君，也就跟著一起了。

三人在考場外焦心等待，待一陣銅鑼聲響起，今年的明經科考就結束了。

沈大郎雖然覺得疲憊，精神卻十分亢奮，這都考了兩天，出來時竟還神清氣爽的。

沈珍珍掀開車簾問道：「怎地還沒見到人？」

陳益和安撫道：「別急，那麼多學子呢！」忽然，陳益和看見了沈大郎，忙喚了一聲。「沈仲明！」

沈大郎一看見妹夫，立刻喜笑顏開。

沈珍珍一看見兄長，立刻跳下了車，堪堪被陳益和扶住。「大兄，可把你盼出來了！今兒我和夫君請你吃好的！」

沈大郎揉了揉肚子笑道：「昨天帶的乾餅子的確沒怎麼吃呢！不如咱們就去四海酒樓，吃那有名的渾羊歿忽（注）吧，聽說那鵝肉極為鮮美呢！妹夫如今可是近衛，是有俸祿的人了！」

沈珍珍好奇道：「聽說那渾羊歿忽的烹煮過程十分複雜，那放置在鵝肚子中的米飯味道十分鮮美。」

沈大郎笑道：「看看我這妹妹，一提到吃，什麼精神都來了，咱們快去吧！」

陳益和笑答道：「那咱們快去吧，別把我的娘子餓著了！」

沈大郎一上車，看見楊氏竟坐在裡面微笑地看著自己，忽然覺得過去兩天的疲累都沒了，柔聲道：「妳也來了？他們倆竟然隻字未提。」

楊氏笑道：「還不是珍珍這個古靈精怪的，說你上車看到我後一定會很驚喜，我才待在

注：渾羊歿忽，是隋唐宮廷一款大型的名貴菜餚，後從宮廷流傳到達官貴族家。其做法複雜，需先將鵝洗淨，而後將以五味調和好的肉、糯米飯裝入鵝腔，接著宰羊，剝皮、去內臟，再將子鵝裝入羊腹中，上火烤製，熟後取鵝食用。

車上沒下去的。看你，不過兩天就累得好似精神都不大好了。」

沈大郎指著沈珍珍和陳益和道：「你們這一對促狹鬼，就是鬼主意多！」

幾個年輕人帶著這個年紀才有的活潑，一路上歡聲笑語不斷，真是痛快！

第三十七章　喜事連連，離別在即

三十老明經，五十少進士，說的就是大周的科考。因考試的學子真真是多，這揭榜的日子也要等上一段時日。待揭榜日子近了，西京中各地來的學子都焦急地等待著。

這日終於放榜了，沈大郎不急不慢，過了晌午才去看榜，本以為這時候看榜的人不多了，沒想到還是圍了個水泄不通，嘈雜聲、哭喊聲和興奮的叫喊聲全交織在一起。

沈大郎好不容易鑽進去，一眼就看見自己的名字，「一甲第十名沈仲明」赫然在榜。沈大郎忽然就放鬆了，多年來讀書的辛苦總算有了回報。

陳益和知道今兒是放榜的日子，遂也仕出了皇宮後徑直來到榜單張貼處，結果一眼就看見沈大郎的名字，他掩飾不住內心的激動，趕緊回家給娘子報喜來了。

沈珍珍此時正在家中插花，就見陳益和一臉喜色，忙問是何事？待聽到沈大郎高中的消息也開心得坐不住了。忽然，她想起一事，道：「外祖母下了帖子，說過幾日會有個儀式，要收姨娘為義女。」

陳益和點點頭道：「這也許是目前最好的結果了。」

沈大老爺因為沈大郎高中，自然是宴請了一番，因為明經科考中後是由吏部進行考核後再甄選，所以沈大郎自然又要請教沈大老爺一番。作為吏部官員，沈大老爺深諳其道，安慰沈大郎不用擔心，概因無論是樣貌、書法還是作詩，沈大郎樣樣都拿得出手，因此是頗有希望通過甄選的。

這日到了大長公主認義女的日子，跟她交好的夫人、老太君們都賞光出席，就連皇帝也派了個內務太監來送賀禮，一整天，大長公主府是車水馬龍，賓客絡繹不絕。

大長公主顯然對認義女這件事情準備得很充分，待人都入座後，便來了段感人至深的話——當年她女兒夭折，現在駙馬也已西去，獨留她老婆子思念夫君和女兒，恰與這蘇雲相遇，其長相酷似駙馬，自己又夢見了駙馬，因而覺得與蘇雲頗有緣分，便於今日認為義女。

這時，蘇雲從屋中款款而出，裙襬搖曳，步步生蓮。

見過駙馬的人看到蘇雲時都倒吸了一口冷氣，直呼：「像！實在是太像了！」難怪大長公主對其一見如故，這美婦人實在是太像駙馬了。

沈珍珍和陳益和也在觀禮的人群中，看見了蘇姨娘……現在應該稱作蘇娘子。幾日不見，就覺得好似已經不熟悉了，過去的蘇雲總是低眉順目，但笑不語，淡雅如菊，可是現在整個人都散發著一種別樣的光彩，本來就美的容貌看著帶了些張揚的美，就如盛開的牡丹般鮮豔，讓人過目難忘。

大長公主點了點頭，向眾人介紹道：「這便是我說的那孩子。今日在大家的見證下，將其收作義女，感謝大家的捧場，今日的宴請，請大家盡興而歸。」

大長公主豪情萬丈地說了幾句後，眾嘉賓來客便一陣喝彩。

至此，蘇雲算是在西京圈中有了正式亮相。

大長公主隨即將自己準備的、鑲滿寶石的金步搖插入蘇雲的髮髻。「以後要叫母親。」

蘇雲微笑地應了一句。「母親。」

大長公主在眾目睽睽之下立刻就紅了眼眶，知道這其中曲折的不得不唏噓感嘆，不知情的則想著蘇雲這張臉是入了大長公主的眼了，看著她好歹能撫慰大長公主對夫君的思念之情。以大長公主的身分那是想抬舉誰就能抬舉的，只是一般人都入不了大長公主的眼罷了。

宴請開始，眾賓客相談甚歡，觥籌交錯之間，就有人問了這蘇娘子現在是哪家的娘子？這般顏色，又是大長公主的義女，身價可是大不一樣的。

有人則說道：「妳看那蘇娘子的舉止甚為大方，無論是應答還是舉杯都相當得體，難怪大長公主十分歡喜，真是佳人如玉、氣質如蘭啊！」

待眾賓客散去後，沈珍珍才尋到機會跟蘇雲說說話，但一時之間她卻不知該怎麼稱呼了，竟然覺得有些尷尬。

蘇雲笑道：「若是珍珍不覺得彆扭，以後在這府裡就叫阿娘吧。」

沈珍珍笑道：「恭喜阿娘！」

蘇雲笑道：「還不是妳外祖母想出來的這一套。再過些日子我便要隨她離京了，我最放心不下的便是妳，看妳，最近小臉都瘦尖了，是妳夫君那嫡母又刁難妳了嗎？」

沈珍珍只是擺擺手。「是我上手得慢，所以辛苦一些，待事情都捋順也就輕鬆了。」

蘇雲笑了笑。「妳外祖母說她要給妳撐腰，說不定哪日妳那嫡母也就不敢造次了，關鍵是妳二人的小日子要過得和美。」

陳益和上前拍拍胸脯。「阿娘請放心，我待珍珍就如珍寶一樣，自是會多為她想的。」

蘇雲聽後點了點頭，忽然話鋒一轉，道：「你父侯還未上立世子，你怎麼看？」

陳益和連忙說道：「儘管父侯還未上立，可是八九不離十是我那嫡母所出的阿弟，益和也從未有過非分之想。」

蘇雲跟大長公主住了一段日子，每天耳濡目染聽其分析各家事務，再加上本身就聰明，一點就透，對事情和人的判斷極為精確，因此了然地笑了笑。「聽說你那兄弟身體弱，也許這就是你父侯遲遲未上立世子的原因。」

陳益和緊接著道：「嫡母已經為阿弟訂親，來年完婚，若是日後誕下子嗣，想必父侯是會立阿弟為世子的。」

蘇雲一聽是這麼個理，這世道本就是嫡庶有分的，隨即說道：「若是這樣，你們以後能出去單過也是不錯的。你的想法我很贊同，切莫因為貪心而失了本心，此方為正道，珍珍跟了你，我也算是放心了。待我回老家後，恐怕有好一陣子不在西京，記得凡事修書一封。」

陳益和低頭道：「是。」短短幾句話，卻讓陳益和看到了蘇姨娘身上的變化，這女子生來就是為後宅而生的，看事情的眼光長遠，又是個細心的主兒，若生來就在王家，想必現在已經是誥命夫人了。

沈珍珍在一邊看著從前的蘇姨娘說話，覺得她恍若變了個人一般，說話已經隱隱有了氣勢，再不是過去那個總是微笑而過的蘇姨娘了。

大長公主走過來，笑道：「就知道雲兒在跟你們說話，她最近不知道有多念叨珍姊呢！我已給長興侯下了帖子，在我們回臨沂前，我需要見見他，交代交代，省得珍丫頭在府裡也沒個人撐腰。」

陳益和點了點頭，他那嫡母一向是個欺軟怕硬的，又膽小怕事，極看重侯府夫人這個位置，若是有大長公主撐腰，自然不敢做得太過了。

待認親宴結束後，沈珍珍便隨陳益和離開，人也都散得差不多了。

大長公主一臉喜氣地道：「今日許多手帕交都跟我打聽妳呢！阿娘這回要給妳找個如意郎君，讓妳後半生無憂！」

蘇雲不依道：「女兒哪兒也不去，就一直留在母親身邊。」

「胡鬧！若是我不在了呢？」大長公主點了點女兒的額頭。

「那女兒便天天為妳和阿爺吃齋唸佛誦經。」蘇姨娘堅定地說道。

「我知道妳擔心什麼，放心，阿娘有自己的想法。」

在賓客散去的院落中，大長公主坐在石凳上，蘇雲就像個小娘子一樣蹲趴在母親的懷中，讓即將到來的夜晚充滿了溫情……

臨近年關，侯府中大小事宜都堆到了一起，沈珍珍跟著趙舒薇審帳、置辦年貨，倒是做得有模有樣。

趙舒薇面對沈珍珍時，內心其實十分憋屈，明明是個可以揉搓的、毫無身分的新婦，忽然卻多了大長公主撐腰，真是命好。趙舒薇再一聯想到陳益和娶了這樣的女子，對宏哥世子地位的威脅將與日俱增，不禁覺得還是讓宏哥早日完婚、誕下子嗣方為良策。

這日，陳益和回來時顯得有些心事重重，沈珍珍看出陳益和欲言又止的樣子，好奇地道：「怎地不說話，變啞巴了？你倒是利索些，磨磨唧唧的。」

「年後，我大概要隨軍去趟西域。」

沈珍珍聽了十分詫異。「西域？你一個近衛去西域做什麼？難不成陛下又要御駕親征？可沒聽說要用兵打仗啊！」

陳益和摸了摸妻子的頭，噓了一聲，示意她小聲點。「西域這些年是老實不少，但是陛下對西域的期望可不只這樣，設官職，將那些臣服的小國統一管理，劃進版圖，才是最終的目的。陛下當然不會御駕親征，但是會有皇子去，我的任務就是保護皇子。」

沈珍珍這還算新婦，與夫君二人正是癡癡纏纏、蜜裡調油的時候，乍一聽夫君要去西域那麼遠的地方，況且局勢不一定就那麼太平，一時之間心裡像打翻了幾桶水，七上八下的。

陳益和安撫妻子道：「這也是陛下給的機會，我若是表現好，以後說不定能升上一升，我們出去單過的機會大些，到時候妳再也不用看人臉色了。」

沈珍珍聽到這裡，眼淚忽然不能自已地掉下來，紅著眼睛問道：「你老實說，是不是你自己請去的？你才進去近衛多久，這種事怎麼也輪不到你啊！你……你故意的……你就是要惹我哭！我不怕在這裡看人臉色，我不放心你去那麼遠的地方，不去好不好？」

陳益和將沈珍珍摟緊，安慰道：「我本就是靠父親得的官職，若是自己毫無建樹，以後如何立足？為了妳、為了咱們的家，我不得不想遠一些。」

沈珍珍將頭埋在陳益和的胸膛，默不作聲。夫君的心思她怎會不知？大部分是因為她。

陳益和面帶微笑地擁妻子在懷，心想著，自己定要抓住這次機會，為妻子闖出一片天！

因為有了陳益和要去西域這事，沈珍珍整個過年期間都不太在喜慶的狀態。蘇雲已經跟隨大長公主去了王氏故里，因此沈珍珍除了回過一次大伯家外，其他時間都待在家中，為夫君縫製些貼身的小東西。

陳益和理解沈珍珍的心，因此儘量在空餘時間多陪她，與沈珍珍越發地焦孟不離。

果然，正月十五之後，朝廷開始頒布新令，許多事情也都有了眉目。先是沈大郎通過吏部甄選，留在吏部作備選官員，學習各地地理志以及其他方面的知識，待一年後就會外放，從九品做起。

年後，從未在檯面上表現出中意哪位皇子的肅宗，命中宮所出的三皇子率領親兵奔赴西域，徹底將西域納入版圖，頒發行政文書給西域諸國。此舉令朝廷上下有了多種猜測——誰會是太子？陛下是不是身體不好了？一時之間，各種聲音都有。

待陳益和真要啟程了，多長了一歲的沈珍珍沒有哭泣，而是笑臉相對，還一邊細細囑咐西域風沙大，記得護臉云云。

陳益和刮了刮妻子的鼻子。「妳夫君我好歹是個頂天立地的男子漢，哪那麼嬌氣了？」

沈珍珍故作淘氣，撇了撇嘴道：「吹壞了這張俊臉，我可跟你沒完！可就每天指著瞧你這張俊臉新鮮呢！」

夫妻二人一時嬉笑打鬧起來，似乎並沒有被即將到來的離別影響了在一起的甜蜜。

另一方面，長興侯爺陳克松這才知道自己的兒子也要奔赴西域，差點氣得跳腳。他自己當年在西域差點喪命，因此對西域沒有一絲好感，更加不喜陳益和去，再怎麼說他對陳益和抱了很大期望，萬一他折在那裡，多年的心血豈不是白費了？火冒三丈的陳克松恨不得將這個不孝子揪起來打一頓，卻只得將人叫到書房跪著，好好訓斥一番。「誰讓你自作主張？以後我自然會有機會給你建功立業，你去那勞什子西域做甚？」

陳益和早已想好了說詞，因此不緊不慢、不卑不亢地道：「兒子的生母來自西域，雖無見過她，可是兒子一輩子忘不了她的生育之恩，因此也想去看看那片土地是怎樣的景象。」

陳益和一提夏錦，陳克松滿心的火氣忽然就燒不起來了。這都是命，莫非是夏錦冥冥中指引他們的兒子回家看一看？陳克松沈默了一會兒，見兒子這副樣子，知道多說無益，只得取出一塊腰牌，無奈地道：「這是你外公家在莎車國的商隊權杖，若是你到了莎車可以去看看。自你生母故去，我們便斷了聯絡，我想他們大概是恨我的。」陳克松嘆了一口氣。

這是陳益和第一次發現，父親呈現出一絲無奈的老態。

整個長興侯府聽到陳益和要去西域的消息時，反應不一。全府最高興的非趙舒薇莫屬，她恨不得陳益和一去不返，從此再沒人跟宏哥爭搶世子之位，因此臉上的笑意怎麼也遮不住，神清氣爽的樣子像是撿了幾百兩黃金般，逢人便眉開眼笑，哪有平日的一臉寡淡怨色。

宏哥得知阿兄要隨軍去西域，急急地跑來問阿兄。

陳益和看見日漸長大的宏哥越來越有少年人的模樣，拍了拍他的肩膀。「我不在家的日子，你要多多操心了。若是你嫂子有什麼難處，還請你伸個手，阿兄我一定會銘記於心。」

宏哥急道：「阿兄為什麼非要去那麼遠的地方？若是有個好歹可如何是好？」

陳益和溫柔地道：「等你有了心愛的人，就會明白阿兄的所作所為，因為我想給她更好的。」

宏哥看著阿兄那溫柔得恍若能滴出水的神色，想到自己有一日看見夫妻二人擁抱在一起低語的畫面，臉不禁一紅，好像明白了阿兄的話。

陳益和笑道：「放心吧，我這張胡人的臉孔，去了西域才能派上用場，況且我有武藝傍身，別擔心。」

宏哥看著阿兄，覺得看見了一個真正的、頂天立地的男子漢，遂輕聲道：「阿兄只管放心去，只是我成親的日子在五月，不知你能否趕回來？我會努力為父親、母親分憂，也會護著阿嫂。不管阿兄你走了多遠，記得咱們一家人在這裡等你歸來。」

幾日後。一切收拾妥當，陳益和第二日就要帶著陳七離去，沈珍珍故作堅強的心瞬間丟盔棄甲，夜間抱著夫君的肩頭哭得無聲無息。

陳益和拍了拍妻子的背，愛憐地為她拂去耳邊的碎髮，溫柔道：「為了妳，我會平安回來，快別哭了。」

沈珍珍道：「咱們也成親半年了，我這不爭氣的肚子卻沒點動靜。」

陳益和神秘一笑。「妳如今身子骨還小，為夫可不能冒一絲絲風險讓妳受苦。我聽太醫說了，十五、六大概才是不錯的年紀，所以現在沒有正好呢，咱們還能過過清靜的日子。退一萬步講，我要是有個好歹，妳無子也較好求去，再找個對妳好的。」

沈珍珍聽到此，再也忍不住，一拳捶上陳益和的胸，大聲哭道：「你事事都為我想好，讓我對你死心塌地的，若你有個好歹，我就是追到天邊也要把你帶回來，你給我記著！」

陳益和看妻子哭得傷心，一時間找不到安慰的話，只得輕吻她的額頭。「好不容易才娶到妳，無論如何也會回來的，我還等著過幾年生個娃兒，一家人盡享天倫呢，豈不樂哉？」

沈珍珍用手帕將鼻涕和眼淚抹了一通，才發現夜已經深了，連忙使夏蝶送水進來擦洗。

陳益和摟著沈珍珍的腰，壞笑道：「快點洗，春宵一刻值千金，我這一去還不知道要素多少日子呢，今晚無論如何都要開葷！」

沈珍珍臉一紅，被陳益和拖著速速擦洗一番後，便任他為所欲為了。

這一夜，二人似乎都非常熱情地迎合對方，讓這個離別之夜變得格外的柔情密意，真真是花好月圓，恩愛無限啊……

第三十八章 夫妻分別

自陳益和出發後，沈珍珍每日都刻意將事情安排得滿滿的，怕一閒下來就相思難忍，情緒低落。過去陳益和在她身邊時，她倒不覺得什麼，特別是以前陳益和總是護著她，恨不得什麼事都多替她想三分。如今，陳益和去往千里之外的西域，沈珍珍想著陳益和娶她前的許諾，到今天走的每一步，都是在為她而努力。突然之間，她意識到她與陳益和之間，一直是對方在付出，在全心全意地呵護著她，而她付出了多少，又為其做過些什麼？因此，這幾日便格外難熬。而且她發現，無論做什麼，思緒都會因為惦記陳益和而不知飄到哪裡。她多麼貪戀在他身邊靜靜依偎的感覺……她想著，待陳益和回來後，她定要加倍對他好。

不過幾日，沈珍珍就似成長了起來，她暗暗發誓，要在後宅中好好錘鍊，努力跟上夫君的腳步。若是以後他們真的有機會出去單過，她定要將家中打理妥當，讓夫君無後顧之憂，兩人好好地過日子，畢竟婚姻不就是靠自己經營出來的。

除了思考人生以外，這些日子，沈珍珍發現自己的婢女夏蝶頗有些心不在焉，時常走神，不知道想到哪裡去了，臉上還時不時染上紅暈。二人畢竟主僕多年，情同姊妹，沈珍珍對夏蝶的事情也格外上心，因此她拍了拍又在發呆的夏蝶，笑道：「想什麼呢？這麼入神。看妳最近心不在焉的樣子，可是有事？若是有事妳就告訴我，咱們主僕這麼多年了，妳還從揚州跟著我跋山涉水地來到西京呢！」

夏蝶搖了搖頭，臉上卻浮現一抹紅暈。

沈珍珍好歹也是成了親的，對男女之事不能說是一看便知，但起碼也能看出點門道，於是一臉好奇地問：「誰這樣有本事，竟然在我的眼皮子底下擄獲了妳的心？看妳魂不守舍的樣子，莫不是為了見不到而苦惱？」

夏蝶此刻的臉已經燒得不行了，倒叫沈珍珍笑得直不起腰來，脆聲道：「妳若是告訴我，只要是咱們府裡的，我雖不一定能作主，但是總能說上話的。如今妳年紀也不小了，若是中意誰只管說出來，我給妳拿主意！」

夏蝶起先還支支吾吾的，後來才咬了咬嘴唇，道：「奴婢……奴婢心儀的是陳七……」

沈珍珍一聽是陳七，想到這二人莫不是平日一起當值，看對了眼？連忙問道：「他可知道？」

夏蝶搖了搖頭。「奴婢從未對他說過，只是心裡默默地念著罷了。」

沈珍珍一拍手，樂道：「若妳真心儀他，反倒好辦了！原本我還想著妳要是嫁了別人，該怎麼安排，我不想妳離我太遠。可若是跟了陳七，那就和現在一樣了！況且陳七是夫君的人，自然能由夫君作主。我看此事能行，待他們回來，就給你們把親事辦了！」

夏蝶聽到此，不禁又想到那人的模樣，心裡頓覺甜絲絲的。

大周朝廷派人前往西域收編，另一方面，西域幾國的國王也在密談中，以期反對大周將西域各國劃省的舉動，哪怕是拖個幾年也是好的。此刻，西域的天空上密布著詭譎的雲，風起雲湧間，凶氣乍現，將眾人籠罩著。

陳益和隨軍走了兩月有餘，才到達張掖城，他立即寫了一封信給家中報平安，後與三皇子見了駐紮的眾將領。

等眾人散去，驃騎將軍王愷之問道：「哪位是陳益和？」

陳益和一聽是叫自己，連忙上前行禮。

王愷之一臉笑容地拍了拍他的肩。「不必多禮，都是一家人，我乃你娘子的親娘舅！」

陳益和一想就明白了，原來是大長公主的兒子、蘇雲的弟弟，可不就是沈珍珍的親娘舅！陳益和忙喚了一聲舅舅。

王愷之豪爽一笑，叫人給陳益和上了茶，問道：「來的一路上可還順利？前幾日收到母親的加急信件，才知道你也隨行。看母親著急的樣子就知道她多疼愛我這位素未謀面的阿姊了！說說看，我阿姊是什麼模樣？我好奇得緊呢！」

「聽外祖母說，阿娘十分肖像外祖父。」

王愷之嘆了一口氣道：「我和大兄都肖母，與父親並無太多相似的地方，反倒是我阿姊肖父，那一定是樣貌不俗了。我阿爺當年可是家族中有名的美郎君呢！難怪母親說一眼就能認出阿姊。所幸，母親最終尋到了她，為了阿姊，母親不知掉了多少淚呢！」

陳益和與王愷之以家事為開端，越說越投緣，進而又說到了軍事上，王愷之這才發覺陳益和儘管是武官，卻頗有學識，談吐有禮大器，是個好苗子；陳益和也發覺王愷之頗有儒將之風，說話侃侃而談，見解獨到，使人聽了頗覺受益匪淺。

西域這邊看著好似一切平安無事，但是實際上卻暗藏玄機……

西京中，長興侯府正隆重地籌備宏哥的婚事。成親雖然在五月，但是這之前的置辦，趙舒薇可謂是煞費心思。到底是自己身上掉下來的肉，什麼都想給其最好的，因此事事鉅細靡遺，以求完美。

沈珍珍作為新婦，自然要對宏哥的親事上心，一來宏哥本就是侯爺的嫡子，嫡母又是生怕有任何疏忽的，沈珍珍不得不為其分憂；二來，陳益和總在沈珍珍面前說他跟宏哥的兄弟情，愛屋及烏，沈珍珍見到宏哥總會報以甜美的微笑，陳益和不在西京，身為妻子，她自然想要替陳益和盡一分心。

於是，最近的沈珍珍是一邊忙碌，一邊掛心遠在西域的陳益和，念叨著怎麼還不來封書信報個平安？也不知道如今到了哪裡。真真是娘子盼君歸，無端淚滿襟，看著大雁回，問聲何時歸？

至於宏哥，最近因為親事的籌備，跟沈珍珍走動得多了，反而對沈珍珍更加喜愛，特別是沈珍珍對他微笑的時候，他就會覺得心跳加快，眼前出現暈眩感。然而，因為沈珍珍是自己的嫂子，他只能將情竇初開的情意深埋在心底。宏哥的心中十分明白，他會有妻子，也會對妻子好，擔起家庭的責任，可是這不妨礙他對沈珍珍的喜歡，那種喜歡就像一個小小的花苞開在他的心間，雖然見不得光，卻頑強地開著……

三皇子一行人在張掖休整了幾口，就迫不及待地帶了一支兵出了張掖城，入鄯善國。鄯善乃是西域三十六國之一，是諸國中距離中原最近的小國，因此三皇子將與諸國代表的會面定在這裡，也是有一定的考量。一是為了顯示大周的誠意，專門來到西域國家商談；二則是有任何風險的話，可以迅速撤回到張掖城。

大周至少與西域維持了將近二十年的和平，肅宗還是太子的時候曾經率軍攻打過西域，因此深知西域人還是驍勇善戰的，只是諸國並不抱成一團，再加之有的小國實力太弱，因此當年採用的是逐個擊破的戰術，還有的小國則是不戰而降。若是擰成一股繩，當年的西域怕也不是那般局勢。

不過時間總是可以改變許多事情，距離上次肅宗來西域，畢竟已經過了快二十年，當年的少年如今都已經是中年人了。當年肅宗和陳克松一起在這裡並肩作戰，現在他們的兒子又走上他們曾經走過的路，來到這裡，究竟命運會有怎樣的安排呢？

三皇子在鄯善國得到了盛情的款待，此刻看來，似乎沒有必要擔心這些國家有抵觸情緒了，諸國似乎都已經接受大周的領導，做好了一切心理準備。只是有幾國的代表還是沒有出席，比如烏孫、精絕等國。

鄯善國王解釋道：「聽說烏孫國王最近身體不大好，國內局勢不大穩定，他的弟弟已經掌握了全國的大權，此人十分好戰，此前一直主張烏孫國不應該受降，這些年更在軍事上下足了功夫。您也知道，烏孫可是產金礦的地方，誰又不想為了自己的利益牢牢控制住這裡呢？」

三皇子喝了一口葡萄漿，點點頭道：「若是此人掌了大權，那豈不是一個大變數？你也知道，我父皇的主意誰都無法更改的，我實在不想見到這片美麗的土地上再發生戰爭。」

鄯善國王自然是點頭稱是，一味附和。

三皇子細細思考一番，這諸國代表到不齊，劃省文書始終不能簽字，從而完成自己的使命。既然烏孫國內此時有亂，他何不去烏孫看看？若是能幫烏孫國王穩住局勢，這整個局面就更加明朗化了！

陳益和心中是有疑慮的，怎麼那烏孫國王早不病、晚不病，偏偏這個時候病？此事無一不透著蹊蹺。

可是三皇子是誰？他是皇后所出，自小就是天之驕子，不把一般人放在眼裡，所以此時對陳益和的話並不在意，一意孤行地要從鄯善直接去往烏孫。

陳益和建議三皇子先跟張掖城守軍報一聲信，哪想到三皇子完全沒有聽進去。於是陳益和只得跟著三皇子帶的一行人，踏上了去烏孫的道路。他心中有著擔憂，他們這一隊人馬並不多，烏孫處於西域諸國的中間地帶，可以說若是在那裡出了什麼事情的話，恐怕消息都很難傳出來。幸運的是，張掖守城軍都知道三皇子率軍來了鄯善城。只盼此行無事才好，若是有事，他無論如何也得保護皇子。

於是三皇子一行離開了鄯善，去往烏孫。

城門關上的那一刻，鄯善國王臉上的笑容立刻冷了下來，命下人放信號。

他身後的鄯善相國低聲道：「國王，此事我看已經成了三分之一，各國早先選出的死士應該已經在路上等待了。」

鄯善國王點了點頭，冷笑一聲。「大周真是想得好，當年我們投降，願意聽大周的，可是我們依然保留自己的國家，如今大周竟得寸進尺，若是叫大周把我們劃省了，那我們真是白活，辱沒祖先了。只怪當年父輩們太過懦弱，如今，說是負隅頑抗也好，就是耗盡我最後一滴血，也不能叫鄯善國消失在我手上，若是想劃省，就得從我的屍體上踏過去，我誓要與鄯善國共存亡！不過我看這個三皇子也不像他的父皇那樣有勇有謀，當年他父皇將西域人嚇成那樣，如今竟然派個這樣沒腦子的來，那麼，就讓他埋在這裡吧，用他的鮮血祭奠我們曾經死去的將士。」

鄯善相國已經年邁，帶著一臉擔憂地道：「若是他出了什麼事情，我們會不會被遷怒？大周會不會立刻發兵，兵臨城下？要知道，我們是距離中原最近的國家，一旦開戰，我們將是第一個遭殃的。」

鄯善國王的綠眸看了一眼年邁的相國，那冰冷的眼神就如海水一樣，湧出層層漩渦。他低聲道：「誰都賴不到我們頭上，他全首全尾地離開鄯善，自己擅自作主要去烏孫那麼深入腹地的地方，路上若是出了什麼事情，誰都賴不得，畢竟誰能保證這一路上沒有個土匪或強盜呢？怪只能怪他自己運氣不好，大周又有什麼理由來怪我們呢？我想，現在肅宗也不想大肆對我們用兵，因為近些年發展起來的蒙古部落很厲害，已經有了他們自己的王庭，我當年去中原遊歷的時候發現蒙古人才是十分驍勇善戰，馬匹也很肥壯，適合長途奔襲作戰，若是勢力越來越大，恐怕會對大周形成不小的威脅。那大周肅宗無非是想將我們這邊安排妥當，等過幾年養足兵馬，再去對付草原那邊，那配婚令不就說明了他急著增加人口嗎？可惜事事不能都叫他如願，哼！」

鄯善相國看著國王那輪廓分明的側臉，在心裡嘆了口氣，可惜鄯善真是太小了。他們的君主年少離家，開始遊歷中原，不僅吃了苦，也從行走中學到了許多，因此如今君主年紀輕輕就能將這許多事情串連起來，以全局的眼光去看待事情。真是可惜了，若君主是生在大周那樣的大國家，定是能有一番大作為的。

第三十九章　風雲突變起

西域詭譎的局勢，並沒有影響西京如花似錦的春日好時光。

蘇雲隨大長公主自臨沂回到西京城後，下了帖子給沈珍珍，約她一起去青龍寺走走看看花。她知道女兒定是時刻擔心著遠在西域的夫君，因此想叫她過來開解開解。

沈珍珍正為了家中五月的喜事而忙碌著，親事總是離得越近越忙亂。接到阿娘的來信，沈珍珍自然是高興的，想問問阿娘回到老家後的所見所聞，於是，她拿著帖子去了趙舒薇房中，恰巧宏哥也在。

沈珍珍禮貌地給趙舒薇行了禮，說了大長公主下帖來，叫去府上，要出門一趟。

趙舒薇笑了笑，道：「家中大大小小的事情這麼多，妳倒是還能脫得開身，不過誰叫給妳下帖的是大長公主呢，咱們可得罪不起這大人物啊！」

宏哥聽著母親的語氣不太好，加之先前也聽母親抱怨過沈珍珍的身世，因此多少知道這其中的彎彎繞繞，連忙笑著對沈珍珍道：「阿嫂儘管去，都是因為我的婚事，叫妳忙了好一陣子。都說這人間四月天是一年中最好的時節，是應該出門走走的。」

沈珍珍抬頭對趙舒薇一笑，道：「母親放心，我定是早去早回的，不叫母親擔心。也謝謝阿弟的體諒，為你的婚事盡心盡力，本就是我做嫂子的本分。」

宏哥看著沈珍珍的笑臉，彷彿也體會到了人間四月天，人在花中笑的美景，不由得也笑了。

趙舒薇見自己的親親兒子都為沈珍珍說話了，只得作罷，擺了擺手。「行了行了，趕緊去收拾收拾，要用馬車就去說，如今陳七不在，妳就隨便叫個車夫吧，都是咱們家的老人了。」

沈珍珍點了點頭，行了禮，這才退下了。

趙舒薇看著沈珍珍離去的背影，暗暗嘆了口氣。「你看看你那兄長，怎麼就這般的好運氣？雖然我總是挑這新婦的刺，可她到底是個聰明人，不過半年，現在做事已經有板有眼了。人呢，原本我以為是個小門小戶出身，能好到哪裡去？可是你看看，總是會有你想不到的。這人不僅模樣是個好的，還是個有福的，誰會想到竟能跟大長公主沾親帶故的？倒叫我說話之前還得想幾分呢！」

宏哥笑了笑，安慰母親道：「我看阿嫂是個好的，老實本分，平日都聽母親您的話，也沒什麼架子，兄長娶得此等佳婦，該為他高興才是。也不知他如今在西域如何了，竟然還沒有一封報平安的信到。」

趙舒薇聽了兒子的話，頗有些恨鐵不成鋼之感。「你啊，什麼都好，就是太善良了！要知道，你父親現在還沒立世子，我的心中總不踏實。你不看看他陳三郎，現在已有官職，妻族如今又有助力，雖說大長公主是認了義女，可難道以後還會虧待了她的後人不成？母親如今什麼都不求，只要你將巧姊娶回來好好過日子，給我生個哥兒，我就真真知足了。你小時候，我總擔心你養不活，一轉眼都這麼大了，倒叫我覺得時間不知都去了哪裡，真真是老了啊……」雖然趙舒薇平時對別人不講道理居多，但是為宏哥可真是掏空了心思。

宏哥是個懂事的孩子，哪裡不知道母親的一片心？他一邊為母親揉肩，一邊道：「母親不必擔心，我看兄長從來都是個不爭的，再說我幼時身體不好，父親多有擔憂也是正常的，等我成親後，有了孩子，父親也就放心了，您就別再為我的事情為難阿兄、阿嫂了，咱們一家人開開心心過日子不好嗎？」

趙舒薇嘴上只得說好，內心卻在想：那陳三郎應該是已經到了西域，希望上天別讓他活著回來，最好埋骨在他鄉，跟他的親娘一個下場，才是真的好啊！想到這裡，趙舒薇笑了，笑得極為燦爛。

宏哥看母親笑了，便也覺得頗為安慰。

被嫡母在內心不斷詛咒的陳益和，心中帶著不大好的預感，跟隨三皇子在路上走了幾天，眼看距離烏孫只有一天的路程了，但是天色漸漸暗下來的同時，一行人卻到達了沙漠的邊緣。儘管這個沙漠並不大，但是晚上穿過沙漠並不是明智的舉動，一來視線不好，二來沙漠到了晚上溫度驟降，會比較冷，沙丘也會隨風移動。因此，三皇子命令眾人拴好馬，就地紮營。

陳益和抽出水壺喝了一口水後，警惕地環視了一下周圍的環境。此地作為紮營地實在太空曠，如果在此地不幸遇襲，根本就沒有任何遮擋，他們會變得十分被動。現在只能冀望今夜不會出任何亂子，否則他們可能都要折在這裡了。儘管三皇子心存樂觀，但是不知為什麼，此次離開鄯善去往烏孫，陳益和的內心始終都有著不好的預感。

夜漸漸地深了，士兵們將馬匹拴在稀疏的樹幹上，點起了火燎，支起來的、為數不多的帳篷給了三皇子還有三皇子親衛的將領們。

陳益和席地而坐，支起火燎，想讓自己盡可能地看到遠處，只見視線所及並沒有出現任何異常，他稍微安下了心。

行路本就疲累的士兵們很快就有人進入夢鄉，陳益和看著已經入睡的士兵，儘管睡意襲來，卻還是努力想讓自己清醒一些。他拿出放在衣襟內的手帕，這是出發前沈珍珍為他縫製的，他將手帕放在臉上揉了揉，輕聲笑了。不知道小妻子最近在西京的家中可還好？嫡母礙於大長公主的面子，應該沒有為難她吧？也不知道自己給家中寫去的報平安的信有沒有到達妻子的手上，好讓她安心？都說一日不見，如隔三秋，他算是深深地體會了相思之苦，在這夜深人靜的時候，他才有時間好好想念她。

就在大周的一行士兵都休息以後，沙漠的另一端有一支隊伍慢慢在靠近，這支隊伍是接到消息的死士們，他們全都是各國精挑細選出來的好手，雖不能說以一敵十，但起碼是有真功夫的。身為死士，出發前都已立下軍令狀，這些人既然接下任務，便沒有想過最後是生是死，每個人都有想保住自己國家的心。不得不說，這樣一支隊伍的出發，也是帶著無窮的悲壯色彩。這些人畢竟自小長在西域，對此地的地形和氣候十分熟悉，只待步行穿過小沙漠，就能直逼陳益和等人的紮營地。

陳益和還沒有睡著，此時不知道是耳力奇佳，還是有著對危險的直覺，他感覺有人正在靠近，立刻警醒地站起來環顧四周，然而卻沒有看到人，於是只得又坐下。

哪裡想到，那些死士已經距離得十分近，就躲在夜裡的沙丘後，默默地注視著空地上的大周兵士。

死士來得無聲無息，坐在地上閉目養神的陳益和忽然感覺背後一股殺氣襲來，立刻低頭躲過致命的一擊，隨後跳了起來，才看見夜色中出現了很多身穿夜行衣、蒙著面、手持鋒利的彎刀，一看就不是中原人的黑衣人！這些黑衣人一看便是有計劃前來的，先是齊齊砍斷了拴馬的繩子，緊接著就對大周的士兵開始了殺戮，只見這些人下手狠辣，招招封喉致命。

陳益和暗道一聲不好，左躲右閃，在躲過幾招後，迅速朝三皇子的帳篷奔去！有的士兵還在睡夢中就已經斃命，馬匹已經亂跑開來。這是一場計劃周密的殺戮，而死去的人也許明天就會被移動的沙丘掩埋住，誰也不會知道今夜這裡有多少埋骨！

三皇子在熟睡中被陳益和搖醒，耳邊傳來陳益和急促的聲音——

「殿下，我們遇襲了！目前不知道是哪方派來的人，馬匹已被衝亂了，您快起來，我們突圍出去！」

三皇子一聽遇襲，立刻就醒了，急忙跳起來。聽著外面的廝殺聲，才意識到此刻正是月黑風高夜，殺人的最好時機，只是被殺的都是自己的手下！忽然臨近的死亡氣息，讓三皇子打了個冷顫，他畢竟自小嬌生慣養，沒有任何軍中的經驗，突然面對此情景，也難免有些慌亂，且自己的親衛們也不知道去了哪裡。

慶幸的是，三皇子今日沒有穿什麼顏色明亮的外袍。

陳益和輕聲道：「殿下，您緊跟在我的身後，待我們接近一匹自己的馬後，您就一躍上馬，朝西南的方向去，能跑多遠跑多遠，記得，不要回鄯善。我剛剛看這些死士的眼睛都是綠色的，雖然不知道是哪國派來的人，但也許諸國都參與其中，就是要讓我們死在這裡，到時朝廷死無對證，也不能有所作為。您一定要回到張掖，只要您活著，今日所有埋骨在這裡的眾將士們便是死得其所！」陳益和覺得今夜怕是凶多吉少了，能護送三皇子走多遠便是多遠。來不及想太多，他右手抽出腰間的劍，劍芒映出他的輪廓。

三殿下從未經歷過此事，看見眼前比自己要年輕的陳益和遇事還能如此冷靜，也定下了心，一字一句道：「放心，若是我能活著出去，今日之事西域諸國必定要給個說法！我好歹也會些武藝，我們出去後，你只管盡全力跑，我儘量不拖慢你的速度。」

陳益和點了點頭後，拉著三皇子就奔出了帳篷。

外面屍橫遍野，伴著士兵的慘叫和馬匹的嘶鳴聲，讓這個地方猶如修羅場。三皇子來不及震撼，只能隨著陳益和狂奔。

那些死士看見狂奔的兩人，便追著二人而來，陳益和只得跑得更快些。眼見前方不遠處有一匹停在那裡的馬，他沒想過自己會如何，此刻心中只有一個念頭——將三皇子送上馬！

死士的快刀劃過了陳益和的胳膊，他卻感覺不到疼痛，只能麻木地揮劍，阻擋越來越多的死士攻擊。刀光劍影之中，他的身上不知多了多少傷口，他只能告訴自己快點，再快點！

眼見兩人離馬匹越來越近，說時遲那時快，陳益和左手一帶勁，喊道：「殿下，上馬！」

三皇子也不知道自己的身上有多少傷口，他保持著高度警戒，聽到陳益和的話後，帶著無限的求生慾，伸出手一把抓住馬匹上的韁繩，一躍上馬。

陳益和立刻用劍柄狠狠地抽打了一下馬匹，那馬感到疼痛，開始飛奔。已經坐上馬的三皇子抓緊韁繩，駕馬狂奔，不忘回頭喊道：「你一定要活著！活下去！」一喊完後，三皇子騎著馬突出重圍，漸漸跑遠，逃出了這一片修羅煉獄。

那些死士雖然追了出去，但腳程到底沒有馬快，一會兒就趕不上奔出去的三皇子了。

陳益和鬆了口氣，立即朝相反的方向奔去，希望可以再找到一匹馬逃出去。即便到了此刻，他都沒有放棄生存的希望。刀光劍影下，腦海中全是沈珍珍笑靨如花的臉，他還如此年輕，他和她還有一輩子那麼長，他要活下去！陳益和多年的武藝發揮到了極致，他從來不知道自己能跑得這樣快，還能邊揮著劍，阻擋一波又一波的致命攻擊。這時候，一匹馬由遠處跑近，馬頭上的白毛在黑夜中十分顯眼，陳益和認出這正是自己來到西域後一直騎著的馬，他立即使出全部力氣，向前跑去。

死士們見有人跑出去，只得集中全力圍殺陳益和。一人追上陳益和，從背後直刺一劍，陳益和後背被劃傷，速度變慢些，卻還是拚盡全力跑到馬邊，單腳踩上馬鐙，側身至馬腹，躲過一人的劍，而後坐上馬，策馬狂奔起來。

死士們見人已經跑出去，追不上了，只得迅速集合，點了一下己方傷亡的人員，然後立刻去得悄無聲息。

風漸漸地大了，將沙丘吹得移動起來，沙子開始吹向地上的屍身，慢慢將一具具冰冷的屍體掩蓋住……

上了馬的陳益和終於鬆了口氣，剛剛精神高度集中所以沒有任何感覺，此刻才發現自己的後背疼得厲害，想必傷得不輕。他抬頭看了看天上的星辰，認出北辰星，如果一路向北，繞過烏孫，就會到達莎車國。聽說莎車國人並不好戰，商隊居多，且這些年漢化得厲害。既然現在不適合回頭，他最佳的目的地眼下看來就是莎車了。

陳益和深深地吸了一口氣，摸了摸腰間那塊臨出發前父親給的外祖父家商隊的權杖，在心裡暗暗祈禱：母親，請您在天上保佑兒子，讓兒子可以活下去，順利到達莎車，找到外祖父家。兒子不能默默地死在這裡，請您保佑我……緊接著，他抽了抽馬，一路向北奔去。

遠在西京城中的沈珍珍好不容易收到陳益和剛到西域時報平安的信，她翻來覆去地將信看了一遍又一遍，輕輕用手指撫摸著那紙上的字，好似就能看到陳益和當時寫信的樣子。這時，她的心裡多少能放下心來了，不知道為什麼，這幾天她眼皮跳得厲害，心裡惴惴的。她抬頭望天，不知陳益和現在到達西域的哪裡呢？只盼他一切都好。

被千里之遙外的妻子牽掛著的陳益和，此時已經快失去意識，只能任由馬匹將他馱著。連走了一天一夜都沒有到達莎車，陳益和不知道是自己方向沒走對，還是在這茫茫沙漠中失去了方向感，總之，他的體力已經到達極限。

從未輕易掉淚的陳益和，在這個時候不禁紅了眼眶。他並不畏懼死亡，卻怕自己死在這沒人知道的地方。年紀輕輕還沒有建功立業，卻要長眠於此，叫他如何甘心？他一路走來如履薄冰，卻沒想到竟是這種結局！還有，他好不容易才娶到心愛的女子……想到妻子，他褐色的眼眸忽然湧現出一絲光彩，乾涸的嘴唇卻只能淡淡地說：「對不起，娘子，我已經努力了……我想永遠與妳在一起……希望來世我能早點找到妳……」緊接著，陳益和兩眼一黑，暈倒在馬上，徹底失去了意識……

當晚逃出去的另一主角三皇子，則是個福大命大的。少年人吃一塹，長一智，他這次聽進陳益和的勸告，並沒有跑回鄴善，而是拚著最後的力氣朝張掖的方向馳去。

大半夜的，張掖城牆上守城的將士們發現城外有一匹馬靠近，馬上有一人，似乎已經暈倒了，看起來十分可疑，他們一時不知道該不該出城查看。

恰此時王愷之正在進行睡前的例行巡城，聽見士兵來報，便站在城牆上，找來好幾個士兵舉起火燎，細細看去，結果越看越覺得不對，那人看著竟像是三皇子?!王愷之連忙命人開了城門，親自騎馬出城查看，這一看大吃一驚，三皇子居然傷成這個樣子！再看看周圍，並沒有任何人隨行，心裡頓時掀起了軒然大波！這究竟是怎麼一回事？陳三郎他們人呢？

王愷之明白再急也只能等三皇子醒來才知道發生了何事，他連忙叫人將三皇子抬進城，好連夜讓軍醫給三皇子診治。所幸三皇子身上並沒有什麼致命的傷，只是脫力和脫水而已，好好休息一晚應該就能醒來了。

王愷之聽了軍醫的診斷後雖然暫時鬆了口氣，但是看這事態，他知道並不是小事。這一隊的士兵究竟去了哪裡？他實在不敢想下去，若陳三郎死在西域，他該怎麼跟母親說？可是現在看來，這個可能性實在極大啊！他迫不及待想問問三皇子，於是在離去前細細囑咐了軍醫和在一邊照顧的士兵道：「若三皇子醒來立即來報，我要第一時間知道。」

這個夜晚對於王愷之來說，注定是個無眠的夜，他在榻上輾轉反側，遲遲不能入睡，心中的不安漸漸擴大……

第四十章　陳益和失蹤，沈府聞訊（一）

天還矇矇亮時，王愷之聽見了士兵來報，立刻就從床上坐起來，來不及整理衣服和頭髮，只能蹬上靴子，匆匆抹了一把臉便衝出自己的屋子，朝三皇子歇下的屋子急奔而去。

到達三皇子休息的屋子時，只見三皇子有些呆愣地半臥在床榻上，臉色十分難看。不過短短幾天，年僅十八歲的三皇子已不復見剛來西域時的意氣風發和那種與生俱來天之驕子的傲氣，剩下的是無盡的沈默還有沈重，本來圓潤的臉也已經有些凹陷。王愷之跪在三皇子的床榻邊，弓背低頭正欲行禮。

三皇子輕輕揮了揮手道：「免了這些虛禮吧。」

王愷之才抬起頭，急忙開口道：「殿下，究竟是發生了何事？您……您怎麼會獨自一人回來？」

三皇子聽後，表情看起來有些怔忡，深陷的眼眶忽然就紅了，溢出一行熱淚。人們時常說男兒有淚不輕彈，只是未到傷心處。三皇子低聲喃喃道：「死了，都死了……」

儘管昨晚已經猜到這種可能，可是從三皇子口中得知這樣的結果，還是讓王愷之大吃了一驚。那一隊士兵少說也有百來人，怎麼就全折了？他們究竟遇見了什麼？王愷之的聲音發緊，從來沒發現要開口說話是如此的難。他艱澀地問道：「全部都死了？你們究竟遇到了什麼變故？還有一位姓陳的郎君，就是那名長得像胡人的郎君呢？他也死了？」

聽到王愷之這麼問，三皇子的眼睛忽然有了一絲絲光彩，盯著王愷之問道：「你說的是陳益和？長興侯府的庶長子？」

王愷之急切地點了點頭。

三皇子忽然笑了，笑得比哭還難看，低聲道：「我希望他沒死，我這條命是靠他才能撿回來的，當時一幫殺手追殺，他從帳篷中帶著我一路快跑，不知道受了多少傷。比我還小的年紀，也不知道哪裡來的力氣……我們朝一匹馬跑去，他讓我上了馬，囑咐我不可回鄯善，必須回到張掖來，叫我要活下去。我上了馬後，拚命地奔馳，而他則朝相反的地方跑去，身後跟了許多殺手，只怕已是凶多吉少……但是我希望他活著，如果不是他，我大概也像其他人一樣，就那樣埋骨在沙漠裡了。」

王愷之聽見三皇子這樣說，反倒輕輕地鬆了一口氣——起碼現在還不確定陳益和到底是生是死，還是有一絲希望的！

三皇子緩緩喝了一口水，慢慢地將來龍去脈一一道來，說到那天晚上的那場殺戮時，他還是不寒而慄。也許終其一生，他都不能忘記那個血腥的情景，這事件時時刻刻提醒著他是多麼的天真和單純，也時時刻刻提醒他生命是這樣脆弱，一隊年輕的士兵就這樣沒了，甚至連屍骨都找不到，而他身為一個決策者，沒有全局思考，衝動地就決定去烏孫，葬送了那麼多人的性命。他的心從未這般沈重，罪惡感和愧疚將他壓得喘不過氣來。

王愷之畢竟在軍中這麼久了，雖沒打過大仗，但做一名武官，卻很明白提著頭過日子的危險，也明白一旦真刀真槍動起來，那是時刻都能看見身邊鮮活的生命逝去的悲傷和無奈，而三皇子自小得皇帝和皇后的寵愛，連挫折都經歷得少，突逢此變，內心的沈重是可想而知的。透過三皇子詳細的描述，王愷之身為軍人的直覺告訴他，事情沒有這麼簡單。是什麼人能這麼訓練有素，悄無聲息地出現，而且殺傷力如此強大？這是一場計劃好的殺戮，經過精密的準備和籌劃，還有厲害的人來實施，一環套一環，掐好時間，才能如此成功。

那麼，這些人又是從何而來？如果是綠眸，那必是西域的本地人，聽這身手，也許還是出自軍隊也說不定。究竟是哪一國如此膽大？還是說……西域諸國都派人參與了呢？可是現在的問題是——那些大周士兵全死了，死無對證。

幸運的是三皇子並沒出事，依然能主持大局，劃省一事還是得繼續進行，只是此事看來並沒有肅宗設想的那樣簡單，他必須送加急的信稟報肅宗這裡發生的一切。另外還得送封信回西京，母親每年春天大致都會待在西京的宅子，必須告訴她，陳益和失蹤了，讓她有個心理準備。聽說他這位阿姊自小吃了很多苦，後來好不容易有了女兒，雖表面不顯，其實內心是十分疼愛女兒的，若知道女兒才結縭不到一年的夫婿在西域出了事，真不知會如何？

三皇子講完事情的來龍去脈之後，整個人看著十分虛弱，畢竟只休息了一個晚上。

王愷之一邊安慰三皇子好好休息，一邊說明自己的職責所在——需要寫信給肅宗，彙報這裡所發生的事情，好對接下來如何對待西域的事情拿個主意。

三皇子聽後默默地點了點頭，低聲道：「這件事最大的責任在於我，就算父皇怎麼處罰我，我都毫無怨言，我的身上揹了太多的債。那些士兵的撫恤金也去安排吧，要發到他們家人手上。」

王愷之點了點頭，隨即離開，懷著異常沈重的心情，分別寫下了兩封信。一封是軍中的加急信件，向肅宗道清楚三皇子一行人在西域的遭遇，同時暗示也許西域諸國對於劃省這件事十分抵觸；另一封信則是透過王家的專用信使火速傳回給西京的母親，希望兩封信件都可以趕在五月初到達。

遠在西京的沈珍珍這幾晚入睡後總是作著光怪陸離的怪夢，一會兒夢見陳益和受傷昏死在某地，一會兒又夢見陳益和跟別人成親，把自己忘了，嚇得她醒來後是一身的汗，竟然毫無睡意了，不得不翻出夫君寫的報平安的信看上幾遍，才能略覺心安地再睡過去。

五月悄然到來，預示著長興侯府好事將近，長興侯嫡子宏哥成親的大喜日子正是五月初五。這日一早，全府人被趙舒薇命令著全副武裝，只等傍晚就可以大張旗鼓地去趙府迎親。只是前一天原本還是風和日麗、萬里無雲的好天氣，今日竟然換了一副陰沈的面孔，厚厚的雲泛著青黑，隱隱有下壓之勢，天色眼看著越來越暗。

趙舒薇看著這天氣，只得期盼老天不要下雨，今日是她兒子最重要的日子之一，她十幾年來一直渴望能看到的日子啊！

長興侯府的男人們則正常應卯，侯爺陳克松今日一早照常去上朝，本來今日是他嫡子的大喜之日，一臉喜氣是怎麼也掩不住的，只等下了朝回去主持大局。沒想到剛一上朝，就見肅宗的臉色十分難看，陳克松作為天子近臣，敏感地捕捉到肅宗眼底翻滾的怒氣和冷意，暗忖著不知道誰觸了龍顏？

早朝結束後，陳克松被肅宗留下，到御書房說話。陳克松心裡不知所為何事，恭敬地行禮後，等待著肅宗發話，可是等了好一會兒肅宗都沒有開口，只是長長地嘆了口氣。

陳克松抬頭望去，肅宗的臉上看不出喜怒。

肅宗終於緩聲道：「昨晚還夢見你隨朕征戰西域的情景，如今卻已經是我們的下一代在走我們當年走的路了。」

陳克松一聽到「西域」，不知為什麼突然有了不好的預感，連背都繃直了。緊接著，肅宗的聲音繼續傳來——

「今天上朝前收到了張掖的來信，三皇子一行人遭遇襲擊，一隊士兵盡數被殺，獨三皇子一人逃回張掖，你府上的陳三郎……陳三郎救了三皇子後，不知所蹤。」

簡單的幾句話卻讓長興侯一瞬間覺得天旋目眩，一句「不知所蹤」猶如驚雷一般炸響在他的耳畔。陳克松哆嗦著嘴唇道：「他的職責不就是保衛三皇子的安全，如、如今也算是盡了職責，為臣無話可說。何況……何況不知所蹤也不意味著他已死，還是有很大的希望活著，說不準……說不準現在正躲在哪兒療傷。」

肅宗聽陳克松這般說，點了點頭。「朕知道你心裡不好受，朕的心裡又何嘗好受？怪只怪朕教子無方，養出小三這麼個腦了簡單的！朕是想藉此機會磨礪他，可是你看看這個上不得檯面的傢伙，身為施令者卻沒有縝密的思考，貿然就帶著一隊人馬深入腹地，那不正是被人圍殺的最佳地方嗎？真是氣死朕了！這是駐守張掖的驃騎將軍王愷之的來信，你自己看看吧。」肅宗一邊說著，一邊將信遞給陳克松。

陳克松努力控制著雙手不發抖，接過那封令他覺得沈甸甸的信，一字一句地讀了起來，越讀，眉頭皺得越緊，如果不是肅宗在，他真的很想罵出口！你三皇子自己想死，何必拉著別人家辛苦多年培育出來的好苗子啊？怎麼能這麼輕信對方的話，帶著一隊士兵說去烏孫就去烏孫？也不好好看看地理圖志，在不熟的地方，深入腹地乃是兵家大忌啊！你從來沒有帶兵經驗我可以理解，那你乖乖地從鄯善回到張掖再打算不行嗎？這下倒好，沙漠裡折了一隊人馬，死無對證，三皇子自己也受傷得養一陣子，而他們長興侯府年輕一代中最優秀的郎君為了三皇子這愚蠢的決定，現在生死不明！

肅宗話鋒忽轉，道：「你怎麼看這次圍殺？是強盜還是有人暗中破壞？」

陳克松想了一會兒。「為臣覺得此事不像是強盜所為，如此縝密有計劃，倒像是軍人幹的，只是不知道這些人的出處。」

肅宗點了點頭。「你跟朕想的一樣，如果是這樣，那麼看來，西域諸國對劃省一事是有想法的。可惜，事情不是他們說了算，哼！」

陳克松見肅宗怒氣沖沖，立刻開口道：「此事需要慢議，一旦我們與西域諸國開戰，北面的蒙古王庭也會蠢蠢欲動的。」

肅宗扶了扶額，揮了揮手道：「你先下去吧，讓朕再想想，朕也是被氣昏了頭。」

陳克松退出來後，發覺到自己有些頭暈，他扶住長廊邊的柱子大大地喘了口氣，歇了好一會兒，才緩緩離去。年少得志的他在這一刻看來，恍若老了十歲。

沈珍珍在府內忙得團團轉，因為晚上招待賓客的宴席都得提前準備。晌午飯後，她小憩了一會兒，忽然聽夏蝶說蘇雲來了，不禁心覺詫異，阿娘怎地今日親自來了？沒聽說要來參加宏哥的成親禮啊！再說這個時辰也不對，不知是有何事？就見阿娘已經快步走來，沈珍珍幾乎從懂事起就沒見過阿娘這樣焦急，以前在沈府的時候，蘇雲也一直是波瀾不驚、不疾不徐的，因此沈珍珍的心中忽然就七上八下，忐忑不安了起來，急忙上前去迎。

蘇雲看見沈珍珍還帶著一臉稚氣，嬌嫩的臉如含苞待放的花朵般，她的女兒年紀不過十三，正是人生最美的時候啊！想到一早收到的信，她不禁悲從中來，眼眶忽然就紅了。

沈珍珍將阿娘迎進自己的房中，好奇道：「阿娘今日怎地來了？今兒是宏哥成親的日子，我忙得像陀螺一般呢！」

蘇雲一時不知該怎樣開口，只能伸出右手撫上女兒的臉。

沈珍珍輕聲道：「阿娘是不是有什麼事要說？妳說就是了，珍珍現在是大人了，都已經嫁作人婦，再不是小孩子了。」

蘇雲的淚忽然就掉了下來，狠狠地砸到沈珍珍的手上。

沈珍珍有些慌亂。「阿娘不哭，阿娘要是不想說就不說了，別難過。」

蘇雲才開口道：「我是怕妳難過……今早收到了妳二舅的信。」

「二舅？」

「是我在王家一母同胞的親弟弟，他現在是駐守張掖的將軍，去年去換防的。」

沈珍珍一聽張掖，立刻直覺不好，連忙問道：「二舅是見到三郎了？」

蘇雲點了點頭。「妳外祖母說，妳二舅舅還沒那樣誇過誰，直說三郎是個好的。」

沈珍珍一聽，立刻笑得甜甜的，帶著驕傲，仰起頭頑皮地道：「我夫君自然是好的！」

蘇雲卻連笑容都無法給予。「妳二舅舅來信還說，三郎……三郎遇襲，如今生死不明。」

沈珍珍聽到這話突然就愣了，一時間沒了反應，有些傻地問道：「生死不明……是什麼意思？」

蘇雲的淚又湧了出來。「就是說，他有可能已經……死了。」

沈珍珍一把甩開蘇雲的手。「阿娘胡說！夫君平安到達西域了，怎麼會死？怎麼會？到底是怎麼回事？」

蘇雲抹了抹臉上的淚。「妳二舅沒細說，畢竟是軍事機要，只說三郎一行人在沙漠遇襲，他身負多處傷，失蹤了。」

沈珍珍不敢想陳益和已經死了，眼淚忽然不受控制地湧出，一下子癱倒在地上，喃喃道：「他答應過我一定會平安回來的，他那麼愛我，一定不會捨得拋下我的……」沈珍珍想起陳益和臨走前的話，不禁心如刀割，埋首在雙臂間嚶嚶哭泣。

蘇雲是知道這對小夫妻的，這麼多年來眼看著陳益和對沈珍珍的那一份心，如今好不容易成親，可以相守了，哪裡想到成親不到一年竟然就遇到這種事。

沈珍珍哭道：「他都是為了我才會自請隨行的，他怕我在家裡受氣，想要及早有軍功，可以分出去單過……我不怕看人臉色，只要他在我身邊……」

蘇雲聽到這裡，覺得陳益和這孩子說是百裡挑一都不為過，可如今也只能感慨天妒英才了。若他真死了，她女兒這麼年輕，以後的人生還那麼長，要怎麼辦？

忽然，沈珍珍坐起來，抹了一把淚，堅定地道：「我要去西域找他！生要見人，死要見屍！」

蘇雲看著沈珍珍有些魔怔的臉，急忙道：「妳一個小娘子，千里迢迢的怎麼去西域？萬一他真死了，妳要怎麼辦？啊？」

「他要是死了，我就去陪他！」

蘇雲一聽是又氣又傷心，恨不得一巴掌上去，可是又捨不得，只得恨恨地說：「身體髮膚，受之父母，妳要是去陪他，叫阿娘怎麼辦?!」

沈珍珍紅著眼睛道：「不管怎麼樣，等今兒婚事一完，我就要去西域尋他！阿娘，我一定要去！」

蘇雲看沈珍珍哭得傷心至極，只得拉起女兒，拍著她的背道：「好，我回去就求妳外祖母，尋幾個人陪妳一起去。若能把姑爺找回來，一切都是值得的。」

沈珍珍將頭埋在阿娘的肩上，抽噎著點了點頭。

第四十一章　陳益和失蹤，沈府聞訊（二）

話說趙舒薇一時之間忽然找不到沈珍珍，急得直上火，趕忙帶人去沈珍珍屋裡尋人，不料到了門口就聽見嚶嚶的哭聲傳來，心中一怒，暗道：今兒是我兒大喜之日，妳倒在這兒哭起來了，真是個喪眼的！

夏蝶看見趙舒薇前來，忙請安喊了一聲。「夫人。」

趙舒薇逕自推門而入，看見沈珍珍正伏在一人的肩膀哭泣，立即陰陽怪氣地道：「全家人現在就妳最閒，高興都來不及了，倒是哭了起來，這是個什麼道理啊？」

沈珍珍還未反應過來，蘇雲一轉頭便輕笑一聲，扶好女兒，起身對趙舒薇道：「親家夫人，今兒是大喜的日子，快別置氣了。都怪我來得不是時候，惹得珍珍哭了一場，倒叫妳看了笑話。今兒乃是長興侯府嫡子的大好日子，凡事還是高高興興的好。」

趙舒薇這才看清來人，這是她第一次見到蘇雲，雖然是婦人裝扮，卻依舊光彩照人，有著白嫩的肌膚，特別是那雙大大的杏眼，看著依然是水光瀲灩的感覺。她總算知道沈珍珍漂亮的杏眼從何而來了，分明就是來自眼前這婦人！趙舒薇忽然反應過來，此人不就是沈珍珍的生母，以前的沈家姨娘，現今大長公主的義女嗎？

蘇雲這張口閉口都是自己的錯，還笑盈盈的樣子，倒叫趙舒薇不知道說什麼好了。伸手不打笑臉人，何況眼前這婦人背後還有座極穩的靠山呢！

蘇雲看趙舒薇的臉色已經不如剛進來時那般帶著怒氣了，只得道：「那我就先走了。親家夫人，恭喜妳今天喜得佳婦。珍珍快別哭了，家裡正是忙的時候，咱們稍後再說。」

沈珍珍懂事地停住了哭泣，心裡清楚，夫君失蹤這件事目前只能放在自己的心裡，特別是在今天這個日子和場合，無論如何要先辦完宏哥的親事再說。她咬了咬牙，打起精神道：「阿娘慢走，我這就開始幫著做事情了。」

蘇雲點了點頭，離開了。

趙舒薇撇了撇嘴道：「還不趕緊去擦擦眼淚？叫別人看見還以為我做了什麼事呢！」

沈珍珍低頭道了一聲「是」，叫夏蝶絞了帕子來擦臉，當手帕捂上眼睛的那一刻，眼淚還是難以控制地往外湧，她將帕子放在眼睛上一會兒才緩緩拿下來，抹了一把臉，對趙舒薇笑了笑，道：「母親，咱們這就走吧。眼見著下午了，不知道一切都準備好了沒？」

趙舒薇不耐煩地「嗯」了一聲。「妳去廚房看看吧，今晚的酒席一點都馬虎不得。我去看看壓箱底的錢都放置好沒有。」

沈珍珍輕笑了一下，就帶著夏蝶往廚房走去，恰巧碰見宏哥正試好衣服向外走來。

宏哥看見沈珍珍的眼眶很紅，連忙問了一聲。「怎麼回事？」

看見宏哥，剛剛控制好的情緒又開始失控，但是她不能這麼自私，在這個時候毀了宏哥所有的心情，所以連忙強笑道：「今日不知是怎麼回事，早上一起來噴嚏就打個不停，眼睛也不怎麼舒服，一直紅紅的。」

宏哥點了點頭。「最近真是太麻煩阿嫂了，看妳忙成這個樣子，我內心實在過意不去。

阿兄走前還囑咐我要好好照看這個家，多看顧妳一些，結果我什麼忙都幫不上，真是有愧阿兄的囑託。」

宏哥一提陳益和，沈珍珍的淚瞬間就湧了出來，連忙頭也不回地疾步而去。

宏哥看著她迅速離去的背影，不禁嘆了一口氣。提到阿兄定是惹得阿嫂想阿兄了。

沈珍珍疾步走了一會兒，到了廚房門口後再也忍不住，捂著嘴、靠著牆，痛哭失聲。

夏蝶連忙遞上手帕道：「娘子，這裡人多又雜，為免節外生枝，快別哭了。」

沈珍珍哭道：「本來說好不哭的，但我這心裡真真是難受得緊……」

夏蝶怎能不知道沈珍珍的難過呢？她是看著他們一路走過來的，這一路以來，陳郎君對她家娘子的一片真心，明眼人都看在眼裡，如今遇到這種事情，沈珍珍沒有哭暈過去已經算是堅強的了。她與陳七什麼事情都沒有，此刻不知他是生是死，她的心都慌得不行，更不要說沈珍珍和陳益和是一對恩愛的夫妻了。

沈珍珍努力吸了幾口氣後，站起來，擦乾淨臉。

夏蝶連忙遞上一盒脂粉，在她的眼瞼處敷了敷，讓她看著能好一些。

陳克松下午回到府內後試著擺出高興的樣子，卻是難以扯出笑容，跟一臉喜氣洋洋的趙舒薇形成了鮮明對比。看到府裡張燈結綵，為了慶祝他的嫡子成親，是這麼的喜慶，然而他另一個兒子卻失蹤在沙漠裡，不知是生是死。西域難道是他們陳家幾代人都逃不開的夢魘嗎？想到這裡，他疾步走向書房，打開抽屜，拿出夏錦的畫像，低聲道：「妳如果在天有靈，就保佑咱們的兒子活著回來。妳怨恨我也好，一切都等我以後去還。」

趙舒薇看見陳克松回來後臉色不好地去了書房，不免心中不忿。今日明明是宏哥的大喜日子，結果這一個個看著都沒個好臉色，真是越來越不把她放在眼裡了！

待到傍晚時分，宏哥祭過宗祠，便出門去舅舅家迎表妹過門。

宏哥與新婦進行拜天地時，沈珍珍就站在一旁看著這一幕，她想起去年自己和陳益和成親時，也是在這個廳中行禮的，而今卻物是人非……沈珍珍怕自己哭出聲，連忙退了出去。

待賓客們的宴席散去後，沈珍珍將一切收拾的事宜安排妥當，才拖著疲憊的身子，向自己的房間走去，沒想到陳克松卻在那裡等著她。

陳克松看著三郎的妻子，一時之間不知該說什麼，當初那老道說這二人是天作之合，沈珍珍是旺夫之相，二人子嗣無礙，卻沒想到現在會是這個樣子。

沈珍珍看見父親今天回來後臉色就一直不好，只得乖乖地行禮，等他發話。

陳克松緩聲道：「三郎在西域出了些事情，如今行蹤不明，他那天並沒有帶陳七一起。我只是來告訴妳一聲，這個消息很突然，但是相信他吉人自有天相。」

沈珍珍忽然鼓足所有勇氣，堅定地道：「我要去西域找他！」

陳克松一聽，將沈珍珍渾身打量個遍。「就憑妳？妳要怎麼去？西域可不是在西京旁邊，說去就去。」

沈珍珍道：「外祖母那邊會派幾個走過沙漠的人跟我一起去的，父親若是支持我那就更好了。無論如何，我不能讓他一人在那裡，生要見人，死要見屍。」

陳克松點了點頭。「若是王家能出一臂之力，那也是好的。三郎走之前我曾經給過他外祖家的腰牌，不知他若是無恙，會不會去莎車？」

「以夫君的個性，若是有機會，他一定會回去生母的故鄉看看，且若是不能及時返回張掖，莎車自然是最好的選擇。我不能在家等著，會瘋的。」

陳克松摸了摸鬍鬚道：「讓我想一想再安排。今日妳也辛苦了，早點休息吧。如今沒有任何消息就是最好的消息，他興許無事。」

沈珍珍強忍住鼻酸，重重地點了點頭。「父親說得是，珍珍這就回去休息了。父親臉色不好，也早點休息，明日再安排吧。」

陳克松嘆了一口氣，回自己的房去了。

沈珍珍走回自己的屋中，靜靜地坐於榻上，儘管是五月了，在這樣的夜晚，她卻感覺不到天熱，心裡涼得厲害。在西域那種地方，若是受傷不能及時找到療傷的地方，在沙漠中該怎麼辦呢？一想到此，沈珍珍的淚就重重地落下來。長這麼大，今日好似就要把所有的淚流完般，怎麼也控制不住。沈珍珍才發現自己以前對陳益和太不好了，現今回想起來全都是他對她的好和愛，如果以後沒了他，她該怎麼繼續她的人生呢？

在同樣一片星空之下，儘管月牙高掛，在這樣一個寂靜的夜，有很多人安然入睡，卻也有許多人輾轉難眠。

陳克松望著天花板想起了遇見夏錦的時候；蘇雲思量著若是陳益和真出事了，沈珍珍的後半生該怎麼辦；沈珍珍望著天花板，想到的全都是陳益和的笑臉，更加無法入睡了。

真真是夜色無邊，漫漫無眠夜，愁字才下眉頭，卻上心頭……

第二日，宏哥領著新婦向父母上茶，一一敬過家中的長輩，新娘子也收了不少禮物，喜氣洋洋。沈珍珍立在一旁看著宏哥精神煥發，新娘子也是一臉嬌羞，她一方面為宏哥感到高興，另一方面又想起自己成親的時候，心裡一陣抽痛。

待眾人都散去後，陳克松才對趙舒薇說了陳益和失蹤的事，可惜趙舒薇實在是道行不深，至少應表現出惋惜之意時，她竟沒忍住，生生地笑了出來。趙舒薇這些年雖生活無憂，但女人是需要呵護的花朵，陳克松多年來不冷不熱，趙舒薇總心有不順，故歲月的痕跡在臉上格外明顯，偏偏那敷臉的脂粉還卡在臉上有紋路處，因此這一笑，看起來是格外滑稽。

陳克松一看更加厭煩，厲聲道：「真不知道妳這個主母是怎麼當的！家中出了這種事，三郎怎麼說也是我的孩子，妳竟然這般幸災樂禍！別以為我不知道妳心裡想什麼，告訴妳，這家裡我說了算，妳不要高興得太早！收起妳那副難看的嘴臉，快去照照銅鏡，妳這般模樣真是面目可憎！」陳克松氣得拂袖而去。

趙舒薇氣得眼睛都紅了，轉瞬一想，陳益和失蹤，八成是回不來了，心裡便舒服不少。

沈珍珍回房後就開始簡單地整理衣物，夏蝶忙讓沈珍珍歇著，她來幫忙整理。

這時下人來說侯爺叫沈珍珍去書房，她連忙整了整頭髮，疾步朝書房走去。

陳克松見到她後，開門見山地道：「昨日聽妳說要去西域，當真？」

沈珍珍點了點頭，帶著從未有過的堅定。「兒媳要去。不找到夫君的下落，珍珍就在那裡一直找。」

「要知道，西域路途遙遠，且此去不是一天兩天的事情，妳心中可有個章程？」

「珍珍知道。我還在等外祖母那裡的消息，父親心中可有想法？」

「本來我是打算派人去找的，若是妳心裡一直不踏實，想去也可以，但是這一路必定十分辛苦，並不是妳想的那樣簡單，妳可吃得了這種苦？」

「不管什麼苦，我都要去吃，我一定要帶他回來。」

陳克松點了點頭。「既然妳這麼想，待妳從大長公主那裡得到消息後，我再派兩人給妳，妳隨著這些人上路，一路上應該就不會有太大的危險。到了西域後，妳打算先從哪裡找起？」

「自然是先入莎車。夫君一直想要去生母長大的地方看看，何況您說了，行前您給了他腰牌。我想不管怎麼樣，對他來說相對安全的地方就是莎車了。」

陳克松聽了，心裡多少有些欣慰。三郎的妻子是個心裡清楚的，至少比趙舒薇不知道強了多少倍。

既然要去西域，儘管還沒有定下出發的日期，但說不定就是這一、兩天的事情，因此沈珍珍抽空回了趟沈府，卻沒想到家中正好有客人，原來是與沈大郎一同留在吏部的蕭令楚。

蕭令楚正在與沈大郎探討吏部最近給的地方誌，一聽下人來報說沈珍珍來了，本想離去，卻鬼使神差地沒開口，而是繼續坐在那裡，就想看沈珍珍一眼。

沈珍珍一看到沈大郎這個從小一起長大的兄長，壘起來的堅強瞬間都坍塌了，眼淚不受控制地流出來。

沈大郎一看到沈珍珍情緒不對，連忙起身，走過去將沈珍珍拉出前廳，低聲問道：「怎麼了這是？臉色這般難看，是不是陳三那嫡母為難妳了？」

沈珍珍搖了搖頭，杏眼裡蓄積著淚水。

沈大郎最見不得妹妹哭了，連忙將自己的手帕遞上去。「出了什麼事情，怎這麼多眼淚？跟大兄說，大兄給妳出氣去！」

沈珍珍哭道：「大兄，夫君他失蹤了！」

沈大郎一聽，有些愣神。「妳說陳三失蹤了？怎麼可能？」

「千真萬確！是侯爺說的，夫君遇襲，生死不明。我……我……我要去西域找他，今日就是回來說一聲，我要出遠門。」

沈大郎一聽，疾聲道：「妳要去西域？妳可是個嬌生慣養的小娘子啊！我知妳心裡急，可妳也不能自己跑去那麼遠的地方啊！妳若是再出個什麼事情，可讓咱們一家人怎麼辦？」

兄妹二人的談話被坐在廳中的蕭令楚聽得一清二楚的，對於陳益和失蹤，他不知是什麼感受。陳益和的確是個優秀的郎君，若是抓住機會，幾年後也許就能建功立業。蕭令楚深知自己與珍珍有緣無分，生生錯過了，只盼陳益和能對珍珍寵愛有加，幸福甜美地過日子，他怎麼竟失蹤了？若是他埋骨沙漠了，珍珍還這麼年輕，以後的日子可怎麼辦？

沈珍珍哪裡知道廳內蕭令楚內心的十迴百轉，對於要去西域的事情她想得很清楚，所以安慰阿兄道：「大兄不用擔心，外祖母和侯爺都會派人隨我一起去。無非就是路上受點苦罷了，若是能看見他安然無恙，一切都值得。」

沈大郎見妹妹已經下定決心，便知多說無益，只因妹妹雖看起來甜美可人，可內心其實是個極有主意的，若是作了決定，即便是幾匹馬也拉不回來。因此他只得低聲道：「妳先去跟長輩們說一聲吧，我隨後就來。無論如何，大兄支持妳的決定，可惜我什麼忙都幫不上。妳一定要平安回來，走到哪裡都給家裡來封信。」

沈珍珍點了點頭。「我這就去跟大伯和大伯母說，大兄先去跟客人說話吧。」

沈珍珍找到沈大老爺夫婦，對沈大老爺和沈大夫人說了自己即將啟程西域的決定，兩人都擔心不已，卻還是支持沈珍珍的決定。

沈大夫人囑咐道：「妳一個婦人出門一定要注意安全，現在雖然是太平盛世，但是也難免會碰見流民或者是賊寇，所以妳一定不能放鬆警覺，凡事要多個心眼。妳去那麼遠的地方，我們又幫不上什麼忙，明日我就去廟裡上炷香，保佑妳順利找到陳姑爺。」

沈大老爺點了點頭，道：「妳去西域，路上就要花去許多時間了，定要注意身體，若是半途再生個病，就不知道什麼時候才能到達西域了。一定要給家中寫信，我們都在西京等著你們回來。」

到底是一家人，每個人都對她關愛有加，沈珍珍頓時覺得夫君一定就在某處等著自己，他一定沒死！內心燃起了無限的希望，想著想著，她忽然釋然了，強裝輕鬆道：「這回總算能去見見世面了，都聽說西域是個多美的地方，夫君的生母又來自西域，我到底是要去看看的。你們就當我出門遊歷了，過沒多久，我就會回來的。」

沈大郎聽了妹妹的話，已經無心再跟蕭令楚多說了，只能道歉道：「今日家中有事，實在是不好意思，不若咱們改日再說？」

蕭令楚點了點頭，看了沈大郎一眼，道：「若是需要我幫忙，沈兄儘管開口。」

送走蕭令楚後，沈大郎忙拉著妻子到大伯父的廳中，見沈珍珍的臉上已經換了一副神情，看著比剛來時堅強一些，才覺得安心一點。

沈珍珍從沈府回到侯府後，就收到大長公主派人送來的信，說近日王家認識的商隊要去西域，讓沈珍珍明日去大長公主府一見，過兩日便可以踏上西域之行。

從昨日聽到夫君生死不明的消息到現在，沈珍珍才真正地鬆了一口氣。

此時正是日落之時，晚霞將天空映襯得十分美麗。沈珍珍想到陳益和也曾在這個時候與自己坐在院中修剪花草，想到那時的他們，她不免笑了。不是不相思，原來是相思早已入骨啊……

第四十二章 沈珍珍西域之行，陳益和被救始末

西域對中原人來說只是個遙遠的概念，前朝人開了絲綢之路後，貿易便興盛起來，可真正走過這條充滿異域風情的路去往西域的，除了商販以外，並無太多人，自然也就無法領略不同於中原地帶的風光。

沈珍珍跟著商隊出發已經大半個月了，女扮男裝，騎馬出行，還帶著夏蝶。長路漫漫的西域之行對於一直待在香閨的沈珍珍來說確是不小的挑戰，每日走到哪兒算哪兒，有時候來得及入城，有的時候只能在野外的廟中生火烤點吃的。

再說，這天天騎馬行路，兩腿之間磨得厲害，夏蝶只得邊掉眼淚邊給沈珍珍的腿上纏了兩層皮子，才能好過一些。

陳克松派來的兩人叫陳五和陳六，年紀都二十來歲，中等身材，其貌不揚，卻身手不凡，深藏不露。二人自小就生活在陳府，一直跟著陳克松，只不過二人長年在外幫著陳克松打理事務，此次被陳克松召回，陪伴沈珍珍去西域尋找陳益和，十分盡心盡責。雖然跟隨陳克松多年，二人卻從不隨意揣測主子的想法，但多少對陳克松是有些瞭解的，陳三郎在侯爺的眼中絕對不是庶子那樣簡單，也許侯爺對其抱有更多的期望。

陳五要比陳六活潑一些，時不時跟沈珍珍聊聊天解悶，陳六相對沈默寡言一些，但是更加細心，時不時給沈珍珍備好水和乾糧，因此沈珍珍對陳克松充滿了感激。另外，因王家乃

是商隊主要的客人，因此這商隊主人在商隊出發前特地囑咐過領隊，一定要對沈珍珍多加照顧，哪怕腳程慢一些，也不能讓小娘子出個差錯，所以沈珍珍在這商隊中的待遇其實已經是頂好的了。

越往西走，看到的風景越不同，成片的高大綠樹越來越少，反倒是灌木叢一類的植物居多。沈珍珍每到一個城鎮，凡是看見驛站，都會給西京去三封信，一封是給沈府，一封是給大長公主府，一封則是給長興侯府。

路程走了一個月，沈珍珍的臉瘦得只有巴掌大，她卻覺得自己結實了，以前身上的嘟嘟肉都有了線條感，但儘管圍著頭巾罩住臉，卻還是頂不住越來越強的炎炎烈日，沈珍珍白皙的臉還是被曬黑了一些，不若以前的膚若凝脂、白玉無瑕。

一直毫無音信的陳益和到底怎麼樣了呢？是生是死？原來陳益和跟他阿爺當年一樣，是個命大的，所以說西域其實不算是他們陳家的夢魘之地，只能說是歷劫地，所謂大難不死，必有後福，看看陳克松後來的平步青雲，不就是個好例子？

陳益和當天暈倒在馬上，恰有一隊剛從西京回來的精絕國商隊路過，那商隊的領隊是精絕有名的伊頓家族二公子伊頓術，年方十八，已開始管理家族對西京的生意，平日喜愛中原文化，見馬背上有人暈倒，連忙命人去查看。下人見了陳益和腰間的腰牌，便取過去給主人過目。這位二公子畢竟是做家族生意的，多少知道別國的商戶，一看腰牌便認出是莎車的標誌，但到底是哪家就不確定了。救人一命，勝造七級浮屠，陳益和就這樣被帶回精絕國。

陳益和醒來時，發現自己被裹成了粽子，身邊還圍繞著一群綠眸的胡人，不禁有些怔忡，不知道自己到底是死了沒死？直到身上的陣陣灼痛感讓他有了真實感，才長長地吁了一口氣，感慨活著真好。

在陳益和身邊伺候的人見這郎君醒了，手舞足蹈地比劃著，也有人跑出去叫主人來看。

伊頓術聽見下人來報，便來查看一番。此前因為是黑夜，陳益和又是昏迷的狀態，伊頓術並沒有細看，今天一看，發現真是好一個俊俏郎君，既有胡人的輪廓，又帶著漢人的細膩，眼眸雖然不是綠色，卻帶著琥珀一樣的光澤。伊頓術的阿爸曾經說過，只有心靈純淨的人才會有一雙乾淨漂亮的眼睛，眼前的這位就是這樣，乍一看就能讓人心生好感。

伊頓術長年往來西京和精絕，因此能說一口流利的中原話，開門見山地問了陳益和的來歷。鑑於西域的局勢並不明朗，因此陳益和謹小慎微，沒有道出自己的真實身分，只是簡單地回答自己叫陳三，從西京來，本意是想與朋友做一些小生意，身上的腰牌是當年在西京時機緣巧合從這個莎車商隊手中得到的，因此自己的目的地是莎車，沒想到來時卻遇到強盜，受了傷，自己與同伴分散逃開，最後竟然在馬上昏過去。

伊頓術看陳益和說得臉不紅心不跳，雖然心中有所懷疑，但是也沒有表現出來，只點了點頭，何況現在是太平盛世，也沒有戰爭，因此倒不用特別防備，只要不是心懷不軌的賊人就好。西域人生來熱情好客，藉此機會多認識一個朋友也是件美事。

伊頓術看著陳益和滿身的傷布，也不得不感慨此子福大命大，若是沒有遇見商隊，恐怕就真的要隕命在沙漠裡了。只是他目前的傷勢不輕，不宜出行，因此去莎車的事情還是得緩緩。「依你目前的傷勢，恐怕近日還是不能去往莎車國的。」

陳益和心中也是疑慮重重，不管怎麼說，自己被眼前人所救，但自己卻對救命恩人一無所知，因此只得問道：「敢問救命恩人姓名？現在又是在哪裡？」

伊頓術微笑道：「這裡是西域的精絕國，我叫伊頓術，以後可以叫我尹術，這是我給自己取的漢名，我時常去西京賣精絕出產的寶石和羊毛製品。」

陳益和才知道自己是被精絕的商隊所救，這麼說距離莎車還有一段距離，莎車在精絕的西北方位。來前，陳益和時常拿出西域三十六國的地圖細細研究，因此西域諸國的方位早已經被他銘記於心，可是自己現在這副模樣，的確不適合騎馬。

伊頓術拍了拍陳益和的肩膀。「莎車距離精絕不過兩日的路，雖然不遠，但是你現在的傷勢不適合騎馬。既然我救了你，便好人做到底，你就在這裡好好養傷吧！你的馬匹也被牽回來了，等你的傷勢好了，便可以出發去莎車。」

二人在房內說著說著，突然傳來一個少女清脆的笑聲。

只見一名胡人少女跑進來，白皙的皮膚在陽光下看著瑩白如雪，棕色的頭髮被高高豎起，腦門上垂著一個墜子，綠色的眼眸笑彎彎的，身材高眺，腰肢纖細，一身大紅色的勒腰紗裙讓她整個人看著美豔不可方物。

伊頓術看著微笑的少女，搖了搖頭。「莎娜，妳怎麼來了？」

名叫莎娜的少女捂著嘴笑道：「府裡的人都說二兄撿了個人回來，我好奇才跑來看看。你和大兄都不常在家，太沒意思了，阿爸阿媽又喜歡在果園裡待著，我都沒人說說話。」

伊頓術看著妹妹嬌美的臉，笑道：「這話我才不相信，誰不知道我妹妹莎娜是沙漠中最美的花朵，不知道有多少小夥子想跟妳出去賽馬呢，怎麼會沒意思？」

莎娜臉一紅，低聲啐道：「呸，他們也配？一個個看著都粗魯得很！」

陳益和躺在床榻上聽著二人的對話，想起了沈珍珍和沈大郎這對親密無間的兄妹，以前也總是會這樣拌嘴，便情不自禁地笑了。

莎娜一邊跟二兄說話，一邊偷偷探過頭去看，恰巧看見陳益和的正臉，還有他微笑的樣子，忽然就有些臉紅，心道：這郎君怎麼生得這樣好看？看著比二兄還要好看呢！

伊頓術才拉著莎娜，對躺著的陳益和道：「這是我阿妹，莎娜，淘氣的小姑娘。」

陳益和點了點頭，微笑道：「原來是尹術兄的阿妹。在下陳三，承蒙令兄相救，還要在府裡叨擾幾日了。」

莎娜只會簡單地說幾句中原話，對於陳益和這一長串話聽得是雲裡霧裡的，只能臉紅道：「你在這裡好好養傷。」說完又覺得自己好像回答得不對，一時之間臉燒得要命，只得自己跺了跺腳先跑了。

尹術看著妹妹跑走的背影，又回頭看了看陳三，不禁搖了搖頭，露出一絲寵溺的無奈。

陳益和總算是死裡逃生，而沈珍珍則一路跟著商隊，緊咬牙根，一日復一日地趕路。眼看距離邊塞越來越近，她才終於能體會「大漠孤煙直，長河落日圓」這句詩。無邊的沙漠開始出現在視線中，在遠處與深藍色的天空交會在一起。沈珍珍摘下頭巾，興奮地爬上沙丘，回望來時的路，已經都看不見了。

商隊領隊恭敬地對沈珍珍道：「這片沙漠看著大，其實並非如此，我們行走幾個時辰便可以出去，到達一片綠洲。今晚到達下一個城鎮略微調整，再走一走，我們距離張掖便只有幾日的路程了。」

沈珍珍笑道：「這一路多虧您的照看，您快別這樣客氣。我跟著你們走，不用顧慮我。」

商隊的領隊笑了笑。「哪能呢？咱們是什麼身分，您又是什麼身分。」

沈珍珍搖了搖頭。「我現在都是靠您才能從西京到達西域，在這茫茫沙漠裡，不必對身分等事太過介懷。」

沈珍珍哼著小曲，站在沙丘上，感受燥熱的風。她順著領隊的指向，看往張掖的方向，心中又似有了無限的力量。忽然，身後傳來嘹亮的歌聲。

商隊領隊回頭看了看後，道：「想必是別的商隊，我們還是儘快趕路吧。」

沈珍珍乖巧地點了點頭，蒙上頭巾，走下沙丘，一行人又開始牽著馬緩慢地行走。

然而，身後的商隊腳程卻很快。

只見趕上來的馬隊由一群壯漢組成，一整隊的壯漢看著氣宇軒昂，甚有氣勢。

沈珍珍偷偷打量這一群人，見每個郎君頭上都繫著頭巾，棕色的鬈髮被高高束起，左耳上戴著大大的耳環，蒙面的頭巾使人看不到臉的模樣，但是那一雙雙湖藍色的眼睛在陽光下就像藍色的寶石般熠熠發光。

為首的一人操著一口流利的中原話，對商隊領隊問道：「請問可否分我們一壺水？我們到達綠洲估計要過了晌午，眾兄弟實在是口渴，我們已經滴水不剩了。」

商隊領隊眼看這一群壯漢十分不好惹的樣子，表現得又是如此彬彬有禮，也不好拒絕，便看了看沈珍珍，見沈珍珍輕輕點了點頭，領隊於是拿出一壺水交給那漢子。

漢子禮貌地鞠了一躬道：「您今天的善行會得到回報的。」

一行漢子輪流喝了幾口水後，便點頭致意，又快腳程地離去了。

商隊領隊這才有些後怕地對沈珍珍道：「剛剛還真怕這幫魁梧的漢子不是好人，沒想到真的只是要些水。」

沈珍珍看著一行人遠去的背影，低聲道：「我看這些人不是商隊，先不說體格了，騎馬有術，個個身強力壯的，說不定是護衛或是軍隊的人。沒事，我們就繼續趕路吧。」

陳五湊過來，低聲對沈珍珍道：「恐怕是西域哪一國的軍人。」

沈珍珍點點頭。「既與我們無關，走就是了。」

陳六警惕地看著前方。「還是要警醒些的好，走到了沙漠這種空曠的地方，四處並無遮擋，若是遇到襲擊，就毫無辦法了。」

商隊果然在晌午後到達沙漠另一邊緣的綠洲，看見綠洲的時候，沈珍珍驚呆了，心裡感嘆，怪不得綠洲被稱作沙漠明珠，真是一點都不為過。剛剛走出滿是黃沙的沙漠，乍一看到這鬱鬱蔥蔥的樹木圍繞在明鏡般的水泊旁邊，綠色的水草一片豐茂，她甚至覺得自己出現了幻覺。沙漠是如此神奇的地方，竟然可以容納兩種截然不同的奇景。

商隊的人們看見綠洲，也是一片雀躍的歡呼，彷彿走過沙漠的疲倦全都不見了。

沈珍珍將馬交給陳五，自己和夏蝶撒歡地跑向水邊。到底都還是小娘子，即便是經受了風沙的考驗，受了不少苦，且心裡還裝著沈重的心事，但這一刻，二人卻都像是小孩子一般，摘掉頭巾，脫了鞋襪，站在水泊旁，捧起清澈的甘泉灑在臉上，感受著一片清涼。

不遠處，一幫壯漢席地而坐，原來就是之前問沈珍珍所在的商隊索水喝的馬隊。那一行人坐在一起，圍成一大圈休息，坐在最中央的年輕郎君看著不似其他人一樣強壯，有些削瘦，膚色也比其他人要白，大鬈的長髮隨意束起，掉下幾縷垂在耳邊，雙耳戴著耳環，取下頭巾後，精緻立體的五官拼湊成一張完美無瑕的臉，此刻他嘴角帶著一絲不羈的笑。

一人指著在遠處水旁打鬧的沈珍珍二人，對坐在中間的這位郎君道：「王子，那二人是我們剛剛路過要了些水的商隊的人，看著像是西京來的。」

原來這位被稱為王子的，正是西域諸國中實力強大的疏勒國二王子——古力多輝。古力多輝和其一母同胞的哥哥，都是疏勒國王的正妃所出，因他長得十分討喜，所以頗受疏勒國王的喜愛。古力多輝是個聰明人，國內有個能幹的親大哥幫助父王處理國事，他正好就往外跑，喜歡帶著自己的護衛四處遊歷。如今才二十歲，年紀輕輕的，倒是見多識廣。

過去人們都說疏勒是蠻荒之國，國人粗魯暴厲，可自從絲綢之路開通後，中原文化對西域的文化有了很大衝擊，且現在的疏勒國王恰好又十分喜愛中原文化。古力多輝小時候總是聽他父王說，中原最有名的一句話叫「讀萬卷書，行萬里路」，因此這幾年古力多輝時常出外遊歷，一出來就是大半年，現在不僅能說一口中原話，還精通西域其他國家的語言。

古力多輝順著護衛的指向看向了水泊，一眼就看出沈珍珍是個女扮男裝的女嬌娥。雖然穿著男裝，眼光毒辣的古力多輝還是能看出此女不僅容貌姣好，連身段都是上等，他不禁露出一絲壞壞的笑意，那雙湖藍色的眼睛就像有魔力一般，綻放出不一樣的光彩。

沈珍珍和夏蝶將水壺裝滿水後，走到商隊休憩處。

陳五道：「這片綠洲後，我們應該很快就能走出這片沙漠了。」

沈珍珍笑著點了點頭。

這時商隊領隊走來道：「夫人，剛剛那群壯漢裡有人送來這個。」領隊遞上一張紙箋。

沈珍珍好奇地接過紙箋，打開細看，卻發現裡頭夾了朵風乾的花朵，而紙上根本無字。

沈珍珍拿著空白的紙箋，朝那群壯漢們看過去，只見人群中忽然有一人走出來，唱起了歌，聽著是胡人的歌曲，卻見一旁的商隊領隊臉紅了，她忙問道：「他這……這唱的是什麼？」

領隊只得硬著頭皮道：「是西域人唱給美麗女郎的，您知道，西域人比較熱情奔放，有時候唱一首歌就能求得一夜……歡好。」

沈珍珍一聽，轟地一下子，恨不得從腳跟紅到頭皮！她一個嫁人的婦人，竟然被調戲了?!沈珍珍雖然心裡惱火，卻還是冷靜地對握了握拳頭的陳六搖搖頭。「出門在外，儘量別惹事。他們人多勢眾，又看著身強體壯的，算了，以免給商隊惹麻煩。」

古力多輝唱完一首歌後，旁邊的護衛玩笑道：「王子平時是一曲難求的，平日您在疏勒的時候，有多少女郎給您求愛，都被您拒絕了，今日竟然對一位異族女郎唱了這首歌，可惜她都聽不懂。」

古力多輝笑得開懷。「她聽不懂，旁邊也一定有能聽懂的。不要跟我說那些在疏勒熱情如火的野馬，我喜歡的就是這種看著如清谷幽蓮般精緻的美人。」

那護衛道：「王子您這般模樣，又有誰能拒絕呢？」

古力多輝搖了搖頭。「我也只是興起而已，那女郎一看就是中原來的，雖然大周民風開放，但是跟咱們西域諸國比起來還是保守得多，我可沒有指望她會投懷送抱，只是想告訴這位女郎她很美罷了。我可不是那中原落地為寇的山寨大王，要半路搶個壓寨夫人。閨房之樂也要兩相情願，才能酣暢淋漓不是？」古力多輝嘴上雖是這麼說，卻還是忍不住看向沈珍珍那個方向，心道：真想看看她女裝的樣子，可惜這副身段了……一邊這樣想的古力多輝又搖了搖頭，自言自語道：「我一定是太久沒見女人了，才會這麼急色昏了頭，想不到我也有今天……」

於是，沈珍珍莫名其妙地收了朵風乾的花，又看著一群壯漢騎馬而去，都沒鬧明白到底是怎麼回事。丈二金剛摸不著頭腦的她休息好之後，就跟著商隊的人一起繼續上路，要趕在天黑之前走出沙漠，到達城鎮。張掖城已經不遠了，想到這裡，沈珍珍的心就如將要沸騰的水一般，熱了起來。

第四十三章　路遇馬賊

沈珍珍一行人終於在天黑之前到達一家邊塞客棧，客棧看著已經有些年頭，有點破敗，門口點著幾個紅色的燈籠。那燈籠裡的火光十分微弱，但在這邊陲之地、在漸漸變黑的天色中，卻讓長途跋涉的路人看著有種莫名的歸屬感。沈珍珍看著這幾個燈籠，想起了西京華燈初上、萬家燈火之感，想起了當年陳益和送的兔子花燈，不免露出一絲笑意。

商隊領隊帶領眾人進入客棧，一樓不過擺著幾張桌子，旁邊有三個房間，二樓有五個房間。所幸今日並沒有別的商旅入住，因此沈珍珍跟隨的這個商隊剛好可以全部住下。商隊領隊歉意地摸摸頭道：「夫人，今晚就在此將就一宿吧？咱們三十二人，剛好一間住四人，共八間房。」

沈珍珍擺了擺手道：「快別這樣說，有個地方能躺一會兒已經十分解乏了。領隊以前住過這家客棧嗎？我看這客棧似乎已經有些年頭了。」

商隊領隊點了點頭，但是略帶詫異地道：「以前是住過這家店，來來回回也就是那幾個人，但怎地今年看著都變了面孔，莫不是這家客棧被賣了不成？」

陳五一聽，嚴肅道：「在這邊陲之地開家這樣的客棧，這裡的主人一定不簡單。」

陳六點了點頭。「這話說得不錯，晚上我們還是警醒些好，以防有何不妥。」

沈珍珍點了點頭表示同意，她一個弱女子，從未出過遠門，特別是來到這種邊塞要地、魚龍混雜的地方，還是乖乖聽話最合適。

大家紛紛入住各自的房間之後，吃了點東西，擦洗擦洗，待夜色漸濃，就都準備安置了。陳五、陳六二人與沈珍珍、夏蝶住在二樓的上房，二陳商量著兩人輪流守夜，陳五守前半夜，陳六則守後半夜。

待沈珍珍簡單地洗漱一番，準備休息了，陳五就點亮一根蠟燭守夜，陳六則坐在門邊淺睡。沈珍珍和衣而眠，躺於榻上，此時卻毫無睡意，倒是躺在身邊的夏蝶很快就睡著了。沈珍珍始終堅信夫君仍活著，因為從小到大，陳益和在她的心中一直是個意志力堅定且對生活充滿熱情的人。夜漸漸地深了，心事重重卻又拖著疲憊身軀的沈珍珍終於有了睡意，漸漸地進入了夢鄉……

後半夜是陳六起來值夜，陳五點了點頭，坐在陳六剛剛坐的位置，閉上眼睛入睡。客棧外邊是夜色無邊，不遠處卻有馬蹄的聲音響起，由遠及近。三十來人穿著夜行衣，手拿彎刀，騎馬而來，而客棧主人則站在客棧外等著，看見這一隊的人下了馬，那客棧主人連忙跑到為首的人跟前笑道：「大哥，這個商隊規模頗小，但是看著是從中原而來，想必手中是有銀錢的。眼見天氣越來越熱，大的商隊又不會在此時前來，弟兄們也不能餓著啊！」

那為首的壯漢笑道：「還是你小子想得周到，弟兄們倒不至於餓著，只是你分析得有道理，這酷暑天氣馬上就到，商隊們一時半會兒也不會多起來，能做上一票是一票。況且你說的，就三十餘人，那我等也不用費任何力氣，若是不反抗，我們拿錢就走；若是反抗的話，就怪不得我們了，老規矩，男子做包子，女子帶回去讓兄弟們開葷！哈哈……」

此時在房間裡熟睡的眾人根本不知自己已經成了餓狼眼中的肥羊，只等著被宰殺。

陳六一直十分警惕地聽著外面的動靜，忽然，他搖醒陳五。「快起來，有狀況！」

陳五立刻睜開雙眼，二人輕輕地走到窗前，掀開一道縫向外看去。

陳六低聲道：「快叫醒夫人和丫鬟，我們得去馬房。外面應該有多於我們的人，今日看來，一場惡戰是免不了了，咱們今日是遇上馬賊和黑店了。」

陳五急忙問道：「那商隊怎麼辦？」

陳六搖了搖頭。「顧不了那麼多了。商隊的人好歹還能做些掩護，我們能帶著夫人從後面騎馬出去。」

正在熟睡的沈珍珍忽然被搖醒，迷迷糊糊的她還不知道出了什麼事情。

陳六低聲道：「夫人快起來，外面有情況，我們恐怕是遇到了馬賊，這客棧只怕不乾淨，我們需要趕緊到馬房去。」

沈珍珍一下子清醒了，連忙跳起來，而她身旁的夏蝶也已經坐起身。

四人本就沒有什麼要收拾的，陳六悄悄打開門，走在最前面，打了個手勢，後面的三人便貓著身子跟出來。

樓梯口站了一個店中的夥計守著，陳六右手向下，袖口裡滑出一把鋒利的尖刀，不過一瞬間，他一步上前，右手的尖刀劃過那夥計的脖頸，見血封喉。

沈珍珍強忍心中的恐懼，一步也不敢停留地跨過那夥計的屍體，快步跟著陳六向客棧的後門走去。

後門站了兩個店夥計，這二人壓根兒沒想到樓上竟然有人下來，因此還在那裡說著笑話。

陳六一個眼神過去，陳五心領神會，二人並排走到沈珍珍和夏蝶的前面，忽然暴起，衝到那兩個夥計跟前，一人一把匕首，直插入目標的心臟，那兩個夥計連聲音都沒叫出來，就已經歪倒在地了。

四人打開後門，走到馬房，陳六偷偷解開兩匹馬道：「一會兒夫人跟著我，夏蝶跟著陳五，我們騎兩匹馬突圍出去，但不是現在，等會兒他們入了客棧，我們再趁亂跑出去。」

心裡緊張的沈珍珍在這個時候覺得腿有些發軟，月黑風高正是個合適的殺人夜，除了年少時騎馬被嚇到，此時的沈珍珍又有了生命脆弱的強烈感覺，她真怕自己今天逃不過這個劫難。要知道，這些馬賊都不是善茬，自己又是個女流之輩，若是被抓去，就只可能受盡侮辱，若是那樣，她還怎麼有臉去找夫君？倒不如死了乾淨！

心中千迴百轉的沈珍珍摸了摸放在胸口、臨出發前陳克松給的一把防身匕首，暗暗下定決心，一定要奮力逃出去，若是真有個萬一，被那些馬賊抓住，她就用這把匕首給自己一個了結。想到此，沈珍珍的淚忽然就湧了出來，心中呼喊了無數次陳益和的名字，眼睛睜得大大的，看著馬房外的動靜，連大氣都不敢出，只等著陳六的指示。

馬賊們都下馬後，等了一會兒，那為首的才揮了揮手，一群人蜂擁而進。

陳六看準時機，扔給陳五另一段馬繩，輕聲喊道：「上馬！」

沈珍珍還沒反應過來，就被一躍上馬的陳六大臂一甩地帶上了馬，而陳五也是同樣迅速地將夏蝶帶上馬，兩匹馬在夜色中就如弓弦上的箭被急速射出一樣，奔了出去。

客棧中的馬賊聽到動靜，跑出來查看時，只能看見夜色中快速移動的兩個黑點越馳越遠，那首領搖了搖頭道：「不用管了，想來是身手極好的人。我們今日拿了錢走人就是，這剩下的人就讓他們走吧。」

商隊領隊自認倒楣，遇到了馬賊，只得將值錢的財物都給出去。沒有看見沈珍珍四人的他反倒是鬆了一口氣，這夫人可比銀錢重要得多，想必是夫人的那兩位護衛已經帶著人跑出去。商隊等人倒是沒有遇到生命危險，只不過被馬賊們拳打腳踢了一番，受些皮肉之苦，馬賊們繳獲了錢財便滿意地揚長而去了。

陳五、陳六奮力地馭馬疾馳了好一陣子，在感覺後方並無人追趕後，才放緩速度，但是卻在這茫茫夜色中迷失了方向。

陳五指著天上的北斗七星道：「一路向西北總是沒錯的，如今不用疾馳，我們放慢速度走一陣子，再過不到兩個時辰應該就天亮了。」

陳六也道：「不錯，那些馬賊應該不會追我們，希望商隊無事，到了張掖再與他們會合也不遲。」

一直在馬上顛簸的沈珍珍強忍著胃中的不適，一言不發。

夏蝶看沈珍珍沒說話，忙問道：「娘子？」

沈珍珍擺了擺手道：「我不礙事，剛剛實在是太過緊張。」

陳六道：「我們走慢些，夫人大概是剛剛被嚇著了。像我們這種頭放在刀刃上過日子的人，早都已經習慣了殺人不見血。」

四人走著走著，忽然發現前面有一片高低不一的灌木和喬木叢，依稀有火光冒出。

陳六警惕道：「我們在馬上，若是發現有任何不對，立刻跑。」

沈珍珍剛剛放下的心又立刻提起來，她從未感覺過夜是如此漫長。

待四人漸漸走近，竟看見了熟悉的人群，原來是昨日見到的那一隊藍眼睛的壯漢們！

他們依舊圍坐成一個圈，坐在中間閉目養神的古力多輝聽見了由遠及近的馬蹄聲，忽然睜開眼，一看見來人，銳利如刀的眼神漸漸柔和了一些。

陳六下馬問道：「壯士，可否容我們在此休息一會兒？夜路太黑，不適合行走。」

古力多輝的嘴角咧開一道弧度。「可以，就當作我們當初喝水的回報。」

陳六才扶了沈珍珍下馬，有些虛弱的她此時在火光的映照下頗為蒼白，巴掌大的小臉看著十分楚楚可憐。

沈珍珍低聲道了句謝謝，就坐在一棵樹下，整晚高度緊張的她此刻才覺得略微放鬆些。

古力多輝這才能細細地打量沈珍珍，果然如他所料的一般，是個中原美人，皮膚雖然不似胡女白，但是看著十分細膩，彎彎細細的眉毛讓美人多了分柔美，最動人的便是那雙眼睛，看著像小鹿一般無辜、濕漉漉的，讓人不禁想去撫摸。

古力多輝鬼使神差地問了一句。「那天的花好看嗎？」

沈珍珍才抬起眼看著問話的男子，想起了昨日收到的風乾花朵，還有那個手舞足蹈唱歌的男子，原來就是坐在眼前的這位。

沈珍珍一向認為她的親親夫君已經是個頂美頂美的人兒了，沒想到此刻又來一個，只是二人的氣質大不相同。陳益和給人的感覺總是那麼儒雅，加之五官又好，使人看著如沐春風，如癡如醉；眼前的這位可完全不一樣，大波浪的鬈髮隨意紮起，怎麼看都帶著慵懶的味道，濃眉深目，特別是那雙湖藍色的眼睛，讓人想起無邊的大海，耳朵上戴著的寶石耳釘使得整個人看著格外搶眼，總之，眼前的這個人看著就是美麗與狂野的完美組合。

沈珍珍雖然看了古力多輝一眼，卻沒有回答，倒是叫古力多輝有些尷尬，不由得又多看她幾眼，還一邊深深地感慨，眼前的這朵空谷幽蘭果然跟他見過的女子都不一樣。

古力多輝樣貌不俗，又會利用自己的樣貌優勢展現自己的魅力，以前他無論是在西域國家還是到了中原，身邊都不乏對他愛慕有加的女子，更有那大膽開放的，是恨不能求得與他一夜歡好，可惜了這些女子，沒幾個能入得他的眼，反而是眼前這個對他愛搭不理的美人，倒是極對他的胃口。看著沈珍珍的側臉，他就已經覺得自己的身體有些發熱了，連忙喝了幾口水壓下身體的躁動。

陳六聽見古力多輝的話，又看見此人正眼光火辣辣地看著他家少夫人，只得快步走到沈珍珍的前面，擋住古力多輝熱辣的視線。

被擋住視線的古力多輝，這才抬眼去看陳五和陳六二人。

古力多輝遊歷多年，也算是閱人無數了，從剛剛陳六行雲流水地躍下馬到上前詢問他們，不過就是那麼一會兒的時間，卻讓敏銳的古力多輝察覺出這人的身手必定不簡單，別看這人雖然是中等身材，沒有多壯，但是渾身散發出的感覺就如他見過的黑色獵豹一般，充滿著力量，彷彿隨時就能暴起給人致命一擊。這麼一來，他反而對沈珍珍更為好奇了，究竟是什麼樣的女子，身邊竟有如此身手的護衛，她究竟是從哪裡來？又要去哪裡？

陳六低下頭，低聲對沈珍珍道：「您還是安心地閉目靠著樹幹睡一會兒吧，否則明日可能會撐不住，無法繼續跋涉，咱們還有幾日才能到達張掖城。」

沈珍珍乖巧地點了點頭，此刻的她的確是身心疲累，因此頭靠著樹幹，輕輕地閉上眼。一旁的夏蝶連忙取出包袱中的一件厚衣服，輕輕地披在沈珍珍的身上，怕她受涼。

古力多輝看著陳六，開口問道：「我看你們昨天一個商隊還有三十來人，怎地今日就只有你們四個？」

陳六本不願回答，但畢竟有求於人，何況現在並不是惹事的時候，只得開口道：「我們昨日傍晚到了一家客棧，誰想到半夜竟然有馬賊來襲，我們四人運氣好，趁亂跑了出來。」

古力多輝感嘆道：「遇到馬賊，你們四個還能安全無恙地跑出來，倒也算有本事了。不過在這附近出沒的馬賊多是以搶奪錢財為主，只要對方能乖乖地交出銀子，他們一般是不會傷及性命的。」

陳六一聽，心裡倒也好受了些，畢竟與那商隊的人朝夕相處了這麼久，大家一路跋涉，好不容易快到目的地了，卻遇到馬賊，若是因此丟了性命，實在是太過可惜了。

古力多輝繼續問道：「那你們要去往何處？」
陳六低聲答道：「張掖城。」
古力多輝想了一下後，道：「那還有兩日的路程，這一路上沒個投宿的地方，你們人又太少，若是再遇到什麼事情，恐怕是再難以脫身了。不如就跟我們一起走吧，也有個照應，反正我們也是要去張掖城的。」
古力多輝的一個護衛聽了，本想說點什麼，卻見古力多輝右手一揮，低聲用胡語說了一句話，那護衛便低下頭，不敢再說什麼了。
陳五一聽高興極了，連忙拽了拽陳六的衣袖，在陳六耳旁低語道：「若是能這樣，怕是眼下最好的辦法了！跟著他們，我們也能安全些，否則若是再遇上馬賊，你我二人可就未必能帶著夫人脫身了。」
陳六點了點頭表示同意，同時對古力多輝抱拳道了一聲謝。
古力多輝看了看已經睡著的沈珍珍，心想：這一路有個美人相陪倒是不壞的，若是能有機會一親芳澤就更好了！想到此，他不禁露出壞壞的笑，看著卻是格外的迷人。

第四十四章 張掖城甥舅相見

在同樣一片夜空下，另一邊，陳益和躺在床榻上，剛剛從噩夢中醒來，久久不能合眼。他活動了一下右肩，嘆了一口氣。俗話說傷筋動骨一百天，他雖然沒有胳膊腿斷掉，但是當晚那樣凶險的情況下，卻是受了一身的劍傷，特別是右邊背上的那一劍差點刺穿身體，要了他的命。如今雖然傷口新肉已經長得差不多，但是他右手的行動卻受到影響，背部的劍傷牽動肩膀和右臂，之前他根本無法用右手使劍。

尹術倒真是個樂於助人的，看著陳益和著急的模樣，勸說慢慢來，而尹術的妹妹也時不時出現在陳益和所在的院子，嬌羞地問陳益和是哪裡人士？可有婚配？聰明的陳益和哪能看不出這活潑的西域少女眼中蕩漾的情意？可惜他的心中只有自己的妻子，只得實話實說自己已經有了妻子，莎娜聽後頗為失落。

此時陳益和的內心十分焦慮，因為西域局勢詭譎，在他沒搞明白事情之前，不能輕易說出自己的身分，否則說不定會招來殺身之禍，也因為有此顧慮，所以他遲遲不敢給西京的家中去信報平安。同時，陳益和也一直很擔心，不知三皇子到底有沒有平安地到達張掖城？若是三皇子沒能到達張掖城，那中原與西域是不是又要興起戰事？這一件又一件的事情時時縈繞在他的腦海中，讓他思慮重重，卻只能暗恨自己的身體不爭氣。

在操心朝廷之事的同時，陳益和的心中還深深地掛念著自己的妻子沈珍珍。自從離開西京後，他沒有一天不思念她，特別是經歷生死劫後，他更加渴望見到她，想要告訴她，自己就是死也不能停止愛她。每當他想起沈珍珍的笑臉，身上彷彿就有了力量，卻又擔心她一人在家不自在。也不知道她自己一人在後宅中能否應付一切？特別是阿弟成親後，不知道嫡母的姪女是不是個好相與的？若是跟他嫡母一般的脾氣，可有沈珍珍受的了。

也許是日有所思，夜有所夢，夜晚早早入睡的陳益和稍早前終於在夢中見到了自己朝思暮想的妻子，但是夢境並不是二人濃情密意的畫面，而是沈珍珍在沙漠中被人追殺！那夢境真實得就像是發生在他眼前似的，無論他怎麼呼喊都不能阻止這一切，直到他忽然驚醒了，可怕的夢境才消失。他嚇出了一身的汗，毫無睡意，只能這麼靜靜地看著天花板，靜靜地思索離開的事情。

他的傷現在已好得差不多，是時候離開了。本來是想直接返回張掖城歸隊的，可是熱情的尹術卻說了，若是他要離開的話，一定要派兩個家中的結實下人護送，況且之前陳益和的說詞也是自己要出發去莎車國，現在若說要去張掖，豈不是前後矛盾，屆時要如何圓這一個個的謊言？思前想後的陳益和覺得，最為穩妥的方法便是先去往莎車，擺脫尹術的人後，他再從外祖父家中出發回到張掖城。只是到了莎車後，他必須要給西京的家中去一封信報平安，好叫家中的人放心。此時的他根本不知道他生死不明的信早已經被送到西京，而沈珍珍也已經離開西京，跋涉了千山萬水，快要到達西域了。

沈珍珍一行人與古力多輝等人待隔日天亮後就一起出發了。沈珍珍的臉色依然不好，小臉看著十分蒼白、毫無血色，卻依舊咬緊牙關。

有了古力多輝這一群壯漢的護送，剩下的這一路上倒是沒再遇到任何麻煩。

古力多輝看沈珍珍的臉色十分不好，憐惜其身體單薄，便有意放慢腳程，還時不時讓隊伍休息一下。

沈珍珍當然能感覺得出來這個胡人的好心，因此讓夏蝶去說聲謝謝。

古力多輝看著沈珍珍，不由得露出得意的笑容，整個人在陽光下看著格外的好看。

連續兩日的跋涉後，張掖城終於近在眼前了！看著這樣一座屹立在邊塞的城池，還有城牆上掛著的牌匾，沈珍珍忽然情難自抑地用一隻手輕輕捂住眼睛，害怕自己一不小心就會淚流成河。

陳五一看沈珍珍的模樣，便揪了揪自己的衣襟，怪聲怪氣道：「我說一股什麼味道，原來是我身上的酸味已經這般熏人了！怪不得路過的小娘子們避之唯恐不及，可叫我如何繼續風流？真是愁啊！」

陳六看著陳五那誇張的表情和動作，忍不住笑罵道：「你個田舍奴，平日丟丟人也就罷了，怎地跑到這邊塞來還這般模樣？不過咱們的確是需要好好沐浴一番了，所幸終於到了張掖城，能好好休息一晚。」

沈珍珍本是各種情緒湧上心頭的，卻被這二人的對話給逗笑了。雖然還沒有到達他們的目的地莎車國，可是到了張掖也算是成功一大半了，這心裡總算是有點著落。來之前，大長公主曾給了她信物，囑咐她到了張掖城可去尋自己的親舅舅——王愷之。

一名古力多輝的手下低聲問道：「王子，我們可要入張掖城？」

古力多輝道：「我們進城休整一番，明日一早啟程，兩日便可回家了。兄弟們也都累了，今日讓大家好好休息，有些別的心思的也准了，只是萬萬不可滋事，若是叫我知道了，定不輕饒。」

那手下連忙恭敬地低聲道：「是！待入城後，我就告知他們。」

一行人剛剛進了張掖城，古力多輝便對沈珍珍等人道：「如今已經安全到達張掖，咱們也就此分道揚鑣吧。不知在下是否有幸得知女郎尊姓大名？」

沈珍珍一聽，有些臉紅，一時不知該怎麼回應。自己是有夫之婦，如何能將閨名告訴一個不相識的人？但此人又的確幫了她大忙，她只得擦了擦臉，微笑道：「這一路多虧這位郎君的相護，我們才能安全抵達張掖城。小女子姓沈，排行為四，在此多謝你的相護之恩。」

古力多輝在馬上瀟灑一笑。「若是以後到了疏勒，只要到城門口報上古力多輝這名字，就會有人帶妳來見我了。希望妳能來疏勒看看，美麗的女郎。」

古力多輝說完後，就與自己的手下離開，回頭看向沈珍珍時，還俏皮地眨了眨眼，但當他一轉過頭去，臉上的笑容就倏地褪去，嚴肅地對身旁的一名護衛道：「看看他們去往哪裡，來報與我聽。我已大半年沒回西域了，最近是什麼局勢還不是很清楚，但父王此次急召我回來必是有事情。你看那女郎身邊那兩名護衛的身手，我很好奇他們究竟是什麼人？現在這張掖城內莫非有什麼大人物？」

沈珍珍來到張掖的守軍處，通報了一聲，不過一會兒，王愷之便疾步走出。

王愷之看見沈珍珍時不由得一愣，他來不及細看沈珍珍的模樣，先被她的眼睛吸引了注意力，這雙眼睛簡直就跟他阿爺的一模一樣！怪不得母親說阿姊和外甥女的眼睛都酷似阿爺，他現在總算明白了。

眼前這個男人大概是長年駐守在外，皮膚不算白皙，但是古銅色的膚色看著十分健康，沈珍珍依稀從此人的五官中看到了她外祖母的模樣，心中暗想，此人莫不就是自己的親舅舅？於是她試探著叫了一聲。「二舅？」

王愷之還沈浸在自己對阿爺的懷念中，驀地被沈珍珍這聲「二舅」給拉回了神，連忙笑起來，大聲道：「對！來人可是我那外甥女沈家四娘？快讓二舅看看！」

沈珍珍聽後一笑，連忙走上前行禮。「珍珍見過王家二舅。」

她身後的夏蝶和陳五、陳六二人也連忙上前給王愷之行禮。

王愷之一手將沈珍珍扶起，一手揮了一下，示意其他幾人起身，嘆了一聲。「不愧是我阿姊的女兒，有如此勇氣，竟然敢自己帶著人從西京來到張掖，就算是咱們家的兒郎，也少有這般氣魄，若珍珍是個男兒身，必然是個驍勇善戰的將軍。這幾個陪同妳來的，想必也是身手不凡，否則阿姊和阿娘如何放得下心？來，咱們先進屋，等一下再細說。」

見到親人的沈珍珍，忽然就覺得心安不少，雖然是第一次見到王愷之，可是血緣有時候就是這麼神奇，可以一瞬間就讓你對人親近起來，尤其王愷之長得酷似大長公主，讓沈珍珍看著覺得特別親切。

待王愷之吩咐下人準備吃食後，沈珍珍有些不好意思地道：「二舅，我們幾人在沙漠中走了好些日子，可否先沐浴一番？否則真怕污了你的客房。」

王愷之拍了拍腦袋。「看我這粗人！妳說得對，還是先沐浴一番舒服！只是我這裡的環境到底不能跟西京比，你們就將就一下吧。等你們沐浴完，吃食也就備好了，咱們再說。」

待沈珍珍等人都洗乾淨，收拾妥當後，王愷之已經讓人備好葡萄漿和冷食。「快吃點東西吧，這一路來到底是辛苦極了。」

王愷之一邊說一邊打量沈珍珍，不禁暗自點了點頭。都說他們王氏女是世家女中的絕頂明珠，隨便一個庶女都能嫁得極好，沈珍珍雖然出自小門小戶，但的確算得上樣貌不俗，即便經歷兩個月的長途跋涉，依然不影響姣好的面容和那舉手投足間的禮儀氣度。

王愷之不禁對自己這素未謀面的阿姊更加好奇了，能將女兒教成這般模樣，也不知她以前在家中那樣的身分是怎樣做到的？至少他見過的許多小妾所出的女郎都是小家子氣居多，哪裡像沈珍珍這樣落落大方、氣質如蘭呢？

沈珍珍剛跪到自己的小桌旁，就急急開口問：「二舅可有我夫君陳益和的任何消息？」

王愷之搖了搖頭。「還沒有，但是沒有消息也許是最好的消息，他說不定在哪裡好好地活著，只是一時半會兒不能給我們通信。妳可有何計劃？」

沈珍珍略微思索了下後，道：「珍珍想，若是他安然無事，要麼返回張掖，要麼會去往莎車，那裡是他的外祖家。如今一點消息都沒有，珍珍又實在放心不下，遂想去莎車查看一番。另外，當初我們是與外祖母找來的商隊一起出發前來的，可是路遇馬賊，走散了，若是他們入城，可否請二舅派人留意一下？」

王愷之一聽馬賊，連忙詢問是怎麼回事？

沈珍珍就將這一路上的所見所聞和遇到馬賊的來龍去脈講了一番。

當王愷之聽到古力多輝時，忽然打斷她，問道：「古力多輝？可是藍眼睛？」

沈珍珍連忙點了點頭。

王愷之道：「那必然是疏勒國的王族，倒是有些意思……」之後又問了問西京的事情。

甥舅倆的第一次見面是相談甚歡，王愷之也決定派人隨沈珍珍前往莎車尋找陳益和。

第四十五章　陳益和告別精絕國，抵達莎車國

這日，對自家娘子到達西域毫不知情的陳益和，已經準備好離開伊頓府，離開精絕國，目的地就是他生母長大的地方——莎車國。

雖然尹術一向惜才，可惜這麼多日子他一直觀察來觀察去，都沒能得出一個關於陳三的結論。尹術越發覺得陳三這人不簡單，深藏不露，還帶著很多秘密。因此，他也就不再有過多的心思，畢竟留在身邊的人最忌不知根知底了，所謂疑人不用，用人不疑。

對陳益和心有愛慕的莎娜，儘管得知陳益和已經婚配了，卻依然沒有退縮。莎娜是當地小有名氣的美人，多少有些被平日追在自己身後的壯漢們慣壞了，畢竟聽到的是無盡的讚美，因此對自己頗有信心，認為只要自己一直對陳益和熱情如火，陳益和就會心悅於她。心急的她，好幾次晚上還想要偷溜進陳益和的房內做些小動作，但是沒有一次成功的。概因陳益和早年經過香雪一事，早對此套路瞭解清楚，平時一直防範有加。一直不得法的莎娜心裡著急萬分，生怕陳三要離開了，自己卻還不能將他留住。

作為哥哥的尹術將這一切看在眼裡，起初他覺得若是妹妹能征服陳三，倒也是一樁美事，可是這麼久了，作為旁觀者的他也只能對妹妹說聲抱歉了。情之一字，困住了多少癡男怨女，別人是想幫忙都幫不上的，何況他現在反倒不希望自己單純的妹妹跟著陳三了，生怕她以後受委屈。中原人的規矩多，而陳三又已經有婚配了，他不捨得莎娜給陳益和做妾，他

妹妹值得這精絕國中最威武雄壯的漢子匹配。

陳益和對尹術表示自己已經傷癒，當日就打算離開精絕國，前往莎車。

尹術欣然答應，並且救人救到底，送佛送到西，還派了兩名壯漢手下陪同陳益和一起前去莎車，畢竟他們是本地人，對去往西域諸國的路線更加熟悉，陳益和也能少走些彎路，順利到達莎車國。

陳益和自然對尹術的安排表現得感激萬分，只恨身上沒有什麼值錢的物什留下來給尹術，報答自己的感恩。

尹術頗為大方，笑道：「救人一命，勝造七級浮屠，我這也不過是給自己積德罷了，千萬不要如此客氣。日後若是有機會，我們還會再見，說不定那時，陳兄也有了自己的商隊來往這西域與西京之間，到那時我們也許會有許多合作的機會呢！你知道該如何找到我，我在西京的大學習巷有家店鋪叫伊頓閣，是專門經營我們運過去的一些特產，若是你日後想要尋我，就到那裡留口信給我。」

陳益和聽後立刻點了點頭。「多謝尹公子的好心幫助，陳三心中真不知道該如何感謝，只能每天為你祈福，希望你一切安好。若是有緣，我們自然還會再見的，正所謂人生何處不相逢。」跟尹術道過別後，陳益和便提了個包袱，牽著自己的馬，與尹術派來的兩名壯漢一起離開了伊頓府。

尹術站在門口，看著他們漸漸地走遠。

這時，莎娜突然跑出來，喊道：「陳三！你帶我一起走吧，莎娜願意跟你一起去中原！

只要跟你在一起，天涯海角都可以！」

尹術站在一旁，驚異地看著自己的妹妹。

陳益和轉過身，大聲說道：「莎娜，陳三已然娶妻，受不起妳那份真摯的情意！妳就像沙漠裡開出的嬌豔花朵，那樣豔麗奔放，可是陳三的心中只有屬於我的那朵空谷幽蘭，我無時無刻不在思念她，只恨不能長雙翅膀飛到她的跟前，一訴衷情。莎娜以後也會碰到這樣對妳的夫君，所以忘了我吧！」陳益和說完，揮了揮手，再次轉過身去，漸漸走遠。

莎娜想起陳益和的笑臉，忽然覺得自己從未靠近過眼前的這個男人，他距離自己那樣遠，就像天邊一朵絢麗的雲，怎麼都不能將他留住。想到這裡，她的眼眶情不自禁地湧出兩行熱淚，心裡不知是失落還是傷心多些。

伊頓術伸出手摟住妹妹莎娜的肩膀。

莎娜得到了依靠，不禁將臉埋在兄長的懷中，哭著問道：「他為什麼不喜歡我？我難道不美嗎？不好嗎？」

伊頓術見妹妹哭得傷心，揉了揉她的頭髮，溫柔地道：「不是我的莎娜不好，只是陳三的心只有那麼大點地方，那裡已住進別人，再容不下妳了。好啦，妳也不適合跟著他去中原，以後有機會，二兄倒是可以帶妳去中原看看那裡的繁華，看看中原人是怎樣生活的。」

莎娜乖巧地點了點頭，用手背抹了抹臉上的淚。「二兄說得對，我總會再找到喜歡的人，就讓他去找他心愛的妻子吧，莎娜也有莎娜的驕傲！」儘管嘴上說得十分倔強，可莎娜還是忍不住看向陳益和慢慢走遠的背影，直到變成一個黑點，心中忍不住道了聲再見。

身心疲憊的沈珍珍在張掖城休整了兩日有餘才覺得緩過勁來，畢竟還是個十幾歲的年輕小娘子，身體恢復得也快，特別是入了張掖城後，一路的擔驚受怕不再，精神倒是好了不少，於是她迫不及待地準備帶人去往莎車國尋找陳益和。

由於聽二舅說，被自己夫君所救的三皇子正在他的府中養傷，雖然沈珍珍實在不想去給這個有勇無謀的三皇子請安，畢竟要不是為了救他，夫君也不會到現在還不知所蹤，可是三皇子畢竟是皇室一員，按禮貌她也該去請個安才是，因此不情不願的她還是來請安了。出乎沈珍珍的意料，本以為傲慢不堪的三皇子卻頗平易近人，看著就是個溫文爾雅的少年。

傷勢早已痊癒的三皇子並沒有急著離開張掖，返回西京，而是在此等待肅宗的進一步指示。十幾歲的少年人經歷此事後，反而長大成熟了不少，傷勢好轉後，自己便開始主動閱覽兵書，不恥下問，同時也請王愷之幫自己找了個武師傅，加強武藝的練習。

三皇子聽聞陳益和的妻子沈珍珍從西京一路趕來尋找自己的夫君，內心除了佩服之外，更多的是愧疚感。若是陳益和遭遇不測，這遠道而來的沈珍珍小小年紀就此守寡，乃是人生之大不幸。三皇子細細地打量沈珍珍一番後，暗自點了點頭，覺得外貌倒是配得上陳益和。三皇子已經不自覺地將陳益和劃到了自己人的範圍內，他不知道自己現在在父皇眼中如何，未來又會是什麼結局，但是不管怎樣，他一定不能虧待自己的救命恩人。

沈珍珍哪裡知道三皇子心中的所思所想，只不敢多言，三皇子問一句，她就禮貌地答一句。三皇子詢問她接下來的計劃，沈珍珍便道出自己將要去往莎車國的緣由。

三皇子點了點頭。「我雖是個不中用的皇子，但若是有我幫得上的地方，儘管說。」

沈珍珍拜見過三皇子後，就返回自己的房間，不久就見夏蝶急急忙忙、踉踉蹌蹌地跑進來，她好奇地問道：「是出了什麼事情，叫妳這般慌張？」

此刻的夏蝶整個人看著十分激動，眼睛發亮，就連嘴角的笑容都無法收住，只得放慢自己的語速道：「是陳七回來了！」

沈珍珍一聽才發覺自己竟然將夫君多年來的忠實跟班陳七忘了！而且入了張掖也沒見到人呢！她忙對夏蝶道：「快叫到門口來見我，我要問問他這些日子都去哪裡了，神龍見首不見尾的。」

風塵僕僕的陳七被夏蝶帶過來，一看見沈珍珍就跪下，一個大男人竟開始掉眼淚。

沈珍珍忙道：「起來說話，哭哭啼啼的成何體統？我都還沒哭呢，你倒是哭起來了！快跟我說說，你這些日子都到哪裡去了？可有夫君的消息？」

陳七倔強地跪在那裡，揚起了頭，擦了擦眼淚。「都是屬下無能，沒能保護好三郎君，屬下實在是無顏面對夫人！」

沈珍珍奇道：「你不是一向與夫君形影不離的，怎地這次沒隨他出城？」

一聽到這裡，陳七的眼淚又開始控制不住了，哭道：「那兩日屬下有些中暑，折騰得厲害，郎君叫我待著休息，別與他一起去鄯善，省得拖累他，所以我就留在張掖，誰想到沒幾日就聽到他們一行人遇襲，郎君失蹤的消息，叫我……叫我內心實在是有愧得厲害……」

沈珍珍擺了擺手，無奈地嘆了口氣。「這事著實怨不得你，夫君也是為了你的身體著想。你試想，若是你拖著虛弱的身子跟他去了，指不定他還要救你，到時他的危險就又多了一分。那你這些日子去哪裡了？」

陳七緊接著道：「我就是出城去鄯善等距離近的小國查探一番，詢問有沒有見過受傷的人，但是一直沒有找到郎君的下落。」

沈珍珍心裡一緊。「也許他真是如我所想的去了莎車……我們今日就啟程去莎車吧！」

陳七詫異道：「莎車？為何我們要去莎車？」

沈珍珍搖了搖頭，無奈地道：「你不愧是將所有精力都放在武藝上，怎麼就不動腦想一想，夫君深入腹地，若是不能返回張掖，便只能去往那附近的小國。你再想想，夫君在莎車可是有外祖家的，他也許會覺得那個地方比較安全，所以我們要去莎車找他，也許這是最後的希望了。」

陳七一聽不禁拍了拍自己的頭。「看我這個腦袋，怎麼連這個都想不到！」

沈珍珍輕聲道：「快去收拾收拾，今日與我們一起出發吧！你也去看看，這次是誰跟我一起來西域的，保準叫你又驚又喜！」

陳七聽後急忙退下去收拾，準備與夫人一起出發。當他看見陳五、陳六二人時，真是如夫人所說的又驚又喜了，他已經好幾年都沒有見到這二人了！雖然他們在陳府一起長大，感情奇佳，但是後來被安排了不同的任務，出府的出府，反而幾年見不到一次面。侯爺這次竟將五哥和六哥召回陪同夫人來西域，這代表什麼呢？莫不是侯爺希望立三郎君為世子？陳七的腦海裡一瞬間千迴百轉。他其實並不傻，只是遇到陳益和失蹤的事情，慌了神罷了。

那一邊沈珍珍等人準備出發，而這一邊陳益和也在兩個壯漢的陪伴下到達了莎車國。莎車國在西域三十六國中算是小國，領土不大，但是人們的生活倒是頗為富裕，概因莎車的地理位置恰恰有金礦，人們靠此生活無憂。

陳益和拿著父親給的腰牌，進城後便開始詢問，在詢問好幾戶人家後，才終於有人知道，這腰牌上的商號圖騰乃是薩德家的商隊所有。陳益和連忙按照人們的指引，帶著壯漢們找到了薩德商鋪。一走進小店，就見裡面陳列著各式西京的胭脂水粉以及筆墨紙張，一瞬間倒是讓陳益和感覺自己好似回到了西京城一般。

店鋪中管事的是已經有白髮的老夥計了，他一看有客人進來，連忙用胡語問候，兩名壯漢是聽得懂，可陳益和卻是一點都不明白。那老管事也是個人精，立刻就換說中原話。

陳益和一聽此人會說中原話就連忙問道：「可否請見店鋪的主人？」

那老管事一看來人二話不說就要見自家老爺，身邊還跟著兩名壯漢，實在是有些可疑。陳益和連忙拿出自己身上的腰牌給夥計看，待那夥計一看清楚，急忙激動地跑上樓去，不知道嚷嚷些什麼。

不多時，二樓傳來急促的腳步聲，一個中年人跑下來，看見陳益和時忽然愣住了，隨即大叫一聲，用並不太標準的中原話問道：「你這腰牌從哪裡來的？」

陳益和連忙答道：「此腰牌其實乃某之母親留下來的。」

那中年人又問：「你母親是誰？」

陳益和老實說：「說來慚愧，在下只知母親漢名為夏錦，來自莎車，其餘並不清楚。」

只見那中年人一聽見「夏錦」二字，嘴唇便開始哆哆嗦嗦的，一個箭步上前，一把抱住陳益和。「難怪我看你就覺得面熟，原來你是伊莎的孩子！」

陳益和這才知道自己的生母原來有個美麗的名字——伊莎。一時之間，一個美麗的胡人少女形象彷彿在自己的眼前變得生動起來。

那中年人放開陳益和，疾聲道：「伊莎是我阿妹，我是她的阿兄，布圖，就是你的阿舅！沒想到此生竟然有見到你的一天，快隨我去見見你的外祖父！這些年來阿爸他一直思念著伊莎，我們以前也曾經去西京找過她，可是有人說她死了，我阿爸一時之間接受不了，就再也不去西京，不去那侯府了。是啊，伊莎跟那個男人去西京的時候已經有了身孕，你就是當年那個孩子啊！」

就這樣，陳益和一路被拉著來到距離店鋪不遠的薩德府。

剛一進門，布圖就大聲喊道：「阿爸、阿爸！快來看看我帶了誰回來，你快出來！」一個老人的聲音響起來。「今天你的中原話說得挺溜的，是帶了誰來啊？」老人掀開一個房間的簾子走出來，看見陳益和時有些愣神，隨即突然指著陳益和，怒氣沖沖地對布圖喊道：「他是誰？你究竟帶了誰到咱們家？」

陳益和被眼前熱情的布圖和生氣的老人搞得丈二金剛摸不著頭腦，糊塗了。這一切是怎麼回事？為什麼外祖父看到自己會勃然大怒呢？

第四十六章　團圓

那兩名跟隨陳益和而來的壯漢忙問陳益和怎麼回事，是不是找錯人家了，這看著不像有好事要發生的樣子啊！

陳益和連忙擺手說自己確是找對了人家，只是多年未見，恐怕是情緒太激動所致。

兩名壯漢一聽便放心不少，對陳益和道了聲「恭喜團聚了」，遂自請離去，準備回精絕覆命。

看著此情此景的布圖本想先安慰父親，可是見護送外甥的兩名壯漢要離去，只得連忙喊來家中的僕人帶著兩名壯漢先下去休整一下，也準備一些吃食，好方便他們繼續趕路。布圖對於阿爸的反應，似也在意料之中，只得低聲道：「阿爸，這麼多年過去了，你還是不能原諒那家人嗎？這是我阿妹的孩子，你看他長得多像伊莎。」

儘管十幾年過去了，老人的心結始終在那裡。

布圖急忙再道：「阿爸，這孩子也是伊莎的孩子，雖然他沒有一雙跟我們一樣的綠眼睛，可是你看看他的輪廓，跟伊莎有多麼像啊！當年伊莎對自己腹中的孩子滿是期待，這個孩子是她辛苦懷胎十個月，用生命生下的，阿爸！」

老人抬起頭，細細地打量陳益和，只一瞬間，剛剛的怒氣就全部委頓了，取而代之的是深深的傷感，一雙深陷的碧綠色眼眸因為年紀的關係已經不再透亮，此時漸漸湧上淚水。他幾步上前走到陳益和的身邊，看著這個比自己還要高大偉岸的年輕孩子，忍不住老淚縱橫，所有心傷和無奈化為一句嘆息，開口道了一聲。「我的孩子啊……」

陳益和聽了老人的話，驀地有股濃濃的傷感襲上心頭，眼前彷彿出現了一個畫面——一個美麗單純的胡女遇到心上人後，奮不顧身地為愛走天涯，她勇敢地告別家人，身懷六甲，隨著自己的愛人，帶著對幸福的滿滿憧憬離開西域，到了陌生的西京城。但是，過沒多久，這名對愛滿懷憧憬的少女卻在生孩子的時候香消玉殞，留下一個沒了生母的嬰孩，而她所謂的愛人從未給這個少女的家人任何交代，多年來一直讓他們處在失去親人的傷悲中。

陳益和想到了自己從未謀面的生母，想起自己小時候被侯府中的孩子欺負，嘴裡那一聲聲的「雜種」在他還是懵懂無知的孩童時，就無時無刻不提醒他的身分。一時之間，那些在成長中被刻意忘卻的往事，忽然全都清晰地回到腦海中。年少時自己孤身一人在偌大的侯府中對親情的強烈渴望，在逐年的失望和習慣中被漸漸地磨平。自從遇見沈家人後，他便深深地羨慕別人家的和睦，直至娶到沈珍珍後，他才覺得自己已經擁有了全部，再無遺憾。可是不知為何，此刻那種對親情的渴望竟再一次被喚起，特別是外祖父的那一句呼喚，使他忍不住伸出雙臂，緊緊地抱住自己已經老去的外祖父，淚水就如決堤的河水般湧出。

站在一旁的布圖看著緊緊擁抱的二人，也忍不住紅了眼眶，抬起頭對碧藍的天空輕聲說了句。「阿妹，妳看見了嗎？妳的兒子回來我們薩德家了，妳是不是也魂歸故里了呢？」

過了好一會兒，老人抹了抹臉上的淚，拍了拍陳益和的肩膀。「長這麼高的個子，不愧是我薩德家的後人！布圖，快去拿出我們今年買到的葡萄美酒，我要跟我外孫好好聊聊！」

布圖笑著應了一聲「欸」，就去佈置酒桌了。

老人的眼神一直在陳益和的臉上流連，不願轉開視線，好似看著陳益和的臉就能看見自己已經逝去多年的女兒回來，還能聽見她用清脆的聲音叫一聲「阿爸」一般。

陳益和看著老人，破涕為笑道：「今日讓外祖父見笑了，三郎滿臉的灰，此刻估計已花得不能見人了。」

老人搖了搖頭。「我薩德家的人怎麼看都是好的！」他一邊說一邊叫僕人端來水，讓陳益和簡單地擦洗一下，他也迫不及待地問問這個外孫，這些年來在中原過得怎麼樣？他怎麼會來到西域？

陳益和略過自己小時候在家中的種種不愉快，詳細地說起自己去了長豐書院，遇見了現在的娘子，二人已經於去年成親等事宜。

老人認真地聽著，生怕自己錯過了一點，聽到外孫說已經成親時，不禁拍了拍手笑道：「好小子，已經是有家室的人了！是個什麼樣的女郎？可惜沒有機會見見她。」

想到沈珍珍，陳益和嘴角的笑容就變得更加深了，笑道：「是個極好的女子。娘子是我同窗的妹妹，十分美麗大方，我與她算得上是青梅竹馬、兩小無猜，我好不容易才娶回家的，別人都說我們是天作之合呢！」

老人笑瞇了眼睛，到了這把年紀，所求的無非就是自己的兒孫過得健康快樂，他以後便可以安心地去地下見早去的妻子。

想到了自己的妻子，老人十分感慨。「我有三個女兒，你阿媽年紀最小，卻最肖你外祖母，因此我格外溺愛她。她自小就是個頑皮的，身體又十分康健，因此喜歡跟著商隊的人出去走。當年我十分不願她去中原，甚至在她懷了你後，還說讓她將孩子生下來，待在西域，可她非要跟著那男人去中原。她是個心裡藏不住事，脾氣直爽又心思單純的，我真怕她去了中原會出事。可伊莎又哭又鬧，我也實在拗不過她，想著西京雖遠，但隔個幾年我們也能跟著商隊去看看，誰想到她一生下你就沒了……我們後來去侯府見到了那男人，他甚至都沒好好解釋一番，只告訴我們伊莎生下你便死了。我當時又傷心又難過，一氣之下便離開西京，再沒有去過那裡。現在想想，我好歹應該看看你的，見到你，我的心裡多少會寬慰一些。」

陳益和笑著搖了搖頭。「外祖父，過去的事情都過去了，所幸我現在來到這裡，可以在我阿媽成長的地方走走看看。您說她當年身體十分康健？」

老人十分肯定地道：「當然了，她的身體可結實呢，跟著商隊走過沙漠，也走過戈壁，且長年騎馬，是十分康健的，所以我一直覺得她生你時竟出了問題十分可疑。」

陳益和道：「外祖父雖然懷疑，但是自古以來，女人生孩子就像在鬼門關前走一遭般，總有意外，也許阿媽就是運氣不好的那個。」

老人無奈地點了點頭。「後來我也是這麼安慰自己的。她的兩個阿姊生孩子時都十分順利，分別是幾個孩子的媽了，我實在沒有想到伊莎會出這種事。」

陳益和聽老人這麼一說，心裡忽然閃過一絲疑問——究竟他的生母是真的生產時大出血，還是這其中有什麼不為人知的事情？偌大一個侯府裡不知道藏了多少見不得人的事情，何況當時他母親去了沒多久，父親就娶了嫡妻……這其中會不會有什麼關聯？想到此，陳益和發現此事越來越可疑。

老人又好奇地問道：「那你此次是專程來莎車還是……？」

陳益和不想說得太多，只是簡單地說自己是隨軍來張掖的，順便來莎車尋找親人。

老人點了點頭。「還好你有這份心，如今我年紀大了，不想再去西京那麼遠的地方了，在莎車能見到你，老漢我這輩子也沒什麼遺憾的事情了。看到你長得如此好，我以後可以有臉去見你外祖母和你阿媽了。」

二人又開始說起了其他，老人迫不及待地把自己知道的西域趣事都講給這個外孫聽，陳益和也樂得聽老人講，這種親人給的歸屬感如此讓人眷戀和不捨。

於是，從晌午一直到傍晚，在薩德家的院子中，雖然有歸來的布圖的妻子和孩子，可是誰都沒有去打擾這祖孫二人聊天。

陳益和既然找到了外祖父家，就能思考接下來的計劃。同時，他也跟著熱情的外祖父一起騎馬去看了看他生母當年最喜歡縱馬馳騁的草地，夏錦的形象終於在他的腦海中日漸飽滿起來，讓他不禁為夏錦深深地惋惜。她不應該拋下一切跟著他的父親去西京城的，那是一場豪賭，代價就是她的性命。他回去後真想問問侯府裡的那個主人，到底有沒有愛過夏錦？夏錦又是怎麼死的？太多的疑問盤旋在他的心頭揮之不去。

他在遙遠的西域找到了自己從小渴望的家的感覺，他在這個溫暖的家中見到了布圖的妻子——自己的舅母，一個熱情的胡人婦女，胡餅做得十分可口。他還見到了阿舅家的幾個表兄妹，個個都是典型熱情好客的西域人。他們都對他這個忽然出現在家中、自西京而來的親戚感到新奇。這個時候，陳益和想起了沈珍珍，希望有朝一日也能帶著她到這塊土地上走走看看，看這如畫的美景，還有熱情的人們。

被夫君思念著的沈珍珍正焦急地趕路，她帶了一個會說胡語的嚮導，從張掖出發後就馬不停蹄，而陳七跟著夫人和陳五、陳六後，也似找到了主心骨。趕了兩日多的路後，沈珍珍終於在第三日的晌午進了莎車國。沈珍珍這一路疾馳，根本來不及看入城前的風景，一心想著進城後挨家詢問，儘快打聽到夫君的外祖父家在哪裡？他有沒有平安到達這裡？越是接近目的地，她心中的恐慌越多，她不敢想像若是夫君沒有來這裡，她又該去哪裡尋找他？

沈珍珍出發前，陳克松給了她一張陳益和帶走的那個腰牌的拓印紙，薄薄的紙一直被沈珍珍摺好放在自己胸前的衣襟中。沈珍珍進城後，下馬連著詢問了幾家店鋪，都未聽到自己想要的結果。直到他們一行人走入一家店鋪詢問後，那店主奇道——

「怎麼最近這麼多人拿著薩德家的圖騰來問？前幾天剛來個年輕人問過呢！」

沈珍珍聽嚮導翻譯後，立刻反應過來，那個年輕人有可能就是自己的夫君陳益和！她十分激動，連忙問道：「您說的那個年輕人長什麼模樣？」

那店主有些記不清了，只知道是個十分俊俏年輕的男子，便告訴她要找的薩德家的商鋪並不遠，她可以親自去問問。

得到線索的沈珍珍急忙告別了這家店，順著那店主的指引，一路找尋薩德家的店鋪。花了好一陣的時間，他們好不容易找到有著一模一樣圖騰的薩德店鋪，沈珍珍急切地跑進去。

店中依然坐著那名有了白髮的老夥計，他看見沈珍珍後，忙問她要買些什麼東西？

沈珍珍直接亮出自己的拓印紙給老夥計看。

老夥計仔細看後，再次激動地跑上樓去，用胡語說了一會兒。

不一會兒，樓上傳來急匆匆的腳步聲，來人正是陳益和的阿舅——布圖。

沈珍珍立刻衝上去問道：「店主，可曾見過一個年輕人，拿著這個腰牌前來？」

布圖沒有立刻回答沈珍珍的問題，轉而問道：「妳是什麼人？」

沈珍珍疾聲道：「那人可能是我的大君，此事說來話長，總之，我夫君拿了他生母的腰牌來了莎車國，我是來尋他的，走了好久好久的路。」

布圖再次打量沈珍珍一眼，問道：「妳夫君來自西京？」

沈珍珍趕忙點了點頭，並補充了一句。「是，他的生母叫夏錦。」

布圖立刻反應過來，面前這個女郎便是他外甥的妻子，遂一臉驚喜地道：「妳……妳是三郎的妻子?!」

沈珍珍大氣都不敢出，甚至連眼睛都不敢眨一下，輕聲問道：「他……可在這裡？」

布圖大笑道：「在、在！他剛來兩日，說是過幾日才要回張掖呢！妳怎麼會來這裡？我聽三郎說妳在西京城啊！所以一開始我不敢肯定是妳，才會問得如此詳細。」

沈珍珍一聽見布圖說的那聲「在」，瞬間就無法控制住自己的情緒，眼淚奪眶而出道：「那我能去見他嗎？他現在在哪裡？」

布圖道：「在我們府上，咱們這就去！妳快叫我一聲阿舅，他阿媽是我阿妹呢！」

沈珍珍眼含熱淚地點了點頭道：「阿舅，快帶我去見他，我有好多話要對他說。」

沈珍珍身後的夏蝶和陳七等人也歡呼一聲，抱在一起。「太好了，郎君沒事，郎君沒事！」這一會兒的工夫，陳府出來的眾人恍若聽到了天籟般欣喜，恨不得立即高歌起舞。

此時的陳益和正在薩德府中餵馬，自己從張掖挑選的這匹好馬一路跟著自己走了許久，已十分疲累，需要好好休息幾日，等馬兒精神了，才能帶領他回到張掖城。

「阿爸、三郎，快出來看看我今日帶了誰來，你們若是不快出來會後悔喔！」布圖總是人未到，聲先到。

陳益和一聽見阿舅的聲音，不禁笑了笑，放下手中的草，向前院走去。

老人洪亮的聲音響起，笑罵道：「好小子，你老子我還有什麼能後悔的事情？自從見到伊莎的兒子後，我這輩子已沒什麼能後悔的啦！」

陳益和看見阿舅身後的沈珍珍時，先是愣在那裡，後來以為自己是太過思念而眼花了，因此還揉了揉眼睛，低聲道：「珍珍？」

沈珍珍看見陳益和完好無損地站在那裡，叫著自己的名字，再也無法顧及什麼淑女禮儀，邁步朝著朝思暮想的那個人跑去，眼淚順著眼角不停地滑落，幾個月來的擔驚受怕、對陳益和的牽掛，讓她再也無法控制自己的情緒，在看見陳益和的這一刻，似是找到了心靈的依靠，於是所有委屈終於決堤。

第四十七章　夫妻訴衷情，雙雙返張掖

陳益和看著自己心心念念的妻子哭著朝自己跑來，整個人還沒有從震驚中回過神，心裡滿是疑問。沈珍珍一個小娘子，是怎麼來到西域的？

沈珍珍跑到陳益和跟前，伸出雙手，捧住陳益和的臉細細看了又看，發現他一切無恙，才踮起腳尖，緊緊擁住那熟悉的身軀，將頭埋在他懷抱，貪婪地聞著他身上熟悉的味道。

當沈珍珍抱住他後，陳益和才發現自己不是作夢，也不是出現幻覺，他朝思暮想的妻子真的從西京城來到莎車，就在他的身邊，在他的懷裡！他伸出右手，摸上她的髮，忽然就笑了，笑得十分幸福。懷中傳來沈珍珍重重的鼻音聲，委屈地道——

「你跑哪裡去了？二舅寫信給西京的家裡，說你生死不明，我嚇壞了。」

陳益和收了收手臂，緊緊地擁住懷裡的小人兒，左手伸出扶上沈珍珍的腰，才發現妻子比自己離開西京前瘦了不少，知道她定是受了不少苦，心裡暗自一聲嘆息。

娶親前，他總是追著沈珍珍跑，怕她不喜自己，甚至連成婚的人選都沒考慮自己，好不容易他與沈珍珍修成正果，成親後，與她日漸情深，可是一直以來都是他在不斷地對她訴說自己的愛。如果說感情有水到渠成一說，那這一刻便是水到渠成了，他對沈珍珍的愛終於得到了他要的回應，他怎能不幸福？滿滿的幸福感都要溢出來了，他沈醉其中，無法自拔。

身後的眾人看著這一對相擁不放的夫妻，有笑的，也有抹眼淚的，都在為這一對經歷了離別後，終於又能重逢的夫妻感到高興。

陳益和的外祖父笑得很爽朗。「才說了沒機會見見三郎的娘子，這就自己從西京城來到了西域呢！嗯，小小年紀，真有當年伊莎的勇氣，我喜歡！」

一直埋在陳益和懷中的沈珍珍這才不好意思地探出頭，一見眾人都在看著自己，真真是紅了臉，心道自己真是放肆到極致了，光天化日、眾目睽睽的，她竟然……真是太丟人了！

陳益和似是看出沈珍珍的羞窘，低聲在她耳邊道：「妳不知道我多想妳，很想很想。別怕，他們是為了我們的重逢而高興。」

沈珍珍在陳益和的懷抱中感覺著久違的溫暖，心中所有的擔憂和焦慮都已消失不見。雖然她覺得在眾目睽睽之下抱著夫君十分不好意思，可她依舊將頭埋在夫君懷中，不願分開。

陳益和看見沈珍珍這個小女郎撒嬌的模樣，也不停摸著妻子的頭髮，滿心憐愛。這一刻，他的心裡被濃濃的愛意裝得滿滿的。

陳七看著陳益和與沈珍珍相擁在一起，頓時哭得唏哩嘩啦的，全然不顧自己平日的冷酷形象，還不時用胳膊去擦淚。

夏蝶本來也是感動得熱淚盈眶的，結果看到陳七這個大男人在一旁大哭，比自己流的眼淚還多，不禁又被逗樂了。

陳五、陳六二人則較內斂一些，互相拍著肩膀笑道：「我們總算能回去跟侯爺覆命了，三少爺沒事，真是太好了！」

陳益和將妻子那張小臉捧在手心，細細地看著，從彎眉到杏眼再到紅唇，若不是此刻被眾人圍觀，他最想做的就是吻她，無奈此刻眾目睽睽，他只能伸出手指觸碰她的臉頰，柔聲道：「好啦，這麼多人都在看著呢，我們過會兒再好好說話，妳先隨我見見家中的長輩。」

沈珍珍一聽夫君都這樣說了，臉燒得厲害，只得點了點頭。

陳益和領著沈珍珍到外祖父的跟前。「外祖父，這就是我的娘子，沈珍珍。」

沈珍珍立刻甜甜地叫了一聲。「外祖父！」

薩德老人摸了摸白色的鬍鬚，笑得眼睛都瞇成了一條縫，朗聲稱讚道：「雖然看著太過瘦弱，但倒是個能折騰的，從西京城來趟西域，也是值得敬佩的女中豪傑，是個能配得上三郎的好孩子，若是伊莎看到了也會高興的！」

陳益和看向站在旁邊的布圖，對沈珍珍道：「妳已經見過阿舅了。」

布圖一聽立刻笑道：「剛剛在店裡，我就讓她先叫了阿舅，才帶她來的，這位小娘子啊，當時都快急哭了呢！」

陳益和的舅母正在理著院子中的葡萄架，聽到這裡忍不住啐了一聲，用不熟練的中原話道：「你阿舅啊，盡占小輩的便宜，我都替他臉紅！」

看著每一張親切的笑臉，沈珍珍忽然覺得自己好像回到了沈家，每個人都是如此的熱情好客，跟侯府的氣氛完全不同。她十分喜歡這樣的家庭氛圍，沒有勾心鬥角、斤斤計較，真真是一家人的親情，讓人有種奇異的歸屬感。

陳益和低聲道：「他們待我十分好，剛到的時候，我就想著以後若是有機會，定要帶妳來走一遭，因為這裡的景致還有熱情好客的親人，都不同於西京的那個家，處處是讓人發冷的算計。」

薩德老人道：「知道你們好久沒見，這好不容易見了面，定是有許多話要說，不過民以食為天，填飽肚子才能說話。今日我來給大家露一手，烤一隻羊，布圖去準備架子。好久沒有這樣高興了，咱們今日必須要大口吃肉、大口喝酒！哈哈……」

布圖笑了一聲，連忙去廚房準備烤羊肉的架子了。

陳益和的舅母也笑道：「看看，這家裡來了人就是不一樣，一會兒孩子們回來也能吃頓好的了！阿爸烤的全羊，那滋味想想就讓人饞呢！我這就去準備香料。」

這時沈珍珍在陳益和耳旁說了幾句悄悄話。

陳益和「嗯」了一聲，道：「那我讓舅母給妳安排，妳跟夏蝶一起去吧。不要沐浴太長時間，簡單地擦洗一下即可。」

沈珍珍紅著臉，點了點頭。「知道了，好歹將這身髒衣服換了，不然我都不好意思跟大家坐在一起用飯了。」

待沈珍珍擦洗好，清爽地走出房間後，只見大家都跪坐在院子中的草編墊子上，薩德老人在中間架起了半人高的烤架，上面正烤著一隻羊。沈珍珍在西京曾聽人說過胡人最拿手的吃食就是烤全羊，以前沒有機會品嚐，這次終於能滿足口腹之慾了。

陳益和看見沈珍珍換了衣服，清爽地走出房間後，連忙迎上去，笑道：「妳看看，夫君我都是沾了妳的光，外祖父都沒有親自上陣做這拿手的烤全羊給我吃過，反倒是妳來了，我才能吃上，我娘子真是有口福呢！」

院子中頓時充滿了大家的笑聲，不管是胡語、中原話還是用手比劃，語言並不能成為大家熱情交流的障礙。

烤全羊到底是個體力活，不時要翻動烤架、撒香料，待整隻羊烤好後，薩德老人已經是大汗淋漓了。最後再次揚手撒上香料後，那羊肉的香味混合著香料的味道，全部散發出來，迎面撲來的濃香，讓人不禁食指大動。

一家人一邊喝著葡萄美酒，一邊吃著美味的烤羊肉，覺得生活愜意莫過於此了。待大家吃飽喝足，已經是晚上，月上枝頭了。

布圖妥善地安排了沈珍珍帶來的人後，陳益和才拉著沈珍珍回到自己住的客房。

沈珍珍聞了聞自己身上的味道後，要去沐浴，卻被陳益和反手抱住。

他用力嗅了嗅她脖子間的味道，低聲道：「別去，就這樣在我身邊。」

沈珍珍被他擁在懷中，靜靜地聽著兩人的心跳。「自聽了你失蹤的消息後，我總是在想，是不是我過去對你不夠好，上天才會這樣懲罰我？那段日子，我總是作著各樣的怪夢，夢見你跟別人走了、不要我了，我的內心就像被無數隻螞蟻啃食著，你不知我有多害怕。」

陳益和將頭放在妻子的肩上，低聲道：「嚇壞妳了吧？都是我不好。不過那日確實是十分凶險，也許是上天聽見了我的心聲，才讓我幸運地被救起，只是我那救命恩人是精絕國人，我在那裡養了好久的傷。本來想寫封信給家裡的，可是這次事發可疑，我不得不謹慎小心，才沒有給家裡報平安。我實在是沒有想到妳可以一路從西京跋涉到西域來，妳真是給了我太大的驚喜。」

沈珍珍轉過身，看見陳益和溫柔地看著自己，琥珀色眼睛中的情意像要將自己淹沒了。

陳益和忽然笑道：「不若讓為夫為妳沐浴一番後，咱們就安置吧？都說春宵一刻值千金，我可是等了好久。」

沈珍珍臉一紅，解開了頭髮。

陳益和吻上妻子的額頭，拉著她走向準備好的浴桶。

沈珍珍臉紅著說要自己來，但實在拗不過夫君熱情的幫忙，一番沐浴下來後，兩人都氣喘吁吁。沈珍珍不依道：「叫你胡鬧！」

陳益和一邊幫妻子擦頭髮，一邊爽朗地笑出聲。「咱們快安歇吧，我已經等不及了。」

沈珍珍一聽，簡直像發燒般，臉紅得不行。

陳益和摸了摸她的髮，笑道：「怎地成親都快一年了，妳還是這樣害羞。」

沈珍珍氣道：「應該說，你怎地這般不知羞！」

陳益和放下手中的布，將沈珍珍一把抱起，大笑道：「那今日為夫就讓好娘子看看我是怎地不知羞的！」

這一晚，二人折騰了好久，直到筋疲力盡，依舊還緊緊地纏在一起……

雲雨初歇，沈珍珍低聲說道：「夫君，我想為你生個孩子。」

陳益和吻了吻她的嘴角。「妳年紀還小，我捨不得妳受那種苦，而且我也問過宮中的御醫，說再晚一點有孩子對妳的身子骨較好。」

沈珍珍固執地搖了搖頭。「我不怕！我如今最大的心願，就是要生個像你又像我的娃兒。」

陳益和見妻子那雙充滿水光的杏眼滿懷期待地看著自己，實在不忍說不，只得低聲安撫她道：「若是想要個健康的娃兒，等咱們回了西京，找個好郎中給妳調理調理再說，好不好？妳記住，只要事關妳，我都必須萬分謹慎，因為我不能忍受一點點失去妳的風險，若是為了娃兒而讓妳陷入險境，我是不會嘗試的。」

沈珍珍聽到此，感動地主動摟上夫君的脖子，獻上一個熱情的香吻。

這一吻就像一把火般，再次點燃了陳益和，於是二人又開始了纏綿。

此時，屋外的月亮已躲進雲被中，害羞地偷看這對久別重逢的小夫妻用最原始的律動訴說著心底的愛意。真真是久別喜相逢，初秋夜半訴衷情啊……

在莎車重逢的夫妻自然是甜蜜美滿，可是從中原遊歷回國的疏勒國王子古力多輝就沒有這麼好的心情了。

古力多輝雖然天資聰穎，卻從來都不愛操心國事，概因精明能幹的大哥全包全攬，給他更多的時間走遍山河。但是此次回來，他卻發現在他不在的這半年內，家中發生了很大的變化，比如他一向康健的大哥忽然就身染重疾，臥床不起，這也是為什麼疏勒國王要急召他回來的原因。

正妃所出之子是王位的合法繼承人，古力多輝與大哥的母親恰恰是疏勒王妃，現在古力多輝的大哥生病，古力多輝自然要承擔起更多的責任。誰都不知道大王子這一病何時能好，而古力多輝還有其他眾多兄弟，各自心中對國王這把椅子多少都存了心思。

古力多輝先是去看了看臥床的大哥，發現大哥臉色極差，臉頰已經凹陷下去，湖藍色的雙眸也蒙上了一層灰色。古力多輝細細看了好一會兒，覺得十分可疑，大哥自小身體康健，甚至比他還強壯，怎麼忽然就病成這個樣子？他內心懷疑這是中毒，但是又極驚異，誰這麼膽大包天，敢給大王子下毒？這背後的人究竟要做什麼？

古力多輝內心的疑問漸漸擴大，又聽說大周的皇子本來是要來頒布劃省詔令予西域諸國的，這一來二去卻沒了音信，也不知是什麼情況。他忽然覺得很多事情就像一張大網一樣，有什麼陰謀正悄悄編織著……

隨著沈珍珍到達莎車的幾人並沒有因為找到陳益和就放輕鬆，第二天天還未亮，陳七就快馬離開莎車國，親自將陳益和平安的信送去張掖城，既能給張掖城的王愷之報平安，同時也需要從張掖城往西京發信。

這一段日子，除了沈珍珍本人長途跋涉來到西域以外，遠在千里之外的西京還有許多人心繫著陳益和的安危，為他的失蹤而無法安眠，大家每日都盼著有消息能從西域傳來。

再說被大家牽掛的小夫妻重逢之後一夜甜蜜好眠，一早醒來的陳益和在陽光中看著沈珍珍沈睡的臉，不禁伸出手去觸碰，結果沈珍珍皺了皺眉，陳益和笑了笑，接著用手去撫平她的眉頭，輕輕地、不厭其煩地撫著。在清晨時能看著心愛的人安然睡在自己身邊，他覺得心裡像吃了蜜一般的甜。

待夫妻二人起來後，陳益和的舅母已經準備好了囊，熱情地道：「快嚐嚐剛從爐子裡烤出來的囊，撒了胡麻，十分的香！」

沈珍珍捧起一塊切好的囊，輕咬下去，香脆可口，不禁瞇起眼，笑得十分甜美。

薩德老人端出一些果漿笑道：「這孩子就是長得好，笑起來眼睛彎彎的，看得人心情都舒爽了。」

吃過早飯後，陳益和便與沈珍珍商量即日啟程趕回張掖，畢竟陳益和來西域是有任務在身的，三皇子現在人在張掖，陳益和就應待在三皇子身邊才是盡忠職守。

沈珍珍笑道：「只要有你在我身邊，去哪裡對我來說都不重要。我們儘快趕回張掖城也好，出發前我在張掖城見到了三皇子，雖然貴為皇親貴胄，倒還是個平易近人的，只是我看他臉色不大好，也不知傷勢是否都好了。」

陳益和聽到三皇子安然無恙的消息自然是欣慰的，只是因為三皇子的大意決定，一隊人馬折在沙漠中一事還是讓人唏噓不已。

薩德老人聽到陳益和要走的消息，十分不捨，可是老人到了這般年紀，見過了風雨，也是個明白事理的，只得拍了拍自己這個外孫的肩膀道：「以後若是有機會再到莎車來，這個家的門永遠為你開著。我這把老骨頭是不會再去西京那麼遠的地方了，老啦，禁不起折騰了。倒是你阿舅還有可能去西京幾回，給你們帶些咱們的好東西。」

陳益和聽老人這樣說，本應是笑臉以對的，卻不知為何，心中突然百般傷感，為這馬上要到來的別離，也為不知何日才能再有的重逢。陳益和強笑道：「外祖父一定會長命百歲的，等過幾年，我還要帶著珍珍以及我們的孩子一起來看你，再吃你烤的羊肉呢！那時候咱們再繼續賽馬！」

老人聽了哈哈大笑起來。「這幾年身子骨不如以前康健了，本想著要早點去見你外祖母，如今聽你這麼一說，我也想多活幾年，看看我的曾外孫咯！」

沈珍珍臉紅地捏了捏陳益和，低聲道：「那……那萬一是個女娃兒呢？」

陳益和輕笑道：「若是個女郎，也要帶她來看看這西域風光，讓她知道她的祖母就來自這個地方，我想阿媽在天有靈會格外欣慰的。」

吃過晌午飯後，陳益和夫妻便帶著陳五、陳六及夏蝶告別外祖父家，縱馬馳往張掖城。

先於他們到達張掖城的陳七已經將陳益和平安的消息告知了王愷之，這才叫他懸著的心終於有了著落，隨即立刻發信去往大長公主府，向母親和阿姊報一聲平安；而陳七也將陳益和平安的信發往西京的長興侯府，生怕再有任何遲延。

三日後，當沈珍珍再出現在張掖城外時，一掃來時心中的七上八下，因為她終於順利地找到了陳益和，與他一起返回了張掖。無論前面還有任何的困難，只要有夫君在，她就如吃了一顆定心丸般的踏實。

第四十八章　西京諸人諸事

當沈珍珍從西京出發前往西域的這段日子中，在西京城內的各家各戶又是如何呢？

首先，長興侯府裡不是風平浪靜的。很多事情都是想得好，然而真正發生後，其實根本不是想的那麼回事，所以侯府夫人趙舒薇的日子其實遠沒有她原本想像的那麼快樂自在。

趙舒薇原本的期待是——陳益和命喪沙漠，沈珍珍從此守寡，她的宏哥再也沒有競爭對手，板上釘釘地被立為世子，以後自然就是下一任侯爺。況且，宏哥娶的新婦是自己的親姪女，那就是自己的家人啊，這日子不是應該極為舒心嗎？但答案是否定的，為啥？因為她的姪女跟她一樣不是個省油的燈！

話說趙舒薇的姪女巧姊，嫁進來前是很不滿意的，但嫁進來之後日子也是過得極為舒服，身為婆母的趙舒薇從來不拘著她早晨來請安，跟對待沈珍珍是天壤之別，本來二人是極為融洽的，反倒是宏哥覺得有些不妥，因為之前他阿娘整天讓阿嫂早晨去請安、伺候用飯，怎麼換成自己的娘子，竟是差別對待了，還如此明顯，這讓侯府的其他人都怎麼看？難道別人都是瞎的啞的？不知道私底下會怎麼說他母親有失偏頗、他娘子仗著娘家不知禮數了。因此，宏哥就委婉地跟巧姊提了一提，結果巧姊聽宏哥這麼一說就不樂意了，怎地別人家都是夫君心疼自己的娘子，到宏哥這裡竟還巴不得自己辛苦一些？

趙舒薇看姪女不給自己的兒子好臉色，在姪女和兒子之間，她當然還是心疼自己兒子的，因此就給巧姊說了說這出嫁從夫的道理，即便如此，那態度還是十分委婉的。哪裡想到巧姊不領情，心裡委屈得不行，一氣之下便跑回娘家，跟母親訴說在婆家是何等的委屈。

這本來也就是芝麻點大的小事，結果巧姊卻跑回家哭，還委屈得不行。新婚才多久，新娘子就跑回家哭訴，這要是讓別人知道了，難免會議論，虧這侯府的新婦還是侯府夫人的姪女，怎地還這般苛刻呢？

趙舒薇的嫂子一看自己的心肝寶貝回家哭來了，這心裡的火呀，嗖地一下就燒了起來。好啊妳個趙舒薇，把我女兒娶回你們家後就這樣虐待她了？這才成親多久就跑回家來哭了，這日子還能不能好好過了？

宏哥一看自己的娘子跑回娘家，只得又到阿舅家去賠罪，說了半天，自己也很委屈，別人家的新婦都是得孝敬婆母的，自己不過說了娘子兩句就鬧得這麼大，這以後還說不得了？看阿兄和阿嫂不都是有什麼事情一起商量著來，夫妻同心，才能將日子過得和和美美的嗎？怎地自己娶的表妹就完全不是這個樣子？宏哥忽然對自己的婚事產生懷疑，本就對表妹無太多愛意的他，不禁有些失落和失望。

巧姊以為自己贏了，以後宏哥再也不敢說她些什麼，卻沒想到宏哥因此而生了些失望，原本願意為她而開的心門就此慢慢地合上了。

至於待在大長公主府內的蘇雲，則因為沈珍珍的事情而整日心神不寧，沒幾日就要去一次香積寺上香，捐點香油錢，給沈珍珍夫婦二人祈福。

這日，她又去了香積寺上香，於是便在香積寺的院中走走，也當散散心，哪裡知道自己在庭院中看風景，自己卻也成了別人的風景。自從沈珍珍去了西域後，蘇雲因為憂心而日漸消瘦，但是不影響她的姣好容貌和楚楚風姿，特別是她穿著長裙走路的時候，不僅是步步生蓮，那盈盈一握的腰肢是越發纖細了，每一步之間更有了別樣的風情。恰就是這樣的她，被西京有名的威武大將軍李德裕看了去。

說起李德裕吧，此人不單單是個武夫出身，還有個讓人津津樂道的身世。一旦人的身世帶著說不清、道不明的旖旎色彩，就容易被西京人當作飯後談資。當年那長興侯府的八卦算是其一吧，其二就是這李德裕父母之間的風流韻事了。

李德裕之父乃出身陳郡謝氏，並且身分還不算差，乃是旁系嫡支，只是他母親的身分就不大好了，當年是西京有名的聽風樓裡的頭牌。一般貴公子進京不管是遊歷還是求學，多少會有些風流韻事，因此多了個紅顏知己也不算是稀奇事，可是李德裕的母親當時是大名鼎鼎的頭牌，多少人為了當入幕之賓而爭風吃醋、出高價，甚至想為其贖身，偏偏這聽風樓的搖錢樹誰都沒看上，就看上了長得白白淨淨、五官端正，生了雙多情桃花眼的謝郎君。

這女郎一旦陷入愛情之中，以往的算計和計較就都不知跑哪兒去了，滿心裡想的就是與自己心愛之人長相廝守，完全不顧別的。頭腦發熱的李德裕之母為了謝郎君，自己拿出大半積蓄交給了聽風樓求去，一心想進謝家門。可惜天不遂人願，謝家那種世家根本不願讓她進門，甚至連個侍妾的位置都不肯給！當時這風流韻事鬧得西京風風雨雨的，李德裕就是在這種情況下出生的，甚至連父姓都不能擁有，因此便一直隨了母姓。

進不了門的李母為了自己的愛郎，帶著孩子尷尬地在西京生活，每年等著李德裕的父親來西京待上幾天，訴訴衷腸。別看李德裕的母親出身不好，倒是個心裡清楚的，自覺自己這輩子是沒什麼希望了，因此把希望都寄託在孩子身上，所以李德裕小時候可沒少挨打，母親看著是個柔美嬌弱的，抄起棍子的時候倒十分有力氣。

李德裕在這樣的情況下長大，也算能文能武，不過無意文職，便在其父的打點下從了軍。由於人十分的機靈，又有一身武藝，因此在軍中混得風生水起，大大出乎其父的意料。能做到今天的威武大將軍，那也是他把頭放在刀刃上，舔著血過來的。

李德裕長得肖母，五官極精緻，偏又長了其父的桃花眼，還細皮嫩肉的，乍一看可不像是在戰場上讓人聞風喪膽的武將，倒像個風流多情的俏郎君般，且三十而立的人了，還喜歡穿梭在花叢中，就是打死不成親。西京城有這麼個黃金未婚的單身郎君在，惹得那閨中寂寞的婦人猛勾搭，他倒是樂得享受。用李德裕的話來說，他哪是不想成親，偏偏就找不到自己的心上人相守，要成親何用？何況以前他是以命搏命，生怕哪個女郎今日跟著自己，明日就得守寡了，因此當李德裕的母親頗有微詞的時候，他總能滿口道理，說得其母無話可說。

都說種什麼因，得什麼果，李德裕以前流連花叢不沾身，今兒見到蘇雲，先是被背影勾得情不自禁地悄悄跟在其身後，待蘇雲在庭院中的樹下休息片刻時，李德裕才能看見蘇雲的面容，這一看就挪不開眼睛了。蘇雲當然比不上那十幾歲的小娘子水靈，但是三十的她一直保養得當，加之底子極好，這般年紀還帶著少女不能比的成熟和嫵媚的風韻，恰好李德裕就喜歡成熟的女子，這可不就正對其所好？

蘇雲毫無所知地在香積寺後院走走停停，覺得心裡平靜些後，就準備離去了。

李德裕這一看那美婦人要離去了，急得是抓耳撓腮，最後閃身出去，擋在了蘇雲面前。

過去李大將軍一亮出自己的俊臉就能解決問題，可惜這回碰上蘇雲卻行不通了。

蘇雲一看有個男子出現在自己面前，急忙低垂下眼，福了一下身子就繼續走。

李德裕一看蘇雲連頭都不抬，有些懷疑地摸了摸自己的臉。「我最近難不成變醜了？」

眼看著蘇雲越走越遠，李德裕打算跟出去，看看這到底是誰家婦人？如此容貌的，怎麼會在西京默默無聞這麼多年？莫非是外地來的官員家的家眷？李德裕帶著各種疑問，尾隨著蘇雲走出香積寺的大門。

大長公主府的下人一看見蘇雲出來，連忙上前詢問是否現在打道回府。

蘇雲點了點頭，走向自家的馬車。

大長公主府的馬車上是有公主府印的，在官場多年的李德裕一眼就看見了馬車上的標幟，暗自納悶，不知此婦與大長公主是什麼關係？若是跟大長公主府沾親帶故，這可不太容易上手啊！誰人不知大長公主是個厲害的，嫁到王家去都沒吃虧，還持家有方。李德裕看著佳人上了馬車遠去，想了想，決定先找人去打聽打聽再謀劃。

那日後，李德裕還真上心地打聽出蘇雲的情況，這才知道蘇雲乃是大長公主認的義女，以前是嫁過人的，還生有一女，只是這其中到底是怎麼回事、大長公主為什麼偏偏選中她為義女，倒是眾說紛紜。這婦人是大長公主的義女，又住在大長公主府內，可叫李德裕的心癢得慌，此婦一看就不是個作風大膽的，這該如何是好？

李德裕之母最近發現兒子變得安分，不出去尋花問柳了，覺得頗為詫異，逼問之下，李德裕支支吾吾地說不出個一二三，臉卻紅得像猴屁股般，這可逗樂了李母，忙問是哪家女郎，竟讓她兒子這多年來如脫韁野馬一般不安分的心還有如此害羞的時候，真是難得啊！

待李母知道兒子這不過見了一次就春心大動的對象乃是大長公主的義女時，眉頭又皺了起來。大長公主可不是一般的貴婦人，那是在皇家受寵，在王家也是說話一等一的人啊！但是，這義女不知是個怎麼說法？想到此，李母不免覺得都是自己拖累兒子，自己這種身分，那些世家出身的，誰願意自己的女郎有這樣的婆母？想著，她不免又傷心起來。

李德裕哪能不知道母親的心結？三十歲的人了跟人精一般，只得安慰母親道：「此事八字還沒一撇呢，您就這樣傷心起來了！您還不知道我啊？都是三天的熱度，過幾天保准被我拋到腦後，忘得一乾二淨了！」

李德裕本以為此事就此翻篇過了，大丈夫何患無妻？誰知這上天還就是不讓他好過，出趟門辦個事都能讓他看見大長公主府的馬車。他鬼使神差地跟上去，才發現下馬車的正是那日所見的美婦人！此時她站在一戶人家門前，他抬眼一看，是沈府。李德裕知道這一帶居住的多為文官，不知此婦人跟這沈府又是什麼關係？幾日沒見，怎地這婦人是越看越好看？只見那沈府有個年輕的郎君迎了出來，美婦人彎著眼睛笑了，在這盛夏時節，她那笑容彷彿就如各色盛開的花朵一般，美豔不可方物，令他一顆心又是沈醉、又是發熱，整個人都不知道東南西北了。

第四十九章　大將軍碰壁，啟程張掖城

自從上次得知三皇子遇襲的事情後，肅宗倒是沒有急於安排下一步的計劃，反倒是將西域的事情擱置下來，而三皇子像是就此被遺忘一般，留在張掖城沒有被召回，這可把穩坐中宮的皇后嚇著了，這不將兒子召回來，難不成要讓他駐守在張掖那種偏遠的地方？

身為皇帝近臣的陳克松知道肅宗在謀劃什麼，同時也在擔憂，若是西域諸國再有任何挑釁事宜，也許西域又會重起戰事也說不定。或許是年紀大了的緣故，陳克松十幾歲時的雄心壯志已經隨著歲月流逝而少了許多，畢竟戰爭對大周本國人民和軍隊來說都是負擔。

肅宗心頭對西域之事很不好受，本以為是煮熟的鴨子了，沒想到這到了嘴邊竟還想著跑。可是這兩年在大周北部的蒙古人的確越來越強大，且從前年開始，一旦天氣變冷後，這幫剽悍的蒙古人便會騎著肥壯的駿馬，南下到邊城滋事擾民，搶掠一番，這兩年來這種情況愈演愈烈，當地的官員已多次反應給肅宗了。肅宗知道跟蒙古人遲早有一戰，也想將這幫人趕回他們草原深處，但是，大周是不能兩邊作戰的，北部和西部若是都在打仗的話，對軍隊和糧草來說都是極大的負擔。肅宗為此事想了許久，既然西域諸國對劃省一事有微詞，大周又對現狀不滿，那麼，也許需要談談西域諸國每年的貢品問題了。作為一個上位者，短短一個時辰在腦海中的千迴百轉就決定了許多人的命運。於是肅宗下令，待六部抽調了能說會道、身體結實的官員後，由禮部侍郎帶著組成使團，由威武大將軍李德裕率軍護送，十月出使西域。同時，肅宗給駐守張掖的王愷之去了密信，要他隨時待命，若此次再有意外，便出兵先行攻下鄯善，殺雞儆猴！

平安信終於在九月中旬在眾人的期盼下送達西京，恰逢秋高氣爽，各家終於能睡個好覺。蘇雲知道沈珍珍找到陳益和的消息後，跑回自己的屋子痛哭了一場，所有的擔心全都化成淚水，傾瀉而出。

第二日一早，蘇雲頂著紅腫的雙眼去了香積寺還願。恰好這日休沐在家的李德裕也陪同母親至香積寺上香，偏叫他看見了面帶笑容、婀娜嫋嫋的蘇雲，眼睛即刻看直了。

李母哪裡不知道自己的兒子？伸手拍了他一把，厲聲道：「佛門聖地，你給我收斂點，花花腸子都給我收起來！」

李德裕臉一紅，道了一聲「是」。

待李母隨李德裕走近一看到蘇雲，便知長年遊走花叢的兒子為何失態了。她年輕時畢竟沈浸風月多年，那毒辣的眼光依舊在。此婦人美而不張揚，讓人心生好感；白皙的皮膚並沒有塗抹太多脂粉，臉龐看著卻瑩白透亮；那一雙大大的杏眼黑白分明，好似還帶著些水光。她驚異的是，一個婦人還能有著少女般的水嫩，真是個底子好的。

蘇雲一心來還願，哪裡顧得上看別人？她閉著眼睛跪在殿前的墊子上，虔誠地磕了三個頭，嘴裡還唸唸有詞一番，根本沒看李德裕一眼就走了。

李德裕委屈地對母親道：「怎地您給的這副好皮囊在她面前就不頂事呢？看都不看我一

眼。」

李母出了香積寺才低聲問兒子。「你上回說的心儀的可是她？我看啊，一切都是你單相思。這婦人一看就是個端正的，可跟你以往相交的那些深閨怨婦不同，你好自為之吧！」

李德裕也有些苦惱，可是從來沒透過正常管道追求女子的他，還真是不得其法。那些總想著他的，哪個不是跟他雲雨之後離不開他？這忽然碰見一個人淡如菊，猶如清水白蓮的，恐怕想要一親芳澤也得卜番工夫呢！

大長公主自收到二兒子的信後，也算是鬆了口氣，正準備帶著蘇雲回老家看看孫子們、問問功課時，就迎來了客人，一聽來人是以前的元帥夫人，倒叫她有些意外。大長公主以前長年不在西京，但也知道此婦不是一般的厲害，能陪夫君上戰場，武力驚人，然而她二人素來無交集，無事不登三寶殿，此婦此番前來造訪所為何事？

待元帥夫人道明來意，實為詢問蘇雲的婚嫁時，大長公主立刻來精神了，一聽是威武大將軍李德裕所託，她雖不熟悉這人，也打算留心一下，畢竟蘇雲以後的婚嫁是她最為操心的事情，而她本意也是希望給蘇雲找個出自軍中、教養良好的豪爽漢子。

元帥夫人此次來無非也就是問詢，大長公主接下話茬兒，但還需要考量。都是年過半百的精明老婦人了，一來二往說話明白清楚，對話倒是妙趣橫生。

待元帥夫人走後，大長公主一邊使人打聽李德裕其人，一邊叫來蘇雲，問最近出門可是遇見了誰？可憐蘇雲一直擔憂女兒的事情，對別人哪裡有什麼印象？大長公主暗想，定是她的乖囡出門時被誰見了去！不過大周一向民風開放，倒不擔心被誰看去，怕就怕來的不是好人。可是這元帥夫人既然來說了，想必也不會差到哪兒去吧？

過沒幾日，大長公主知道了李德裕其人後，差點砸了她喜歡的玉器寶瓶！一個專門勾搭婦人的登徒子還敢妄想她的乖女兒？真是好大的膽子啊！一個進不了謝家的私生子，靠著自己混到今天這地步，確實是叫人佩服的，可真不知道他有什麼惑人的本事，竟叫那些閨中怨婦那樣愛他。

大長公主再一想，她那外孫女最快也許明年才會回來，還是帶著女兒回他們王家的地盤去較妥當，於是速速帶著蘇雲，準備離開西京。

李德裕自從煩請元帥夫人去探口風後，聽說大長公主沒有一口回絕，心裡著實樂了好幾天，決定痛定思痛、痛改前非，以後好好表現，迎娶美人過門。

而那些夜半相約的婦人望穿秋水也沒見到李德裕的身影，不知他是否有要事耽誤了，不料卻收到李德裕的絕情信，可真是碎了多少婦人心啊！

就在李德裕滿懷期待時，卻聽說大長公主率家人回臨沂去了，這可急壞了他，急忙趕去，好不容易終於趕上大長公主的馬車。

大長公主一聽來人，先是哼了一聲，接著才掀開簾子打量了一下此人，儘管登徒子這個概念已經先入為主，但見過眾多風格迥異、儀表氣質上佳男子的大長公主，還是覺得李德裕不愧有資格當登徒子，的確是有副好皮囊。

大長公主開口道：「我知你所求何事，只是此事我不允，你還是歇了那心思吧，我是不會將女兒交給一個流連花叢的浪子的。我話已至此，還請不要再跟隨我們，就此別過。」

李德裕透過簾縫，看到蘇雲秀美的臉頰，她低眉順目，一言不發。隨著大長公主將簾子放下，佳人不見，不一會兒車隊便走遠了，留在原地的李德裕忽然摸著自己的胸口道：「我莫不是生病了，怎地會覺得心痛？」

從未被拒絕過的李德裕生平第一次被拒絕，還是他第一個一見傾心的女子。以前曾有被他傷了心的婦人咒他，說他會有報應，這莫不是現世報，要不然怎會來得這樣快？他自嘲地笑了笑，發現多雲的天空有些落雨，就如他的心雨。也許去了西域，他便會忘了她。

這一年的年底，張掖城這邊城竟然格外熱鬧。除了三皇子和陳益和等人在這裡按兵不動之外，李德裕率軍護送的談判使團也從西京城到達了此地。

李德裕自己身為皮實的軍人，倒是沒覺得身體不妥，只是需要好好睡幾天，可那些文官們被這一路來的跋涉和風沙折磨得夠嗆，一是恨不能從嘴裡吐出一斤的黃沙來，二是覺得這一身骨頭已經快被騎馬顛散了架。

陳益和隨三皇子見了前來談判的官員們。

不過半年的時間，三皇子就恍若脫胎換骨一般，沒有當初的張揚和浮躁，更多的是沈澱下來的冷靜，並多了些睿智。

那領頭的禮部侍郎是個精明的，自然對三皇子恭敬有加。雖然三皇子一直未被召回西京，大臣們的心中有不同的猜測，但是他認為三皇子畢竟出自中宮，身分擺在那兒，有很大的可能就是下一任皇帝，他當然要在三皇子面前好好表現。

三皇子知道了父皇的意思後，也覺得頗為穩妥，這大半年來細細研讀布兵圖的他，對戰爭有不同的理解。同時，他意識到大周雖強，但也不是高枕無憂，與那些鄰國的關係也是需要考量的。成熟許多的三皇子與禮部侍郎商量著派人通知西域諸國，大周欲取消劃省的計劃，但是大周和西域諸國需要重新商談每年的貢品事宜。

於是張掖城散出了許多帶信的士兵，一一到達三十六國的王城處，傳達了大周的意思。一時之間，西域各國又陷入了熱議中，以前擔心劃省而國家不保的小國終於鬆了口氣，紛紛表示可以坐下來談判，畢竟西域各國也不缺礦產和寶石，不怕增加貢品，怕的是保不住國號而辱沒了祖宗的臉。

當然，還有野心勃勃、精明如鄯善國主的，之前便料想過此事的發生，因此並沒有太多驚異，讓他心焦的是派出去聯絡烏孫、疏勒等西域較大國家以及蒙古人的手下們，到現在都還沒有回來，算算日子也該是這幾天了。在他的心中有一盤大棋，說不定能顛覆天下，到那時，也許他就可以走出鄯善，走進中原，成就霸業了。

談判就定在一月，只是此次大家的商議結果，談判地點定在張掖城。於是，西域諸國派出來談判的使者需在一月中旬之前到達張掖城。

由於談判日子還未到，因此王愷之就在張掖城的府邸舉辦了一場宴會，為那些從西京遠道而來的談判使節團官員們接風洗塵。陳益和因為是三皇子的侍衛，需一直跟著三皇子，被留在房中的沈珍珍這會兒玩心大起，對這種男人們的宴會十分好奇，於是就帶著夏蝶偷偷地從自己的房中跑出來，準備到宴會廳外面一探究竟。誰知，在前去的路上竟撞上了一個人，沈珍珍摸著被撞疼的鼻子，淚汪汪地看著來人。

跟沈珍珍撞個滿懷的正是威武大將軍李德裕，換了身常服的他看著就是個俊俏的文官。

沈珍珍忙低頭道歉。

李德裕看著眼前人，突然有些呆住。莫不是出現幻覺了，怎地這年輕女郎的眼睛跟那蘇雲長得竟是如此像？一時之間，他這心神都不知飄向哪兒了。

沈珍珍一見此人看著自己發愣，就福了福身子準備離去，哪想到對方卻脫口問道——

「妳可知蘇雲？」

沈珍珍這廂聽見了自己阿娘的名字，但又不十分確定，只得低聲道：「真是巧了，這位大人說的名字跟我阿娘的一模一樣呢！」

李德裕乍一聽，不禁將沈珍珍又細細打量一番，覺得越看越像蘇雲，急忙再問道：「妳……妳可是從西京而來？」

沈珍珍笑著點了點頭。「沒錯，我是從西京前來尋我夫君的，我阿娘乃是大長公主的義女。不知您說的蘇雲可是我阿娘？您又怎麼會知道我阿娘？」

李德裕這一聽，覺得自己跟蘇雲的緣分真是不淺，從西京來到西域，竟然能在這裡碰見蘇雲唯一的女兒！但是他總不能當著人家愛女的面前說「我心儀妳阿娘已久，但因為名聲不大好，被妳外祖母一口回絕了」，只得笑道：「無意間在香積寺中見過，想來她是去還願的，聽人談論她是大長公主認下的義女，我便知道了。妳跟妳阿娘還真有幾分像呢！」

沈珍珍一聽有人見了自己的阿娘，不禁十分激動，忙問道：「我阿娘看著可好？」

李德裕看著沈珍珍焦急的神色，不免想著蘇雲著急的時候是否也是這般模樣？一想差點又分了神，忙掩飾道：「看著十分消瘦，想來怕是心裡憂心妳來西域尋夫君吧？」

沈珍珍一聽，想到遠在西京為自己擔心的阿娘，不禁覺得都是自己不孝，因此心情有些低落。

恰陳益和出來，遠遠看見像是沈珍珍在跟人說話，忙走近一看，可不正是自家娘子！再一看，跟自家娘子說話的不正是從西京而來的威武大將軍嗎？他趕緊叫了一聲娘子。

沈珍珍一看來的是自家夫君，臉上又綻開笑容。「這位大人，我夫君來尋我了，謝謝您告知我阿娘的狀況。」

陳益和上前跟李德裕行了個禮，笑道：「大將軍，宴會廳裡一切準備就緒，官員們也紛紛到達了，您還是快些進去吧。內子不懂事，在這裡頑皮。」

李德裕對這個一直跟在三皇子身邊的人頗有印象，他一向是個愛美的，自然也就多看了這個年輕俊俏的小郎君好幾眼，聽下面的人說，是長興侯府的庶長子，倒是有些意思。待陳益和帶著沈珍珍離去之後，李德裕看著這對小夫妻的背影，不禁笑了笑，覺得自己和蘇雲的緣分也許沒有畫上句號，若是跟這對小夫妻搞好關係，會不會對他以後的追妻之路有所幫助呢？一時之間，那被大長公主潻個冰涼的心好似又熱了起來。

陳益和拍了拍妻子的頭道：「叫妳乖乖待在房中，怎地如此愛湊熱鬧？遇到壞人可如何是好？怎麼也沒叫陳五、陳六隨行？」

沈珍珍笑道：「我不過就是走出房門一會兒的工夫而已，哪裡就會遇到壞人了？我看剛剛那什麼大將軍的也不像是壞人啊，他說在西京還見過我阿娘呢！」

陳益和奇道：「這威武大將軍竟然會記得妳阿娘？我聽說這威武大將軍還未成親，會不會是……」

「難不成他對我阿娘有想法？嗯，倒是個不錯的人選，我看他儀表堂堂的，且出自軍中的將軍該是個豪爽之人，應不會介意我阿娘的過去。你說這是不是一樁美事啊？還要煩你去軍中打聽打聽了，我倒是想我阿娘找個知心人過日子，再給我添個弟弟、妹妹，豈不是美事？」夫妻二人邊走邊就蘇雲的未來說得帶勁。

陳益和將妻子送回房後，又回到了宴會廳，開始細細打量起李德裕。

這一場接風洗塵的宴會最後自然是賓主盡歡，陳益和替三皇子擋了些酒，回房後開始折騰沈珍珍，被沈珍珍狠狠地掐了一番……

第五十章 亂家叢生

幾日後，西京來的諸多官員們恢復元氣，而西域諸國的使臣們也紛紛到達了張掖城。

代表疏勒國來的是古力多輝這個二皇子，到了張掖城前，古力多輝邪氣一笑道：「看來我跟這張掖城還真是有緣分，不知這次會不會有什麼好事呢？」

一時之間，這邊塞城中生活的百姓，隨處可見不同顏色眼睛的胡人們，還有許多士兵巡邏，看似平靜無波的城池好像有什麼大事要發生一樣。

駐守邊塞的王愷之希望這次談判可以順利進行，雖然肅宗的密信指示，若是這次哪個小國再造次就直接出兵，但是他並不想破壞雙方多年來的和平，胡人和中原人在這麼多年裡互通貿易，百姓安居樂業，因此他對這次談判更加小心翼翼，增派了許多人手暗中盯防。

與此同時，在大周的北面，進入冬季的草原已經十分寒冷，因此日漸強大的蒙古王庭又開始蠢蠢欲動起來，南下的野心日益膨脹。在這樣惡劣的自然環境下，他們心中有著對中原的渴望、對食物的渴望，以及征服中原人的渴望。

在談判使臣們都聚集在張掖城時，鄯善國主派去蒙古的人終於回到西域。鄯善國主收到消息後，終於一改夜不能寐的狀態，睡了個踏實的好覺，在夢中，那些剽悍的蒙古勇士攻進了西京城，而他們西域諸國終於可以擺脫大周的控制，乘機東進，擴張版圖。

進入談判的西域使者們對於大周提出的要求反應不一，大周的要求就像獅子大開口般，實力弱小的國家皆不敢吭聲，只能期盼別的國家能夠道出兩句不滿，當然也有開門見山直言大周漫天要價的國家，如烏孫和鄯善。

作為疏勒國的使節，古力多輝並沒有過多表態，畢竟他們國家現在有內亂的隱憂，他大哥中毒一事還沒查出是誰幹的，他可不想在這個時候惹怒大周。

從西京來的這幫文官使臣們，都有著磨破嘴皮子的精神跟西域諸國的人扯皮，三皇子倒是從中學習了不少，這才知道三寸不爛之舌是相當有威力的。

同時間，伺機而動、暗中準備已久的蒙古人，開始了有史以來最大規模的南下侵略，每個剽悍士兵的眼中不僅帶著血的狂熱，還帶著對土地和物質的極度渴望，準備去中原人的城池中燒殺搶掠一番，占地為王。待肅宗收到蒙古人南下的八百里加急戰報時，蒙古人已經占據了綏州和夏州兩座城池，兩個城的官員也已經殉城，肅宗呆呆地坐在自己的床榻邊，半天都起不了身。這兩座城池就在西京城的北面，易守難攻，距離西京城已經不遠了。肅宗心裡是五味陳雜，又急又氣，多年來他都沒去管蒙古人，與蒙古人之間也是井水不犯河水的關係，怎地今年這蒙古人竟然如此挑釁？莫不是想要與大周打仗？肅宗捧著八百里加急的戰報，手抖得厲害。

本來已經回到家的陳克松又被皇帝急召進了宮，並從肅宗那裡得知蒙古人南下入侵。身為武官的高級將領，陳克松不得不臨危受命，準備帶兵出征，將幾座失守的城池攻下，將蒙古人趕回草原。陳克松即刻回家安排起府中事宜，並且開始收拾包袱。

得知自己夫君要親自帶兵出征的趙舒薇驀地慌了神，讓她慌的是，這世子之位還沒有立，萬一陳克松這一去出了什麼事情，後面的爛攤子可怎麼辦啊？

在整理自己東西的陳克松看見趙舒薇進屋來，本以為她會像眾多心焦夫君遠征的妻子般，說些依依不捨的話，沒想到趙舒薇開口便道——

「侯爺……你這一出征不知道什麼時候才回來，家裡沒個管事的可不行，我一個女子，許多事情都不方便出面，你看……」

陳克松一聽到此，不禁撇過頭冷笑一聲。「放心，我走後，家中對外事物便由幾個弟弟一起拿主意，至於後宅的事情還是妳作主。我本以為妳會說些好聽的，看來我還是高估了妳，妳就是個自私的潑婦，還能指望從妳的口中說出什麼好話？呵！」

趙舒薇一聽，本來是帶著小心翼翼的詢問，瞬間就成了怒火中燒，立即大喊道：「侯爺怕是自己想多了，我可沒咒你死，只是問問你走後，誰在這府中拿主意？我想讓宏哥鍛鍊鍛鍊，有錯嗎？你現在遲遲沒立世子，難不成還在等你那個命大沒死的庶長子回來？」

陳克松按了按自己的太陽穴，擺了擺手。「我不想與妳吵架，都一把年紀的人了，妳我也該注意身分才是，否則徒讓小輩們看笑話。況且，軍中兄弟們都說這出征前吵架晦氣，就當我怕了妳，咱們就此打住好不好？宏哥是我的親生兒子，我怎會不為他打算？只是他現在年紀的確還小，性格也過於軟綿，妳看看，連他新娶的娘子都不甚聽他的話了，妳還想讓他管理整個侯府？我可不敢如此兒戲。若是我回不來，就此戰死沙場，宏哥就算沒被立為世子，也會當上侯爺的，這話我已經跟陛下說過了，妳大可放心。」

趙舒薇一聽及此，又覺得自己這般對待即將出征的夫君，實在是太過了，只得支支吾吾地道：「夫君切莫生氣，我也只是心急而已，咱們這偌大的侯府可都指望著你呢，你千萬要平安歸來。」

陳克松連頭都沒抬一下，冷聲道：「既然已經得到妳想要的答案了，就離我遠一點。」

收拾好後，幾個庶弟都被陳克松叫來，囑咐道：「家中一切還望你們幾個人一起努力，我這一出征，也不知道什麼時候才能返回。後宅的事情還是由你們大嫂負責，家中女眷有事情儘管找她。」

陳克松離開家前，還見了見宏哥，發現小兒子的臉色看著十分不好，細問之下，宏哥只說了自己身子略感不適，並無大礙，陳克松才放心地點了點頭。也不知身在西域的長子與西域人的談判進行得如何了？本以為農曆新年馬上就要到來，人們一邊各自在家準備著吃食，一邊心中美滋滋的，誰想到突然間會有種強烈的兵臨城下之感。

也許是安逸的日子一過就是這許多年，此刻陳克松的心中竟多了些不安。以前從未與蒙古人交過手，他不知道此番有多大勝算，一時之間悵然不少，只盼能留著命平安回來。

就這樣，陳克松進了宮，準備帶著調遣來的士兵北上綏州。

這一年過年前夕，朝廷出兵抗擊蒙古士兵，兩軍交戰激烈而被載入了史書。

也就在這個時候，大周境內亂象叢生，初現端倪……

陳克松帶兵開拔綏州和夏州之後，憂心忡忡的肅宗立刻給在張掖城的王愷之發了封八百里加急軍報，命令他一定要將西域的局勢穩住，戰火已經一邊燒起，不能處處燒。

西域這邊的氣氛倒是沒有那麼劍拔弩張，鄯善國主算著蒙古人大概已經出擊了，正在思量怎樣挑起西域與大周的矛盾，藉機生事？又如何說服別的國家跟自己一起攻打張掖城呢？他在疏勒國倒是有暗釘，可是疏勒國內現在呼聲最高的大王子雖然重病在床，卻還有二皇子在，自己扶植的人一時半會兒還沒能嶄露頭角，這一切又該怎麼做呢？

陳益和身為談判使節中的一員，聽了幾場爭鋒下來後，敏感地察覺鄯善和烏孫有搗亂的嫌疑，不管大周提出來的條件是什麼，鄯善總是第一個說不。

有同樣感覺的還有古力多輝，雖然不太說話，但是他坐在那裡就是無法讓人忽略。第一次聽到鄯善國在那裡胡攪蠻纏時，古力多輝只是眉頭一挑，但再多幾次，古力多輝便不得不懷疑鄯善就是來搗亂的。

這過去的半年來，古力多輝對政治多了許多敏銳，特別是扛起大哥的擔子，每日跟著父王處理大小事務後，讓他喜歡把許多事情都連在一起分析。出發前，他找來許多疏勒國的民間醫者給大哥問診，其中一名老者就說他大哥中的毒乃是鄯善有名的毒花分泌的毒汁，雖然不會立即要人命，卻會讓人一直虛弱下去，漸漸死去。他當時並沒有把事情跟鄯善國聯想在一起，只是吩咐手下們找解藥，儘快醫好他大哥，但是現在看著鄯善國的表現，他忽然覺得，許多事情也許是一張網，早有人編織好，至於目的他目前還不能猜透，但是起碼知道鄯善並不是善茬。聽說現今的鄯善國主是個厲害的角色，也許此人正在密謀著什麼也說不定。

想到此，古力多輝藍色的眼睛忽然流轉出一絲冷光，心道：若是讓我知道是鄯善下毒毒害我大哥，我必要叫鄯善吃不了兜著走！

鄯善這一胡攪蠻纏，倒是讓大周有些官員差點掀桌了，還好都是文人，沒有直接破口大罵，但仍是氣憤填膺。「你們左也不是、右也不是，到底要怎麼樣？是不是要打仗啊？打仗就打仗，誰怕誰啊！」

鄯善國的人一看此情景，立即委屈得不行，抓著別國的使者道：「這些大周來的人，根本沒有將咱們放在眼裡，只會獅子大開口，全然不顧我們的死活！」

正當別國使者不知道怎麼辦才好的時候，古力多輝開口了。「都別那麼激動，我說鄯善在這兒火上澆油，你們還別耳根子軟，就跟著憤慨，我一直沒開口，聽你們在這兒爭吵，耳朵都快長繭了。幾十年前打不過人家，服了軟，之前大周要劃省，都不願意，這下大周都退了一步，我說你們還要怎樣呢？難不成再打？你們是人多還是兵器足啊？都說說，趁早說清楚吧，我可沒這麼多時間耗費在你們這些無聊的爭吵上。」

眾人聽了，一時之間鴉雀無聲，都將視線投在古力多輝的身上。

陳益和也細細地打量起這位疏勒國的二王子，他有張精緻的五官，特別是那雙湖藍色的眼睛，波光流轉，嘴角掛著一抹笑，看著十分邪氣。

古力多輝撥了撥耳朵上的耳釘道：「我們疏勒對於大周此次商談後提出的要求並無太大異議，至於誰有異議就提出來再去談，不若我們這些沒有異議的等著簽字怎麼樣？」

鄯善國使者一看疏勒國人的態度是這樣，不禁有些著急了，這本是要來挑撥離間的，如今突然出來這麼一個破壞分子，這齣戲還怎麼唱呢？

古力多輝看著鄯善國使者脹紅的臉道：「我聽說去年大周的皇子離開鄯善後就出了事，雖然大家都對此事默不作聲，當沒發生過，可那也是因為大周不願意追究，這次你們鄯善又在這兒挑撥離間，真不知道安的是什麼心啊？莫非有什麼不可告人的秘密？不若說出來聽聽，叫我等愚笨之人也明白明白？」

鄯善國使者像是被扯開遮羞布一般，瞬間詞窮了。

古力多輝忽然笑起來。「沒有那麼高深的道行，就不要出來丟人現眼，都把別人當傻子嗎？想拿我們當刀，還要想想你們的手有沒有這麼大的力氣！」

古力多輝幾句話下去，原本議論紛紛的西域諸國使者全都靜默了，一些小國的使者也轉而表態，願意聽從疏勒國的決定，適當增加貢品數量。

就是要有這種分得清主次的人才是啊！禮部侍郎看著古力多輝，摸著鬍子，感到十分欣慰。這次任務說不定很快就能完成，大家就可以打道回府了。想想西京的繁華，他真是再也不想來這偏遠的張掖城了。

於是禮部侍郎趁勢道：「不若我們三日後就簽署議程吧，以後每年的貢品就按我們剛才的提議來，早些結束，大家都好交差。若是還有異議的國家可以留下，我們繼續商談。」

這時，鄯善國使者叫來自己的手下，耳語了一番後，那手下迅速離開，往鄯善國遞信去了……

第五十一章 驛站驚魂夜

結束了當日的任務後，陳益和下午回到沈珍珍房內，看見小妻子正在屋內百無聊賴地嘆氣，忙問道：「這是怎麼了？」

沈珍珍撒嬌道：「自從到了這張掖後，你還沒帶我好好轉轉這城裡呢！」

陳益和笑道：「那妳趕快整理一番，咱們這就上城裡逛逛。夫君我最近聽說了幾個好地方，帶妳去喝那味道鮮美的羊肉湯，再吃上香脆的胡餅如何？」

沈珍珍立即嚥了嚥口水。「我果然是個沒出息的，每每你一說到吃食，我就餓了。」

陳益和哈哈笑道：「妳還在長身體的時候，光是往高裡長了，這身上啊沒多少肉，真懷疑妳這副小身板以後怎麼生娃兒。」

沈珍珍粉拳捶上夫君的胸膛。「好啊，你最近膽子大了，仗著我對你百依百順，倒是打趣我來了。若你帶我去的地方吃食還不若西京的酒樓做得好，可別怪我今夜把你踹下床！」

陳益和帶妻子直奔那有名的羊湯店，這店聽說有幾十年的歷史了，吃客來自五湖四海。

沈珍珍遠遠地就聞到了羊肉的香氣，笑道：「聞著就覺得餓了，一會兒可得多喝點！」

陳益和點頭道：「現在天氣有些冷，妳喝些羊湯也能暖暖身子。」

兩人走進去環視了一圈，發現沒有一張空桌，這麼火紅的程度讓沈珍珍直咋舌。

陳益和環視了一下，竟看見了坐在店內的古力多輝。

古力多輝也正看著沈珍珍，心道：這沈氏的夫君莫不就是這位郎君？那三皇子的護衛？古力多輝不禁多打量陳益和幾眼，不由得感慨的確是十分般配的一對。想那沈氏千里迢迢來尋夫君，想必夫妻感情是極好的，他不禁有些悵然又有些自嘲。這年頭，看見的佳人都是別人家的，真是叫人惆悵啊！

陳益和見一向不太看人的沈珍珍也看向古力多輝，便低聲道：「此人便是疏勒國的二王子。」

「二王子？他之前可沒說啊！」

陳益和聽後詫異地問道：「莫非你們見過？」

沈珍珍點了點頭。「我們在路上遇見馬賊，多虧這位郎君護送我們進了張掖城，看他的樣子，我想應是出自富貴人家，但沒想到竟是個王子。」

陳益和點點頭。「原來是這樣，沒想到我們與他還有這般緣分，那我得前去致謝一番才是。」

古力多輝看著夫妻二人向自己走來，嘴上勾起一笑。

陳益和先行了禮。「在下陳益和，多謝古力王子日前對某妻子的相幫。」

古力多輝擺了擺手道：「我幫她時，也不知道她是你的娘子，不過這樣花容月貌的小娘子要是落入那些歹人之手，後果實在不敢想像，我也不過是幫了點小忙，不足掛齒。若是陳郎君不嫌棄，不若坐下與我一起品嚐這老店的吃食吧？」

陳益和笑道：「某自是求之不得。」

沈珍珍便隨著夫君坐入古力多輝這一桌，到這邊城，人家也就沒那麼多的講究了。

古力多輝四處遊歷多年，見多識廣，中原話又講得十分流利，沒想到這一說倒是與陳益和說得十分投緣。

羊湯與胡餅下肚後，沈珍珍也吃得十分滿足，雙眼一瞇，笑得極甜美。

陳益和看見妻子這般可愛的模樣，不禁伸手揉了揉她的頭髮。

這溫馨的一幕被古力多輝捕捉到，不禁感慨道：「你們夫妻感情真是和睦。」

陳益和不好意思地說：「我二人本就是青梅竹馬，好不容易才成親，結果沒多久某就來了西域，先前又出了事，累我娘子從西京那麼遠的地方來尋人，某自然是對她百般的好。」

古力多輝一聽來了興趣，便問起之前究竟是出了何事？

陳益和不願細說，只是將大家都知道的三皇子遇襲說了一下，說自己也受了傷，死裡逃生，幸得存命。

古力多輝聽後自然知道陳益和不願意多說，卻直言不諱地說了自己的疑惑——他總覺得鄯善在這次事件中也許扮演了重要的角色，只是他並不知道細節，不能無端揣測，而陳益和親身經歷這次襲擊，也許會找到什麼細枝末節也說不定。

陳益和是個聰明人，聽了古力多輝大致一提，便心領神會，只笑道：「難得我們如此投緣，還是不要說公事了。」

古力多輝也笑道：「對。那我跟你們說說我曾經遊歷波斯的事情……」

於是這日，沈珍珍跟著夫君不僅吃到美食，還聽古力多輝講到了她從來沒有聽過的波斯帝國，一時之間聽得十分入神。

三人都沒發現，此時在羊湯店外，一直有幾雙眼睛在盯著古力多輝。

眼看大周的官員們快將一個個有異議的小國說服成功，鄯善的使者很著急，還好國主很快就派了大力招募的死士來到張掖城。

鄯善的使者惡意地想著：古力多輝，你前幾日讓我下不了臺階，我很快就會讓你品嘗惡果，你那雙漂亮的眼睛真適合被挖出來餵狗吃！

眼看著第二日就能簽署文書，夜晚躺在榻上的古力多輝鬆了口氣。終於能夠結束在張掖的事情，回疏勒了！不知道大哥的身體如何了？忽然，沈珍珍的笑臉就溜進古力多輝的腦海，想起她在他夫君面前流露出來的可愛模樣，他不禁笑了，果然是一對璧人。

古力多輝剛剛閉上眼睛，習慣性地摸了摸自己的耳朵，卻發現阿媽給的寶石耳釘沒在耳朵上，立即翻身坐起來，心道：完了完了，那可是母妃最喜愛的寶石做成的耳釘，送給我當成人禮的，我弄丟了，回去後一定要被她揪著耳朵訓斥了！想起母妃的笑臉，他打了個寒顫，準備趁還未有睡意的時候，找到這枚價值連城的耳釘。

古力多輝點起屋內燭火的一瞬間，忽然發現窗外閃過一個人影，在窗內都看見了對方持刀。古力多輝立刻反應迅速地吹熄剛點起來的燭火，將披散在背後的長髮速速地紮在頭頂，而後輕輕地伸出雙手自褥子下摸出兩把鋒利的彎刀。

沒錯，身為疏勒二王子的古力多輝是能夠雙手靈活地使彎刀的，並且是個中好手，因此這麼多年來才敢帶著不多的武士四處遊歷，只是這世上的許多人都愛以貌取人，古力多輝面白貌美，不清楚他底細的都被他美麗的外表迷惑了，哪裡能想到看著這般美的人竟是出刀見血，絲毫不手軟呢？這一刻，在黑暗中的那雙藍色眼眸警惕地看著窗外，就像林間的野獸一般，渾身滿是森冷的氣息，眼中散出嗜血的光芒。

古力多輝住的是大周專門提供給西域諸國使者住的驛站，其實就是一間大型客棧改建而成。古力多輝如獵豹一般的趴在地上聆聽動靜，結果發現走動的人不止一個，心裡不禁感到十分詫異，這驛站都是由大周的士兵駐守的，這些人究竟是怎麼冒出來的？

恰恰就今晚，古力多輝是獨自一人在屋中。往常都有兩人守著，可大家覺得都快回疏勒了，古力多輝便哄幾個手下晚上去找樂子，因此現下就只有自己一人應戰。也好，就讓這些人來祭他的雙刀，好久沒見血了呢！舔了舔自己的彎刀，他露出一抹冷酷的笑容。

古力多輝手拿彎刀躲著，靜靜地聽著自己的心跳聲。門輕輕被推開了，一隻腳先伸進來，待此人進屋將門關上，走向榻邊時，古力多輝立刻暴起，一手彎刀劃過此人的背，一手彎刀抵住此人的脖子，用胡語低聲問道：「誰派你來的？」

只見來人立刻吞了毒丸，吐血而亡。

古力多輝輕輕打開門，聽見別的房間陸續傳來開門聲，立即覺得此事不簡單，心裡疑雲密布。想到此，古力多輝決定自己突圍出去，前往將軍府探個究竟。古力多輝從二樓一躍而下，緊緊貼住牆壁，向門口走去，他必須以最快的速度衝出去。深深地吸了一口氣後，他迅速朝門外奔去！門口守著的兩個人發現了，急忙追來，古力多輝用力投出一把彎刀，那把彎刀就如旋風一般掃出，劃向一個人的脖子，而後又回轉到古力多輝的手中，另外一名殺手看古力多輝如此厲害，不敢再追，古力多輝嘲諷地笑了笑，迅速朝王愷之的府邸奔去。

王愷之剛剛準備要休息時，忽聽人來報，說疏勒的二王子緊急求見，王愷之連忙迎出去，驚見古力多輝身上帶血，氣喘吁吁而來，忙問道：「出了何事？」

古力多輝疾聲質問：「使者們住的驛站遇到刺殺，你們究竟是如何行保護職責的？這城中怎麼會混入多名殺手？若不是我反應快，怕是也要命喪張掖了，到時候你能面對得了這些國家的滿腔怒火嗎？」

王愷之聞言一驚，來不及多做反應，急忙帶了一隊人馬，上馬奔去查看。

已睡下的陳益和聽到動靜，怕吵醒熟睡的沈珍珍，靜悄悄地下了床，出門查看。當他看見古力多輝雙手拿著彎刀時，忙問出了什麼事情？

古力多輝說完後冷笑一聲。「這次西域的使者們被刺殺，我看到時你們大周的人怎麼說得清。真真是月黑風高殺人夜，使者驛站變修羅場！」

陳益和一想，道了一聲「不好」，連忙趕去三皇子的房間。

三皇子被急促的敲門聲吵醒，打開門一看是滿臉焦急的陳益和，忙問出了何事？待陳益和簡單說明後，三皇子忙下了命令。「一定是有人生事，想乘機挑撥西域諸國與大周的關係！若是這次事情鬧大，可不好收場，你們快備馬隨我去看看！」

陳益和點了點頭，對古力多輝大喊道：「古力兄，你可願與我一起再去驛站？」

「我不過就是來通風報信的，你還上了臉了？不過看在我挺喜歡你這個人的分上，我不介意我這對彎刀再見見血。」古力多輝邪氣一笑。

王愷之趕到驛站的時候，只見整個驛站猶如修羅場，到處是慘叫聲！王愷之一聲令下，怒道：「快救那些使者們！將那些賊人能活捉的活捉，不能活捉的必須砍下他們的頭！實在可惡！」

陳益和與三皇子趕到驛站的時候，王愷之已經與部下控制住了局面，可惜的是，只有半數西域國家的使者倖存，其他半數人皆被一刀斃命。

那些殺手只有二人被活捉，已經被王愷之卸了下巴，其他人要麼是被殺死，要麼是吞毒自殺了。

古力多輝看著那兩名被抓住的殺手，冷冷一笑。「可不能叫這二人死得痛快，一定要問出背後的人是誰，竟敢來要我的命，還如此草菅人命，把我們當傻子！若是大周需要幫忙，我就讓他們嘗嘗我的刀法，保准讓他們不好受！」

待王愷之吩咐手下將人帶下去後，古力多輝問道：「王大將軍整日負責守城，就沒有發現這些可疑的人嗎？」

王愷之看見一旁站著的三皇子，連忙跪下，面露愧色道：「殿下，臣有罪，愧對於陛下和您的厚望！臣在這些人身上並沒有搜到文書，因此不知道他們是哪國人。前幾日臣發現有多名手持鄯善文書的商人入城，但是這些胡人長得都十分相像，臣並不能確認今日的這些死士就是那些手持鄯善文書的商人。」

三皇子扶起王愷之，一邊說道：「鄯善？」一時之間，去年出使鄯善的畫面全都回到了三皇子的腦海中，他忽然發現鄯善的君主也許並不如自己想的那般簡單及友好。當時自己是出了鄯善後才出事情的，這一切會不會跟鄯善有關呢？三皇子的腦子飛速地轉動著，試圖將這些情節串起來。

陳益和忙對三皇子低聲道：「殿下，鄯善十分可疑，無論是我們上次出使，還是此次的談判，鄯善似乎都不希望我們與西域其他諸國達成一致，莫非這鄯善有什麼不可告人的秘密？也許，鄯善君主就是這幕後人，試圖挑起西域諸國與大周的矛盾，製造紛爭，若是這樣，那這人的心思就太可怕了，其心可誅！」

古力多輝耳力極佳，聽到此，忽然開口道：「我大哥去年中的毒便是來自鄯善，怎麼一時之間才發現，這鄯善好像在背後做了許多事情？聽說這位鄯善君主以前也是四處遊歷、見多識廣之輩，且年紀輕輕，很有本事，這幾年鄯善國勢是蒸蒸日上，看來此人不簡單。若是被我知道他為了什麼不可告人的秘密，派人毒害我大哥，我們疏勒跟鄯善定勢不兩立！」

三皇子聽了陳益和與古力多輝的話後，才發現鄯善的君主實在是演戲的高手，上次就是聽從他的建議，他才決定出發去往烏孫國的，現在想來，一切確實十分可疑。

這一夜，好似許多事情都撞在一起。生怕大周將領覺得不夠煩亂似的，從西京發來的八百里加急軍報送達了張掖城，為了傳達這份軍報，不知道跑死了幾匹馬，換了多少士兵。

只見這名傳信的士兵急忙躍下馬，跪在地上，將軍報遞給王愷之，喊道：「報！西京八百里加急軍報！」

王愷之急忙打開軍報，正是肅宗傳出的蒙古人南下，攻下綏州和夏州二城的軍情！王愷之連忙將軍報呈給三皇子。

三皇子迅速一看，大吃一驚，急忙道：「快回將軍府！將那些西域使者也帶回將軍府好好安置！」

陳益和見三皇子和王愷之看了那軍報之後臉色都不大好，心道：這是怎麼了，竟能讓二人看著臉色大變，莫不是西京那兒出了什麼事情？一時之間，他內心也有些慌亂。

古力多輝的護衛們這時也紛紛趕回來了，急忙問道：「王子，我們……我們聽說出了事情，您沒事吧？」

古力多輝笑道：「哪裡會有事情？不過我們今晚得去將軍府將就一晚了，回去再跟你們細說，事情比我們想的要複雜。」

這一晚，王愷之的大將軍府邸燈火通明，到處都是腳步聲。

本來在熟睡的沈珍珍也被吵醒了，習慣性地摸了摸身旁的位置，發現陳益和不在，她立刻就清醒了，連忙坐起身，叫了一聲夏蝶。夏蝶應聲而進，沈珍珍忙問出了何事，今晚怎麼如此吵？

這時，陳五、陳六、陳七三人已從自己的房間奔出，向沈珍珍的房間跑來。

陳七在門外疾聲喊道：「夫人？夫人？今夜府裡十分亂，您可還好？」

沈珍珍連忙換好衣服，迅速整理好，喊了一聲。「你們進來吧。」見到三人，沈珍珍略微放下了心，問道：「我醒來時發現夫君已經不在身邊，到底是出了什麼事情？」

陳七回道：「郎君出去得十分匆忙，我等也不知，恐怕是有什麼緊急情況，所以現在我們三人還是在此保護夫人的好。」

沈珍珍點了點頭，道：「你們隨我去見二舅，今晚必定是出了大事，大家萬事小心。」

幾人神色凝重地朝大廳走去，都想知道這一夜究竟發生了何事。

第五十二章　局勢不妙

一封加急軍報無異於雪上加霜，在知情的三皇子和王愷之心間都蒙上了一層陰影。大家匆匆趕回王愷之的將軍府後，已是大半夜，因為眾人急匆匆的腳步聲，使得這個夜晚變得格外的嘈雜。

沈珍珍帶人去往議事廳，剛到卻被堵在門口。

守衛的士兵自然是認識沈珍珍的，只得十分為難地說：「小娘子，裡面在說事情，大將軍下令了，說誰都不能進去……」

沈珍珍看見這個情形，眉頭不由得皺了一下，隨即笑道：「那是自然，我一個婦道人家不適合進去，那我就在外面等著，不會讓你為難的。府裡今晚十分嘈雜，我睡也睡不好，只要大家都沒事情就好。」

陳七一看這架勢，和陳五、陳六三人越發覺得今晚確實是出了事情，只得陪著沈珍珍在議事廳的門外等候。

議事廳中燈火通明，三皇子、王愷之以及從西京而來的大將軍李德裕、文官們都到場了，每個人的表情都很嚴肅。三皇子憂心忡忡地對眾人道出今晚在驛站發生的事情，加之從京城而來的軍報是有關蒙古人南下的，所有事情都堆在一起，讓局勢看著很亂。

李德裕首先道：「看來蒙古人這次南下並不是簡單地來滋擾，而是有計劃地南下奪城。這些年蒙古人的確是壯大了，卻沒想到竟如此有膽量。」

王愷之點了點頭道：「我們這次在西域的談判如此多變，若是沒有蒙古的事情，立刻便能將那些總是鬧事的國家打個落花流水了，可如今這情勢，若是開戰了，後續的事情怎麼辦？都是需要物力的。」

禮部侍郎摸了摸鬍子道：「眼看著這談判就要大功告成了，如今卻出了使者被殺之事，這明顯是有人作梗，想讓談判不成，並挑撥大周與西域各國的關係，背後之人其心可誅。為今之計，我們只有去跟西域各國說清楚，將西域安撫之後，跟蒙古人的一線作戰才能無後顧之憂。」

李德裕隨即問道：「我不在西京，不知此次是哪位將軍領兵？」

三皇子答道：「是陳克松，陳將軍。」

一直低著頭的陳益和才抬起頭來，竟然是父親領兵北上跟蒙古人開戰？他不禁有些擔心。也不知道西京現在的情勢如何了？蒙古人南下攻下的兩座城池距離西京已經不遠了，希望一切都好。

李德裕點了點頭道：「陳將軍早些年就隨著皇上征戰過，是個作戰好手，沒想到此次皇上一下子就派出了陳將軍，怕是也頗為氣憤。」

三皇子開口對大臣們道：「諸位現在怎麼看？好歹得拿出個章程來，否則咱們這邊恐怕局勢也不好說。」

禮部侍郎道：「殿下，我看大部分西域國家對維持現狀都是滿意的，只是眼下這事會讓他們心生恐懼，怕是會跟著那些不服的國家胡來，因此穩定局勢才是我們目前最需要做的，還是要好好解釋一番，說不定還得要再繼續談了。」

三皇子點了點頭道：「吩咐下去，明日一早速派人去各國遞消息，我們這次必須要非常有誠意。我看那鄯善十分不聽話，吩咐一隊人去鄯善那邊盯著，若是有異就立刻來報。雖然我們不想生事，但是鄯善這次居心叵測、欺人太甚，我們也不用再忍。」

待議事結束後，廳門一打開，人們紛紛走出。

陳益和最後才走出來，看見沈珍珍時，原本皺著的眉立刻展開了，忙走近問道：「妳怎地不睡覺，跑到這裡來了？這大半夜的，屋外多涼啊！」

沈珍珍拽著夫君的袖子道：「今晚有些吵，我就醒了，發現你不在屋內，一下子就嚇得起來了，哪還能睡得著？而且外面一直有人來回走動，我心發慌，便帶著他們來尋你了。」

陳益和看著妻子的笑臉，又是欣慰、又是窩心，恨不能將她抱住，可惜在眾目睽睽之下，他不得不壓下心中的衝動，轉身對陳五、陳六和陳七道：「今晚都回去好好休息，明日陳五和陳六隨我出去，陳七留下保護夫人。」

三人互相看了看，連忙齊聲道了「是」便離開。

陳益和帶著沈珍珍走回自己的房間，夏蝶跟在後面。

沈珍珍看陳益和臉色不好，輕聲詢問：「出了什麼大事？大晚上的，眾人怎地這麼緊張？」

陳益和皺眉道：「是出了點事情，驛站的使者們遭到襲擊，我們趕過去時已經有人被殺了。多虧疏勒的二王子突圍前來，通報了將軍，否則大家一點都不知情，這後面還不知道要出什麼事情呢。」

沈珍珍一聽十分驚訝。「竟然有人做這種事情？怪不得我剛剛看古力多輝身上有血！」

陳益和摸了摸沈珍珍的手，嘆了一口氣。「本來我想讓妳儘快回西京的，可是現在看來，妳還不如待在我的身邊，在我能看到的地方，也好過讓我提心弔膽。」

沈珍珍一甩袖子道：「我可不走！等你要回去了，我再跟你一起回去，就算回去了挨罵也好，我就是要跟你在一起！」

陳益和憂心道：「我現在倒不放心妳回去了。」

沈珍珍一看陳益和神色不對，忙問：「莫非西京出了事情？」

陳益和搖了搖頭。「西京倒是沒有什麼事情，只是蒙古人南下滋事，父親出征了。」

「父親出征了？那家中一切都還好嗎？」

陳益和拍了拍沈珍珍的手，安撫道：「妳別著急，家裡是不會有事情的，只是我看，現在妳還是待在我身邊最好。」

沈珍珍與陳益和走到房門口後，吩咐夏蝶端點水來，兩人簡單地擦洗一番就安置了。

這個夜前半雖然是嘈雜的，後半夜沈珍珍倒是睡得格外香甜。

陳益和則望著天花板，久久不能入睡。他感覺現在的局勢就如同外面的天空一般暗，事情撲朔迷離，究竟是誰在織網？

第二日天剛亮，陳益和醒來後，摸了摸還在熟睡的沈珍珍的臉龐後，便帶著陳五、陳六還有三皇子手下的其他人組成了一支隊伍，速速趕往鄯善國，以觀察鄯善的動向。

三皇子和王愷之等人則召集西域各國倖存的使者，先是慰問一番，接著耐著性子解釋昨晚的事情跟大周一點關係都沒有。使者們都被昨晚的血腥屠殺嚇怕了，一時不知道該相信誰，究竟是有人居心叵測，還是大周故弄玄虛，玩弄所有人於股掌之上？他們心中唯一盼望的，是趕快回家跟親人團聚。

疏勒王子古力多輝還是那副不羈的樣子，雖看著吊兒郎當，卻細細地觀察著每個說話的使者。果不其然，鄯善的使者一副義憤填膺的樣子。

「這大周分明就是不想與我等國家和平相處啊！我們不過就是不同意一些條件而已，也用不著下如此狠手吧？昨日有那麼多使者被殺了，我到現在都還心有餘悸，要我說，咱們就沒什麼好談的了，要殺要剮，悉聽尊便！反正我等小國皆為俎上魚肉，只能任人宰割！先祖們啊，我等後輩真是對不起你們啊，如今都讓人欺負到家門口了！嗚嗚……」

都說虎將手下無弱兵，這鄯善國主表面老實卻精於算計，再看看這鄯善的使者則是能說會演，眼淚說來就來，一時之間是聲淚俱下。

古力多輝仔細看著鄯善的使者，雖然面帶微笑，眼神卻越來越冷。本就懷疑鄯善有問題的他，這下更證實了自己的想法——鄯善來人居心叵測，這國主必定是有問題的，即便不是背後主謀，也是意圖跟大周鬧翻。最讓古力多輝生氣的是——你鄯善小國要跟大周鬧翻就算了，幹麼總是要煽動別人、拉幾個墊背的？我等難道都是傻子？

古力多輝忽然朗聲笑道：「我說鄯善使者，快別哭了，先祖若是知道你這個樣子，才真是要被氣活了！真不知你懷的是什麼心思，我們西域幾十年來一直與大周保持良好的關係，人們生活富庶穩定，這絲綢之路被西域和西京的商人走得如此繁華，先祖看見了應該欣慰才是，可你從剛來就一直不滿這個、不滿那個的，若是你們鄯善如此不滿，乾脆就跟大周直說吧，我們可不想與你為伍，大家說是不是？我們可不想再打仗啊！」

三皇子在一邊看著古力多輝，覺得此人不簡單，若是以後西域這兒需要有個說話能起些作用的，也許疏勒會是個不錯的選擇？年紀輕輕的三皇子已經開始有了全局的思考，他這才漸漸明白父皇的一片苦心。讀萬卷書不如行萬里路，過去在西京他就如井底之蛙，不懂外面的世界，可是這次到西域的經歷，也許是他人生中最大的鍛鍊，雖有風雨磨難，卻讓他豁然開朗。同時，他敏銳地感覺到派出陳益和去監視鄯善的一舉一動是對的，一切都太可疑了，而且為何蒙古人不早不晚，偏偏選擇那個時候南下？莫非西域這邊有人與蒙古人說好了，讓大周在兩端耗著？期望陳益和可以發現什麼，為那些埋骨沙漠的士兵、為那些被殺的使者，給鄯善一個教訓！

那邊西域的事情似乎終於有了些眉目，而西京城內卻是人心惶惶的，不復以往的安穩。自從西京的人們知道剽悍的蒙古人南下的事情後，就有些擔心，畢竟綏州和夏州二城距離西京本就不遠，萬一蒙古人長驅直下，西京該當如何？況且幾年來遠在草原的蒙古人已經被妖魔化了，所以一時之間人心不穩，有些人家甚至已計劃先南下，等蒙古人回到草原後再趕回來。

西京城裡的長興侯府中，女主人趙舒薇自從陳克松出征離開之後，心裡總是有些沒著落。細細想來，她年輕時唯一的願望便是嫁給能文能武的表哥，後來心願達成，成了他的妻子之後，就希望兩人能一直恩愛，夫妻和美。

雖然多年來趙舒薇知道夫君的心中另有其人，可是她才是最大的贏家，畢竟多年來侯府的女主人是她，夫君對她也算是舉案齊眉了，又有什麼意難平的呢？

以前，為了宏哥的世子之位，他們夫妻沒少吵架，她也對表哥甚為失望，撒潑耍賴、詛咒他，似乎年少時的愛戀早已不在，都被生活磨得消失了，她也以為兩個人就此破罐子破摔了，可是，自從夫君出征後，她忽然發現，雖然磕磕碰碰，也不管是不是相濡以沫，但好歹他們倆也算是互相扶持著過了這麼多年，還有了兒子，靜下心想想，她的心中還是只有表哥的。這一想通，似乎之前所有的不快都煙消雲散了，剩下的全都是他的好、他對她的縱容。

趙舒薇活了這麼多年總算是聰明了些，明白了夫妻相處的那些彎彎繞繞，卻不知道有些事情該明白的時候不明白，錯過的也許便是一生一世。

這一日，趙舒薇正愜意地澆花，早春雖說不是百花競相爭開的時候，卻也是花苞滿枝，靜待開放的時節了。忽然，她眼皮猛跳，心想不會有什麼不好的事情吧？正想去揉揉眼睛時，卻發現陳克松的三個弟弟滿眼通紅地朝自己跑來。

三個人像是說好了一樣，撲通一下就跪倒在趙舒薇的面前。

趙舒薇嫁進來這麼多年，哪裡見過這般陣仗？她連忙向後退了幾步，問道：「這是做什麼？有話好好說啊！三位小叔這般，我這個嫂嫂可不知該如何是好了！」

陳二爺這時候連淚水都忍不住了，驀地放聲大哭起來。

趙舒薇的眼皮又一跳，忙捂住心口道：「快別哭了，有什麼事情好好說，這先哭開了，可叫我這心怦怦直跳啊！」

陳三爺抹了一下眼睛，哽咽道：「嫂嫂，大哥……大哥……大哥他沒了！您節哀啊！嗚嗚……」

趙舒薇覺得平白的晴空忽地炸了個驚雷般，她一時不知身在何處，身子一個踉蹌，晃了一下，直接就坐到了地上。

宏哥遠遠地看見母親跌坐在地上，立即著急地跑上前，再一看到三個叔叔全跪在地上哭，就像天塌了一樣，直覺不好，莫非是父親出了事？

趙舒薇愣愣的，半天都反應不過來，直到宏哥邊跑過來邊急急地喊道：「母親！母親！母親您怎麼了？」她才漸漸回過神來。

看到宏哥由遠及近的臉，她一下子便嚎啕大哭起來。「我的兒啊！咱們娘兒倆怎麼這麼命苦啊？你阿爺他……他沒啦！」

宏哥聞言，突然覺得自己雙腿發軟，差點就要站不穩了。他連忙跑到母親跟前，一下子跪倒在地上，摟住了嚎啕大哭的趙舒薇，自己也泣不成聲。山一樣的父親要是沒了，這侯府該怎麼辦？看著跪在一旁哭泣的三位叔叔和在自己懷中哭得不能自已的母親，十幾歲的他忽然覺得雙肩上萬般沈重。這麼多年來他一直被父親及母親保護得如此好，這時候他該如何撐起一個侯府？

趙舒薇忽然大聲叫道：「你們說他沒了，我不信！生要見人，死要見屍！表哥一向勇猛，這次怎麼會就沒了？一定是你們聽錯了！你們是不是在騙我？你們是何居心？」

陳三爺哭著道：「大哥……大哥……是被埋伏的蒙古人殺的，就在去往綏州的路上，那裡是伏擊的最佳處，蒙古人往下砸大石頭，路過的士兵們根本來不及躲藏。聽說大哥的屍首……已經被蒙古人燒了……嗚嗚……」

趙舒薇聽到這裡，再也撐不住，翻了個白眼，生生地暈了過去。

這一天可以說是長興侯府有史以來最為混亂的一天，哭聲和雜亂的腳步聲摻雜在一起，宏哥卻好像忽然就成長起來一般，迅速地安排下去幾項事宜——一是，他必須要告訴遠在西域的兄長，父親沒了的噩耗；二是，他要為父親辦喪事。

於是，他分別囑咐三個叔叔要做的事情後，自己強忍著內心的悲傷和惶恐，前去安慰倒下的母親。

很快地，宮中就有人來到長興侯府，宣了皇帝的旨意，大意就是陳克松出征前已經定好宏哥為世子，因此長興侯府的新侯爺就是宏哥，而陳克松的喪事也要著手開始操辦云云。

此刻，宮中的肅宗因為得知陳克松死去的噩耗，呆坐在自己的榻上，久久不能回過神。這個王朝難道就要敗在他的手裡嗎？看似強盛的大周，難道竟是如此不堪一擊嗎？

……不，他不能認輸！身為大周天子，他不能就此喪失鬥志，大周必須將蒙古人趕回草原！肅宗重新振作後，開始看起輿圖，周密地思考著軍事策略，這一次不能輕敵，絕對要嚴陣以待！

第五十三章　混亂中的應對

剛剛跟隨大長公主從王氏老家到達西京的蘇雲，在得知長興侯府的侯爺陳克松不在了的消息時，整個人驚呆了。在她的印象中，長興侯算是一名頂好的武將，怎地會這麼快就沒了？怪不得老祖宗說沒有常勝的將軍，勝敗乃兵家常事。

蘇雲與母親商量後，隨即派出王家的信使，給遠在西域的王愷之去信，告知長興侯府之變，讓其轉告在張掖城中的沈珍珍，好讓這對小夫妻有個心裡準備。陳益和身為庶長子，無論如何是要趕回西京奔喪的，並且要丁憂在家。

一時之間，蘇雲有些憂心忡忡，這對小夫妻在侯府的日子原本就不怎麼順遂了，如今這侯爺又說沒就沒了，這陳益和占庶不占嫡，侯爺這位置跟他是沒半點關係的，他那嫡母又慣是個愛撒潑的，這以後的日子該怎麼辦啊？蘇雲不禁為女兒未來的生活捏了一把汗。

大長公主此次回西京是要見見肅宗的，大周屹立中原這麼多年，蒙古人雖來勢洶洶，可竟一下子就連奪兩城，這朝廷究竟是怎麼了？

大長公主帶著蘇雲匆匆進宮了，蘇雲也顧不上第一次進宮的好奇和新鮮，多大歲數的人了，孩子也都那麼大了，人就格外的沈穩。

大長公主看女兒這般氣度，雖然心急如焚，卻也有些安慰。大長公主將女兒安置在偏殿裡，自己則進了肅宗的未央殿。

肅宗一看是姑姑來了，連忙迎上前，恭敬地道：「姑姑怎麼來了？」

大長公主道：「你以為我大老遠從臨沂跑回來，是為了什麼？蒙古人的事情我聽說了，這些人是身強力壯、驍勇善戰，可我們大周屹立中原多年，怎地還趕不跑這些蠻人？你若是需要王家出力，吭個氣便是。」

現在便不難理解為何多年來大長公主在皇室不僅受寵，還極有地位了。大長公主絕對是腦子清楚又有政治眼光的人，關鍵時刻能夠站出來。先不管肅宗究竟需不需要大長公主的幫助，單單是在這個時候，一些大家族正盤算著怎麼離開西京時，大長公主卻能來到西京，還願意用世家的力量來幫助肅宗，這分氣度便是一般人都不能比的了。何況世家的部曲也是不容小覷的，那都是世家多年來自己養的兵。這些年雖然世家的勢頭不若以前盛了，但是大世家自身的實力，即便是朝廷都不敢輕視的。

肅宗點了點頭道：「姑姑，我是該反省，竟小覷了這些年發展起來的蒙古人。我想蒙古王庭裡一定有從中原過去的能人，否則這些年蒙古的發展不會這麼快。如今折了一員大將，我不得不記取血的教訓。現今我大周是有些被動，但是姑姑也不必擔心我手下無兵將。就先讓蒙古人得意幾天吧，他們現在無非也就是死守住那兩座城池罷了，過兩日等我召回的兵馬一到，即可率軍北上。」

大長公主見肅宗看著十分鎮定，心裡便放心不少，便點了點頭道：「那就好、那就好，我這把老骨頭急匆匆地帶著我那義女從臨沂趕回來，回來前也跟你表弟說了，若是朝廷需要我們王家出力，我們必定是要舉家支持你的。」

肅宗這個時候聽到這些，內心說沒有感動是騙人的，但是身為一名帝王，又怎能喜形於色呢？因此只說道：「日後等這些煩心事都處理好了，我再給您的義女一些封賞，只希望她能好好地服侍您。」

大長公主笑道：「你可別替我操心了，我那義女只要在我身邊，我就每天都過得舒心極了。我是你姑姑，身為皇室之人，為我大周憂心也是應該的。」

那邊皇帝姑姪倆的話還沒說完，這邊在偏殿裡等著的蘇雲卻很有耐心。守在一邊的張公公看著蘇雲嫻靜地跪在那裡，覺得這般美人就算在皇帝的後宮中，都是毫不遜色的。

這時，來了一人匆匆走到偏殿，問道：「張公公，皇上召我來見，不知……」

張公公笑道：「常大人稍等片刻。」

常侍郎便知道，此刻皇帝陛下肯定正在召見別人，於是便跪在榻上。剛剛急急忙忙跑來，跑出了一頭的汗，這會兒才顧得上了，連忙伸出袖子去擦了擦汗。側頭看去，只見不遠處跪著一位美婦人，側臉看著十分秀美，他立刻覺得臉燒得不行，只得繼續低著頭，老實地看著地上。

不一會兒，大長公主出來了，蘇雲連忙起身，跟隨母親離去。

常侍郎才仰起了頭，看著蘇雲的背影，對那公公問道：「張公公，不知那位是？」

張公公笑道：「常大人，你去年才調入西京所以不知道，那位年老的可是咱們大周的大長公主，那年輕的則是咱們大長公主認下的義女。您快請吧，皇上在裡頭等您了。」

常侍郎摸了摸發紅的耳朵，「欸」了一聲，起身走進皇帝的未央殿。

這常侍郎乃是去年底才進入西京的官員，以前一直在南邊修河道，這些年專治各處河道淤堵，每到一處都能得到上級的好評，才三十多的年紀，靠著自己的努力，於去年年底官員考校後，直接被肅宗欽點為工部侍郎。

肅宗看見常侍郎便問道：「往杭州的那一段運河河道可是修好了？」

常侍郎恭敬回道：「不辱皇上使命，已經全部竣工，目前河道暢通，從揚州到杭州的路程又大大縮短了。」

肅宗拍了下自己的書桌，大笑道：「好！這下駐守江南道的士兵和糧草都可以快速來到西京了！常侍郎辛苦了，朕聽說你在西京還沒有住處，不若朕賜你個宅子，以示嘉獎吧！」

常侍郎臉一紅。「臣受之有愧，臣一人來京，父母都在泉州，住什麼樣的宅子都行。」

皇帝擺了擺手道：「你現在可是工部修河道第一人，朕好好嘉獎你是應該的。河道好了，對大周、對朝廷都是至關重要的。」

侍常侍郎從未央殿走出後還是暈乎乎的，今兒是什麼日子，出門也沒看黃曆，怎地有這等好事情？西京城這寸土寸金的地方，就他那些俸祿要買座宅子，還是得靠母親和阿爺的幫助，這下有個宅子真是太好了！

常侍郎乃泉州人士，生得是白白淨淨的，父親是泉州知州，常侍郎自小便讀了不少書，大了以後就喜歡看那興修水利一類的書，後經科考做了小官，恰做官的地方長年因為河道而導致農耕問題，這常侍郎將所有的熱情都放在興修水利上了，結果還真做出了名堂，一路升官，可謂是官運亨通。

去年年底他成為工部侍郎後，專門為肅宗考察各處河道，這不，剛剛完成了一個任務，才進京就得了賞賜，心裡樂得都要開花了。

不久，肅宗召集的人馬集結於西京城，預計由京畿道總兵率軍北上，先直逼夏州，切斷蒙古與中原的交通要道，切斷蒙古人的糧草來源，再直逼綏州城。經過嚴密部署，將士紛紛立下軍令狀後，大周的士兵才揮軍北上。

遠在西域鄯善執行任務的陳益和哪裡知道西京的暗潮洶湧，對於家中噩耗還毫不知情的他，打算夜探鄯善宮廷。說實話，他對於這位鄯善國王十分好奇，當初他跟三皇子來到鄯善的時候，那個出現在他們面前的鄯善國王看著十分恭敬，甚至還有些膽小怕事，但是真正的鄯善國主是什麼樣子呢？

夜色下，鄯善王庭看著已經沈睡了。陳益和與陳五、陳六一身夜行衣，這次來鄯善王庭，不過是想探探虛實，看看鄯善國主的書房究竟在哪裡，畢竟在書房較會藏有重要的文書。陳益和與陳五、陳六用繩索攀爬上高牆，發現沒有巡邏的士兵，便一躍而進。

三人飛速在王庭中奔跑，發現一處燈火依舊亮著，陳益和便打了個手勢，三人用繩索勾住房檐，攀上高處，上了房頂，輕輕地接近那處亮著的房屋，就聽見裡面傳來對話聲——

「國主，刺殺行動沒有完全成功，聽說大半的使者都被救了。」

「那也足以讓這事不能立即成了，只要這邊能牽住一撥人馬，蒙古人給大周造成困擾的機會就更大些。我今天剛剛收到蒙古人來的消息，說大周折了一員大將。」

陳益和聽到此，暗道不好，一個著急，腳的動作有些大，生怕被發現，立刻屏住了呼吸，幸好屋內的人還在繼續說話，沒有聽見屋頂的動靜。陳益和立刻打了個手勢，陳五、陳六心領神會，三人悄悄跳下房檐，在夜色的掩護下離開了鄯善王庭，靜待城門打開後出城回到張掖，向三皇子稟告情況。他的心中驀地有種強烈的不安，究竟大周折的那一員大將是誰？父親……還好嗎？

陳益和的腦子十分混亂，怎麼都不能靜下心來，就這麼一直睜著眼，好不容易等到天明，城門一開，就帶著手下的人衝出城去。他必須儘快將這裡得知的消息告訴三皇子和王愷之，好拿主意。在西域這裡著實耗費了太多時間，又有人從中作梗，若是這樣的話，倒不如將鄯善狠狠收拾一番，叫其他小國看看，說不定此事很快就能解決了。

那邊陳益和前腳帶著自己的親信去鄯善了，後腳沈珍珍就忽然暈倒了，這可嚇壞了夏蝶和陳七，暗道娘子不是這般嬌氣吧，怎地郎君才離開，娘子這就相思得暈倒了？

王愷之畢竟是個成年人了，對夫妻這些事倒是清楚得很，想著沈珍珍平日生龍活虎的，不像是有病的樣子，作為沈珍珍的親親娘舅，他立刻就請了城中最好的、專攻婦科的老郎中來為沈珍珍把脈。

那老郎中把了好一會兒的脈後，問道：「這位娘子的癸水可是還未至？」

剛醒來的沈珍珍好一會兒都還反應不上來，只能求助地看了看夏蝶。

夏蝶急急回道：「我家娘子的月事已經推遲了十天。」

那老郎中點了點頭。「這就對了，老夫看這位娘子是有孕啦，準準的。不過這娘子年紀還小，頭三個月可要注意養著，夫妻最好不要行房事了。」

沈珍珍聽後，臉紅得不行，一時之間又羞又傻，這……這……這，她只是惡作劇，幾次沒喝避孕的藥，怎地就中獎了？雖然之前她一直想要個孩子，可是陳益和苦心勸說一番後，她也覺得自己的年紀實在有些小，要孩子容易出事。

她自小在沈家就生活無憂，凡事有嫡母和姨娘操心，這嫁人後，夫君又將一切能為她做的都做好了，她活脫脫就是一朵嬌嫩的花朵。雖然這次來西域經歷了不少事情，可是自從見到夫君後，她立刻又回到過去沒心沒肺的樣子，這明明還未有婦人的心態，卻要當孩子的母親了？別人家都在惆悵怎地還懷不上，她這樣毫無心理準備的就要迎接她的娃兒了？

一旁的夏蝶聞言，激動地道：「娘子這……這是要有娃兒啦?!這……這……這可是大好的喜事啊！」

王愷之也十分高興，想著要趕緊給阿姊和母親去一封信報喜，連忙打賞了老郎中，囑咐了沈珍珍幾句後，便匆忙趕到自己的書房寫信去了。

這一日，沈珍珍過得恍恍惚惚的，一顆心上上下下，偏偏陳益和不在身邊，讓她的心裡沒個底。同時，她也擔心陳益和會不高興，這孩子來得不知道是不是時候？他們遠在西域，不在西京，若是懷孕期間要返回西京，這孩子在路上不知道能不能保得住啊？本該是一件喜悅的事情，此刻卻讓沈珍珍滿臉愁容。

大半夜的，沈珍珍在床上輾轉反側，望著天花板卻毫無睡意，忽然聽見外面傳來腳步聲，她連忙坐起來，當看到陳益和推門而入的時候，她竟然有種想哭的衝動。

陳益和是晚上才到張掖的，來不及回到房裡，就火燒火燎地去三皇子那裡彙報了情況。三皇子聽後表情沈重，讓陳益和先回房休息，等天明後叫來王愷之和其他官員等再一起議事，因此陳益和才回了房間。他本想著沈珍珍這個時候應該已經睡熟了，哪裡想到今日嬌妻竟還未入睡，正睜大眼睛看著自己。

陳益和看著臉色有些蒼白、眼睛紅通通的沈珍珍，覺得心疼得緊，連忙一邊換衣服，一邊問道：「怎地還沒睡？一般這個時辰不是都睡得雷打不動了嗎？是不是身體哪裡不舒服？看著這樣憔悴，莫非是思念為夫我？」陳益和脫去衣服，坐到沈珍珍的身邊，拉起她的手放到自己臉邊親了親，笑道：「都說纖纖玉指，才發現我娘子的這雙手是我的心頭好呢！」

沈珍珍一直沒說話，就這麼直直地看著陳益和，半晌後忽然道：「夫君，我有孕了。」

陳益和乍一聽，臉色一變。

沈珍珍見狀，眼淚忽然就掉了出來，道：「我知道他來得不是時候，特別是我們在西域，距離西京那麼遠，你又正是忙的時候，定是不喜，可是我……我……我還是想要生下他。」沈珍珍一邊說，一邊流淚，不知道為什麼，眼淚這個時候怎麼也止不住。

陳益和一把抱住沈珍珍，隨即又趕緊鬆開，小心翼翼地摸了摸她的腹部，笑道：「傻瓜，這是我們的娃兒，我怎麼會不歡喜？我只是沒想到他來得這麼快，在妳我都沒有做好準備的時候，又是在這種地方，生怕會影響妳的身子，畢竟妳年紀小，怕是還沒長好。從今天開始，妳得好好養著。珍珍，我內心很歡喜。」

沈珍珍將頭靠在陳益和的肩頭哭道：「我怕你不高興，擔心了一天。」

陳益和輕拍了拍她的頭。「我怎麼會不高興？妳是我最愛的寶貝，咱們的孩子更是我的寶貝。這邊的事情要速速地完成才好，我想帶妳回西京，那裡有好的郎中，可是我又怕妳途中太過勞累，我——」

沈珍珍忽然笑了，輕聲打斷他說：「夫君去哪裡我就去哪裡，只要跟你在一起，我什麼都不怕。」

陳益和搖了搖頭。「不，當年我阿娘也是身懷六甲去了西京，生了我後就撒手人寰，其中不知道有沒有因為旅途跋涉的關係，我不能讓妳冒一點險。」

沈珍珍笑道：「我以前聽我阿娘說，女人懷了孩子還是要多走動的，否則以後生的時候會生不出來。夫君不必如此擔心，頭三個月過了，胎穩了後，應該是不礙事的，就算要回西京，我們慢點走就是了。在西京，我的心也踏實一些，那裡有那麼多的親人，而且有阿娘在，我心裡也會安定些。」

陳益和點了點頭。「嗯，如果西域的事情能儘早完成，我就帶妳回西京。」

這一夜，這對年輕的夫妻因為有了新生命的存在而格外欣喜。

陳益和看著入睡的沈珍珍的睡顏，久久不能入睡。有了孩子後，意味著肩上的擔子就更重了，他要努力為自己的妻子和孩子搏出一片天地才行。

第五十四章　西域事畢，告別西域

一早，三皇子召集眾人，告知要出兵鄯善，同時派人去通知各國大周出兵鄯善的消息。

當鄯善國主還作著能去中原分一杯羹的美夢時，卻聽到下人來報，說大周的士兵圍了城！他一屁股坐在地上，喃喃道：「莫非是天要亡我？」心存僥倖的鄯善國主帶著一眾大臣走上城牆，當看見城外黑壓壓的士兵時，心中不禁慌亂起來，明白今日之事恐不能善了了。

王愷之騎在馬上大聲道：「鄯善國主！對你，我大周一向有禮待之，卻沒想到你竟一直在背後作亂！我等今日就來會會你，想看看你究竟要如何？」

臉上狠絕的表情一閃而過，鄯善國主沒有立即回答。

在他身後，此刻的鄯善主城內是亂哄哄的一片，無辜的平民百姓根本不知道發生了什麼事，為什麼外面忽然來了那麼多大周的士兵？國主不是一直跟大周維持著良好的友邦關係嗎？難道這是要開始打仗了嗎？

鄯善國主強笑道：「王將軍是不是誤會了什麼？我怎麼聽不懂？若是這中間有誤會，可千萬要解開的好，我們鄯善乃是彈丸之地，實在是禁不住這樣的驚嚇。況且一旦戰火重燃，受苦的可是這些無辜的百姓。」

三皇子忽然大笑道：「你雖是彈丸之地之主，但恐怕你的野心不止於此。你早早就為這一切織好了網，從我進鄯善開始，你就讓我帶人去烏孫，然後半途來個截殺，破壞我們大周與西域各國的談判，後來你又派人暗殺西域其他國家的使者。你以為區區幾年立起來的蒙古人就能長驅直入，占領西京嗎？你未免也太小看大周了！我們的確是不想兩邊作戰，但是要拿下你鄯善殺雞儆猴卻是輕而易舉的事情！說得好聽，受苦的是無辜的百姓，但你在編織陰謀的時候，有想過那些百姓嗎？」

鄯善國主臉上的笑容倏地消失了，臉色陰沈下來。「既然你們都已經發現了，我也沒什麼好說的。我的祖父和阿爸懦弱地活了一輩子，而我早年出去遊歷，看過了中原的繁華，我不要像我的祖父和阿爸一樣膽小地窩在這個彈丸之地！我謀劃這麼久，眼看著就能有所成了，卻敗在今天，只能說天不助我。」

王愷之大聲道：「說來說去，你還是要讓無辜的百姓為你的野心陪葬！你不是個好國主，既然如此，那麼鄯善國主是該換個人當當了！」

鄯善國主忽然大笑道：「我鄯善王族多年來在這裡是至高無上的，他們只是低賤的平民，就該為了我的決定而犧牲！我的父輩們不敢想的，我卻敢想敢做！」

三皇子笑道：「你到現在還是冥頑不化！你只為了自己的野心，卻要重燃戰火？今日若是你以死謝罪，我們便不會進城，鄯善還是鄯善。」

鄯善國主是個聰明人，從站上城牆的那一刻起，他就知道大勢已去。回頭看看一城的百姓，每個人都表情複雜地看著他，有帶著疑惑不解的，也有帶著憤怒的，而他身後的大臣們眼看著都被城下的大周士兵嚇破了膽，全一臉希冀地看著他。

鄯善國主忽然轉過身去，對著城內的百姓大喊道：「我的確一直都在為自己的野心而努力著，所以像你們這般低賤如螻蟻的賤民，我根本不在意你們的死活！今日我是自願赴死，為的是不受大周的侮辱，卻不是為你們！」話一說完，鄯善國主便看著老丞相，笑道：「我去後，讓大王子繼承王位，告訴他，凡事量力而行，不可學我、不可學我……」

年邁的老丞相眼含熱淚，點了點頭。「老臣一定會好好扶持大王子的，國主您放心。」

隨即，其他的大臣都跪下了，低著頭開始哭泣。

鄯善國主笑了笑，緊接著從城牆上一躍而下，倒在城前，一雙眼睛睜得大大的，臉上至終都還帶著笑容。

三皇子搖了搖頭，鄯善國主也是值得尊敬的，只是沒有找對自己的位置罷了，但起碼，他在最後還是為鄯善的百姓做了一件好事，而自己也能給那些埋骨沙漠的士兵一個交代了。

三皇子嘆了一口氣，與王愷之等人帶兵返回張掖。待處理好西域的事情後，就可以踏上回西京的路，離開這麼久，真想念西京的一切。

果不其然，鄯善國主身死的消息很快就傳遍了西域的其他三十幾國，很快地，各國都紛紛來與大周官員談定貢品事宜，並且表了決心，言明絕不會像鄯善國主一樣不識好歹。至此，西域的事情算是告一段落了。在張掖的官員們因為西域這邊的事情談妥，總算不負皇帝的期望，可以回去西京城，全都高興不已。

就在眾人都心情愉悅，陳益和也總算能放下心來，好好陪伴有孕的沈珍珍的時候，一封信卻再次打破了平靜。陳益和收到家中宏哥的來信，簡單幾個字卻猶如晴天霹靂一般，在陳益和的頭頂上炸開——父親他出征身亡了！

沈珍珍見陳益和回到屋內後一副失魂落魄的模樣，忙問道：「三郎，可是出了什麼事情？你……你從未這樣過。」

回來之前，陳益和想過要控制好自己的情緒，不告訴沈珍珍，怕她情緒太激動，動了胎氣，可是現在，陳益和發現自己想對著沈珍珍笑卻怎麼也笑不出來，他恐怕還需要出去好好調整一下心情，因此忙擺了擺手道：「大概是最近太累了，妳別擔心。咱們就快回西京了，我這就叫夏蝶來幫妳收拾。」

沈珍珍自小就認識陳益和，哪能不知道陳益和現在心中肯定有事？他只是不願對自己說而已。眼看陳益和要走，她忙衝上前，從他背後抱住他，撒嬌道：「我自小就認識你，能不知道你心中有幾道彎彎嗎？你所有的喜怒哀樂都寫在這張俊臉上了。我是你的娘子，有什麼事情是不能告訴我的？」

努力控制了許久情緒的陳益和聽到此，忽然就再也控制不住內心不斷湧出的悲傷，眼淚驀地奪眶而出。

沈珍珍在他背後，漸漸察覺他的呼吸不對，連忙鬆手繞到陳益和的正面，就見夫君那一雙琥珀般漂亮的眼眸此刻已溢滿淚水。她從未見過陳益和哭成這個樣子，立即慌亂地踮起腳尖，伸出手想為他擦去臉上的淚水，卻覺得手指都是抖的。

陳益和看見沈珍珍這般著急的模樣，忍不住抱住了她，抽泣道：「父親沒了……」

沈珍珍一聽，內心一跳，愣愣地重複道：「沒……沒了？」這個消息來得太突然，她甚至不敢想像自己所理解的「沒了」是不是夫君說的那個意思？她心裡一點準備都沒有。從來到張掖後，陳益和就將她護得密不透風，她自然不知道蒙古人南下的事情，也不知道陳克松領命北上出征了。

沈珍珍覺得自己的腿有些軟，一時間不知道該怎樣去安慰此刻哭得像個孩子的夫君。雖然陳益和從小在侯府中受了許多苦，可是父親在那裡，他就是還有阿爺的人，如今，他連雙親都沒有了。她明白陳益和心中的哀傷，只得輕輕地拍著夫君的背，低聲說：「你還有我，還有我們的孩子……」一邊說著，夫妻兩人都哭得泣不成聲。

陳益和看沈珍珍也哭了，便盡力克制自己內心的難過，抹了抹沈珍珍臉上的淚水道：「本來不想告訴妳的，就怕妳情緒太激動，可是我怕得要先趕回去了，雖然父親辦喪事時我不能在府中，卻還是想儘快趕回去，可是妳……」

沈珍珍故作堅強地道：「你儘管自己先走，我跟著回西京的官員一起走就好。不要擔心，我會照顧好自己，咱們的孩子也會乖乖地不鬧我的。」

三皇子知道陳克松戰死一事，大為吃驚，而陳益和則需要儘快趕回西京奔喪。

陳益和帶著陳五和陳六，跟著要去中原的商隊，準備連夜出發，沈珍珍則被留下，晚些再跟大周的官員們一起返回西京城。

走前，陳益和再三囑咐陳七和夏蝶要照顧好沈珍珍。

沈珍珍看著陳益和擔憂的表情，樂觀地笑道：「放心吧，我現在可是西京最膽大的婦人呢，千里追夫的事情都做出來了，回家去還會怕不成？三郎放心，我會好好照顧自己的。」

坐在馬上的陳益和看著沈珍珍粉嫩的嬌顏，終於點了點頭，收回自己不捨的視線，轉頭絕塵而去。

沈珍珍覺得自己自從有孕後，越來越多愁善感，現在又十分想哭了……

與西域各國的逐項事宜都談畢後，大周前前後後來的這些人都該回去西京了。

沈珍珍回想過去這將近一年來所做的事，不敢想像自己竟走出了長興侯府的大門，走出西京，來到了西域。在這裡，她見到了與西京不一樣的景色，不是繁華的市井，是大漠連天的壯闊，還有熾熱的沙礫；她見到了陳益和的外祖一家，一群好客的莎車人，看到他們，她腦海中勾畫出陳益和生母的模樣，一個可以為愛遠走天涯的西域女子。

也許對沈珍珍來說，這次的西域之行會是這輩子唯一的一次，但是這段記憶是彌足珍貴的，會一直存放在她的心底，抹滅不去。以後，她會告訴她跟三郎的每一個孩子，他們曾經一起到過西域這片美麗的土地，同時在此有了她和三郎的第一個孩子。

沈珍珍對張掖這座戍邊的城池也有了感情，陳益和陪著她走遍這座城池中的每一家好吃店鋪，看了無數遍漂亮的晚霞。沈珍珍忽然想再去張掖的城中走走，最後再看看她喜歡的胡餅店和羊肉店。

夏蝶跟著沈珍珍在熱鬧的張掖城中穿梭，沈珍珍似乎忘記了陳益和離開的不捨和難過，沈浸在對張掖城的記憶收藏中。

恰此時即將返回疏勒的古力多輝也帶著手下在張掖城轉轉，剛好看見沈珍珍就在自己不遠處，他立刻就讓手下們各自尋樂了去，自己則鬼使神差地跟上了沈珍珍。

這時的沈珍珍雖然懷有身孕，但是日子尚淺，看著依舊是個身材高眺、纖纖細腰、步履婀娜的美人。她輕盈的步伐和美麗的背影在古力多輝看來，就像是這春日裡最美的蝴蝶般，讓他忍不住想要抓住，讓這隻蝴蝶為他駐留片刻，哪怕只是片刻也好。

古力多輝知道沈珍珍喜歡美食，果真看見她走進一家胡餅店，他也跟著走了進去。

沈珍珍看見古力多輝，笑著打了聲招呼。

古力多輝調侃道：「我聽說妳的夫君丟下妳，自己回西京城了。」

沈珍珍笑著搖了搖頭。「他才沒有丟下我，是家中有事情，他必須先趕回去。」

古力多輝壞笑道：「妳知道我們這裡沒有中原人那麼多的講究，看見別人的妻子也可以搶跑的。妳願不願意跟我去疏勒看看那裡呢？」

沈珍珍看著一臉壞笑的古力多輝，只當他在說著玩笑話，看在他幫過自己的分上，就原諒他這次的冒犯吧！沈珍珍笑道：「你經常出去遊歷，難道不知道我們中原的婦人是出嫁從夫、忠貞不渝的嗎？」

古力多輝嘟囔了一句。「妳這女人真是不會說笑，我不過是想邀請妳去疏勒遊玩，何必講到大道理去？」

沈珍珍擺了擺手道：「若是我一人，說不定還真能去疏勒看看，可惜我現在有了孩子，是不可能帶著肚子裡的孩子到處亂跑的。」

古力多輝愣了一下。「妳……妳懷了孩子？」

沈珍珍甜甜一笑，點了點頭，不知不覺中已經有了母性的溫柔感。

古力多輝看著沈珍珍，忍住內心的悸動，笑道：「待我回到疏勒後，也要迎娶個美人，早日生下孩兒，把妳的女兒娶回家！不能帶妳去疏勒，就讓我的兒子將妳的女兒帶到疏勒去，這樣妳遲早也會去的。」

沈珍珍只當古力多輝說的都是玩笑話，根本沒放在心上，卻沒想到若干年後，古力多輝的話成了真，沈珍珍與陳益和最寶貝的女兒哭著鬧著要為愛走天涯，不顧沈珍珍和陳益和的反對，義無反顧地騎著駿馬，離開了西京的長興侯府，跟隨英俊的藍眸疏勒王子來到了西域，最後以異族女子的身分成了這位王子的妻子，兩人的愛情故事在疏勒成了一段佳話。

沈珍珍自從懷孕後就食慾大增，特別是怎麼也無法抵擋帶著胡麻香味胡餅的誘惑。待她俐落地吃完胡餅後，就準備離開了。

古力多輝的眼神不捨地在沈珍珍的臉上流連，笑著說：「人都說天下沒有不散的筵席，我與妳相識一場也是緣分，卻不知道再次見妳是什麼時候。若是我再次遊歷去到西京時，不知道陳夫人能否邀我去你們府上敘敘舊？」

沈珍珍笑彎了眼睛，拍了拍胸脯道：「若是你這疏勒大名鼎鼎的王子來到西京，我與我的夫君自當盡地主之誼的！」

話雖這麼說，但是有些時候總是事與願違。自此一別後，之後多年，古力多輝一直想要再去中原遊歷，去繁華的西京城，卻因為後來繼承王位而不能成行。這位英俊瀟灑的疏勒王，只能站在疏勒的王城裡，望著西京的方向嘆氣，因此多年後，古力多輝兒子成群的時候，就開始哄著這些對外面的世界充滿好奇的孩子們去中原遊歷，特別是要去西京騙回長興侯府的女郎，如此也算是安慰他這麼多年不能去西京的遺憾。

古力多輝這個原本對王位沒有一絲野心的王子在繼承疏勒的王位後，便帶領疏勒走向真正的強盛，疏勒一躍成為西域三十六國中的佼佼者，隨後更吞併許多小國，即便中原的朝代更替了，疏勒卻依然在西域這片土地上屹立不倒，此為後話了。

告別了古力多輝後，沈珍珍繞著張掖走了走、看了看，最後才回到二舅的府邸。

王愷之看沈珍珍情緒穩定，心情也不錯，不得不一臉愛護卻又有些責怪地提醒道：「妳看妳，眼見都是要當孩子的娘親了，竟還跟個孩子一樣。妳也不想想，你們府上的侯爺沒了，妳還整天跟個沒事人一樣地出去轉？我知道妳懷了孩子，想要讓心情輕鬆一下，可是這面上的事情還是要做好的。」

沈珍珍一聽，哪裡敢不依？連忙嘴甜地說道：「二舅，看我這個不長腦子的，昨日跟著夫君傷心了好久，結果他一走，我就忘乎所以了。雖然跟侯爺沒有太多的感情，但是於情於理我都該表現出難過來的，多謝二舅的點撥。」

王愷之點了點頭，摸著自己的美鬚道：「再過幾日大家就該啟程了，我已經跟威武大將軍說好，路上有什麼事情，妳儘管問他。二舅我已經為妳選好一輛馬車，裡面也鋪上了厚厚的羊皮軟墊，這樣妳乘坐馬車走這遙遠的路途會好過一些。二舅希望妳這次回西京後能一切順遂，好好照顧妳自己和孩子，待二舅日後回了西京再去看妳。」

沈珍珍看著王愷之一臉的關懷，雖然她這是半路認親，跟王愷之這個二舅認識也沒多久，但是血緣就是這麼奇妙的東西，可以讓之前完全沒有交集的人變成親人，而且王愷之對她的關懷是一點都不摻水的，全都是實打實的關愛。想到這些，沈珍珍就覺得自己何其幸運，生命中讓她遇到了太多驚喜。她低聲道：「這些日子，多虧有二舅在珍珍身邊，待我回了西京後，就跟母親等著您回西京來。」

王愷之摸了摸沈珍珍的頭。「會的，到那時，妳肚子裡的這個孩兒應該都可以在院子裡跑了。」

一時之間，甥舅之間充斥的全都是親情和溫馨。

幾日後，沈珍珍就跟著大周官員們組成的使團出發，離開了張掖，踏上回西京的道路。

沈珍珍坐在被佈置妥當的馬車上，輕輕掀開車簾，看著外面熟悉的城池，默默地說了一聲再見。

第五十五章　侯府的家長裡短

沈珍珍這一走就走了四個月的時間才回到西京城，其間因為有了強烈的孕期反應，不得不脫離回京官員的大隊伍。幸運的是，那時已經走了大半的路程，於是沈珍珍帶著陳七和夏蝶，索性放慢腳步，走走停停的，才讓沈珍珍的身體撐了下來。待他們八月底到達西京城時，盛夏早已經過去，有了秋高氣爽的感覺，沈珍珍五個多月的身孕也已顯懷了。

先於她回來的陳益和，一路上不知騎壞了多少匹馬，花了快兩個月才到達西京城。當陳益和趕到家的時候，陳克松的發喪等繁瑣事宜早已經結束，陳益和一把跪倒在院中，看著滿院的白，大喊了一聲「父親」，泣不成聲。

聞聲而來的宏哥看見跪倒在院中哭泣的阿兄，不禁悲從中來，兄弟二人抱頭痛哭起來。宏哥最近因為操心家中的大小事情，瘦了不少，身體底子本來就不大好的他，更將身體耗得有些虛。陳益和看著宏哥難看的臉色，抹了一把淚道：「這些日子真是辛苦阿弟了。」

宏哥搖了搖頭。「咱們是親兄弟，都是阿爺的兒了，這本就是我應該做的事情。阿兄遠在西域，我在家中也擔憂你在那邊的安危，如今看見阿兄你回來，我的心中踏實了不少。阿兄，你知道我素來不大管事，可家中突然來此變故，一時之間這偌大府中的大小事宜全都落到我的肩上，我實在是有些力不從心，阿兄以後可要多幫幫我才是。」

陳益和忙點了點頭道：「這是自然，我如今這一丁憂，會在家待很久，當然願意為你分憂。」

這話還沒講完，二人背後就忽然傳來一道尖細的聲音——

「分憂？」

來人正是宏哥的母親，趙舒薇。自從陳克松死後，她就時不時地精神恍惚，脾氣也變得越發古怪了，因此這府裡的人都更加小心謹慎，生怕惹她發火。

趙舒薇聽見陳益和回來了，不就趕著來看看這個連他阿爺的喪事都不能趕回來的不孝子嗎？結果看見陳益和本人的時候，她內心的怒氣簡直就像是被點燃了爆竹一般，噼哩啪啦地燒了起來。

趙舒薇伸出手指，指著陳益和，厲聲質問道：「說得好聽！分憂？你看看你阿弟為了給你父親辦後事，累成了什麼樣子？結果你人在哪裡呢？都是因為你，你父親這麼多年來都不願意立宏哥為世子，我為了這件事整日跟他鬧，直到他出征前，我還在為了這件事跟他大吵大鬧、觸他霉頭，結果……結果他真的死在戰場上！我……我甚至沒能見他最後一面，這都是因為你，因為你，因為你！」趙舒薇一直對陳克松忽然戰死一事耿耿於懷，特別是在夫君臨走之前，她都沒有說一、兩句好聽的話，如今便是想說都沒有機會了，這心裡怎能不難受？因此看見陳益和，這一切痛苦好似都有了發洩的來源，便一股腦兒地全部倒出。

跪在陳益和旁邊的宏哥見母親的情緒越發激動，怕鬧得太大，到時別房的人都出來看可就不好了，因此連忙起身勸道：「阿娘，我是父親的嫡子，為父親辦後事本來就是我的責任，阿兄好不容易才從西域趕回來，這一路極辛苦，妳快別為了過去的事情跟他置氣了，小心氣壞身子。兒子已經沒了父親，若是妳再氣壞了身子，妳可讓兒子怎麼辦啊？」

趙舒薇被宏哥這麼聲淚俱下的一說，剛剛的怒火好似少了些，只得停下對陳益和的指責，用手不停地撫著胸口。

陳益和忙對宏哥道：「阿弟，快快扶母親去休息吧！我理解母親的心情，你不用顧及我。」

宏哥點了點頭。「阿兄，待我扶了母親回房後再去找你，你快去祠堂給阿爺上炷香吧！」

陳益和「欸」了一聲，看宏哥扶著嫡母走遠，才慢慢地站起身，用袖子擦了擦臉，朝家中的祠堂走去。

宏哥的娘子巧姊本是想來看看她那不省心的姑姑又在鬧什麼事情，好回家跟母親說道說道，二人一起笑話一下這個沒腦子的趙舒薇，不料迎面竟看見一個身材高大的郎君在院中擦著臉上的淚水，她不禁有些好奇，待走近一瞧，喲，這郎君的五官可跟中原人不同呢，莫非這就是她夫君那有胡人血統的庶兄？這……這人長得可真是俊哪！先不說那本就漂亮的五官，單是那高大的身姿，看著就不知道比她那不中用的夫君強了多少倍呢！

巧姊嫁進來前，因為她母親總是說宏哥身子底弱，這先入為主的觀念讓她覺得宏哥那瘦的身板不中看也不中用。再加上婚後，因為巧姊驕縱跋扈的性格讓宏哥十分不喜，因此二人的日子漸漸過得不鹹不淡，宏哥對她也沒有太多的興致，反而花了更多時間潛心讀書。

這巧姊有時會跟以前的手帕交一起賞花，嫁作婦人的這些女子們說話忌憚就少了許多，有時也會說說那房中事，可是這些婦人說話本就帶著些吹噓的心理，內容難免就有點誇大其實了。巧姊這一聽別人夫妻的閨中事，再想想自己的夫君，心裡就更加埋怨宏哥身體不行了。如今又是為侯爺守孝的時候，夫妻二人也分開睡了，宏哥又忙於府中的大小事宜，與巧姊相處的時間難免又少了許多，這巧姊對宏哥的埋怨可不就是與日俱增了？

再說這巧姊嫁進長興侯府的時候，恰陳益和已經去了西域，只有沈珍珍在府裡，因此巧姊是見過了嫂子，卻沒見過陳益和這位庶兄。本來她覺得胡人血統低賤，對宏哥這位素未謀面的庶長兄無甚好感，可此刻一看，心中竟有了小鹿亂撞之感，臉都有些紅了。當巧姊再一想到宏哥那漂亮的嫂子可不就是眼前這位郎君的娘子時，這心裡酸得都可以醃菜了！

陳益和看見迎面走來一位婦人，也沒多看，逕自走過，不料卻聽見那婦人叫了一聲「兄長」，這才停下腳步，回頭看去。

巧姊一看陳益和回過頭看著自己，連忙道：「總是聽我夫君說起他的兄長，如今才終於見到了真人。」

陳益和這就明白了，眼前這位便是宏哥去年娶的新婦，也就是他嫡母的姪女。陳益和本就對趙家人無甚好感，但鑑於此婦是阿弟的娘子，也不得不有點樣子，只得點點頭道：「原來是阿弟的新婦，你們去年辦親事的時候，我恰好在西域，不得趕回，待妳嫂子回來之後，我二人再宴請你們夫妻。我現在要去給阿爺上香，失陪了。」說完隨即轉身離去。

這巧姊看呆了，若是……若是她嫁給這樣的人，該有多好呢？一時之間，她心裡不知是什麼滋味。

長興侯府不可多日無主，新的主人自然就是宏哥，陳克松走之前就跟趙舒薇說了這事，而且出征前也給肅宗說起了家中的事，因此陳克松人走了，喪事也辦完了，肅宗便下旨讓宏哥繼承侯位，這也就是宏哥為什麼要為家中的大小事宜操心，身為新任侯爺，一切都在學習中，也就格外的忙碌。陳益和是能幫手的就幫手，兄弟二人倒是前所未有的團結，所謂兄弟同心，其力斷金。而巧姊也勤快了，時不時要為大君和兄長送個茶什麼的，倒讓宏哥覺得自己這個娘子開始懂事，欣慰了不少。

隨著時間的推移，陳益和也收到了走在回京路上的沈珍珍的信，估算自己的親親娘子到京的日子也就是八月中旬之後了，因此，這八月中旬一過，陳益和每日除了自己抽出時間去城門口轉轉外，也會留個下人在城門口盯著，希望能立即就接到沈珍珍。

皇天不負有心人，沈珍珍這日一進城，恰恰陳益和剛剛來到城門口，看到了陳七，可不就知道那馬車裡坐的正是自己日思夜想的娘子嗎？陳益和連忙策馬過去，叫了一聲娘子。

沈珍珍忽然聽到熟悉的聲音，哪裡還能按捺住心中的激動？忙掀開車簾看去，一看是自己的夫君，立即笑得眼睛彎彎的。

夏蝶趕緊說道：「娘子，您現在可是已經有了五個多月身孕的人，千萬別還像以前那樣動不動就跳起來了。」

沈珍珍被人看穿下一步動作，只得紅著臉道：「哎喲，我好歹也是快要當娘的人了，怎麼叫妳這般一說，我倒像個不懂事的孩子了？我這不是看到夫君高興嗎？」

待陳益和下了馬，走到跟前一看，沈珍珍原來的小臉變得圓潤了些，臉色也還不錯，真是越看越讓人喜愛，再往下一看，已經顯懷的肚子看著十分明顯。

沈珍珍忙捂著肚子道：「夫君不許嫌我沒了腰肢！」

陳益和忍不住搖頭道：「怎地還這般頑皮？妳什麼樣子在我眼中都是最美的。咱們快回府吧，回去再說。」

沈珍珍和陳益和一起回到闊別一年多的長興侯府，府中的人看到沈珍珍都有些吃驚，三郎君的娘子肚子這般大，這身孕怕是已經好幾個月了吧？

宏哥聽下人說嫂子回來了也十分高興，連忙出來迎，這一看沈珍珍挺著個大肚子，不禁有些吃驚，畢竟這個時候他們家可是守孝期。

陳益和解釋道：「我回來前，你嫂子就已經有身孕了，如今差不多也快六個月了。」

宏哥道：「嗯，這是好事，待明年咱們這一房可就有了新生命了。」

三人都點了點頭，雖然侯府的一切因為陳克松的身死而變得有些亂，可是現在一切又都朝好的方向發展，而沈珍珍即將帶來的新生命，也讓這幾人的心中覺得有了更多的希望。

沈珍珍一回來也沒忘了禮節，換好衣服後就急忙趕去給趙舒薇請安了。

趙舒薇本來一聽見沈珍珍的名字就不耐煩極了，擺了擺手示意下人不必多言，這下看見沈珍珍挺著個肚子進了屋，先是吃驚極了，緊接著就恨得眼睛都冒火了，總之她現在見到陳益和夫婦是沒辦法心平氣和了。

「喲，妳眼裡還有這個家嗎？妳父親屍骨未寒，妳倒是在守孝期弄了個孩子出來，是要給誰沒臉啊？妳給我跪下！」

沈珍珍扶著肚子緩緩跪下，低聲道：「母親，珍珍已經快六個月的身孕了，可能是有些瘦的緣故，肚子的月分看著還沒那麼大，我跟夫君都是守禮的。」

趙舒薇這麼一聽，不但沒覺得自己說錯，反而指著她罵道：「好啊，我就說妳父親好端端地出征，怎就沒了，原來都是妳懷的這個孩子給剋沒了的！妳……妳嫁進來就是個喪門星，先是剋妳的夫君，結果他命大沒死，死的卻是我那可憐的夫君！妳和妳肚子裡的孩子都不是好東西！」趙舒薇一雙眼睛通紅，看著沈珍珍的眼神就像遇見了仇人般。

這麼大一頂帽子不分青紅皂白地扣下來，且字字充滿惡意，沈珍珍立刻就明白了，今兒個看來又少不了一番鬧騰，因此連忙拿起帕子抹了抹眼角，哽咽道：「母親若是這樣說，珍珍真是沒什麼活路了！珍珍走前，父親還特意囑咐過，待我找到夫君，要儘快懷個孩子，不然他心裡總覺得放不下心。珍珍知道自己身子骨還小，可因一直記得父親的話，所以到了西域後便與夫君再三商量著要個孩子，畢竟這是父親特地囑咐的，我們做兒女的得聽進去才行。這次懷上了孩子，夫君十分高興，我也覺得回來能對父親有個交代了，也讓父親和母親都高興高興，誰想到父親卻這樣一去不復返……父親，您在天之靈可要為珍珍作主啊……」沈珍珍邊說邊擦淚，說得是聲淚俱下，十分委屈。

趙舒薇被噎得不知怎麼接話了，忙撫了撫胸口，厲聲道：「以前看妳低眉順目的，我以為是個好的，沒想到去了趟西域後倒是伶牙俐齒起來，知道頂撞長輩了？哼！」

宏哥剛好帶著巧姊來看母親，卻看見母親指著跪在地上的沈珍珍，忙要上前去拉沈珍珍起來，卻被巧姊一把拽住。宏哥看了看巧姊，又看了看母親，疾聲道：「母親，您這是做什麼？阿嫂好歹是有身孕的人了，哪能禁得起這樣的跪呢？」

趙舒薇見宏哥護著沈珍珍，頓時覺得心口更難受了，啞聲道：「你這個胳膊肘往外拐的，我是你親娘，你怎麼竟幫著別人說話？我這心口疼的喲……」

巧姊看見沈珍珍哭得梨花帶雨的，偏偏還帶著叫人憐惜的美。人都說懷了身孕後，有的婦人貌醜，怎地這位嫂子看著反倒是肌膚越來越亮，那烏髮也閃著光澤，怎叫人不嫉恨？

陳益和本該跟沈珍珍一起來的，恰巧被個管事攔著問事情，因此慢了幾步，這一進門就看見沈珍珍眼睛紅紅的，臉上還帶著淚，而嫡母一臉怒氣，旁邊的宏哥是一臉羞愧，再看看宏哥娶的新婦則是一臉幸災樂禍的表情，立刻就明白這是嫡母在為難他娘子呢！他娘子現在懷了身孕，卻還可憐兮兮地跪在那裡，他見了心頭就跟被插了一刀般的疼。

陳益和忙跪在沈珍珍旁邊道：「母親，若是珍珍惹您生氣了，看在她有了孩兒的分上，還請您別氣了。若是您覺得不解氣，三郎願意替她跪著，一直跪到您消氣了為止。」

趙舒薇看見陳益和，想著這對夫妻倒是福大命大，現在連孩子都有了，再想到自己中年喪夫的悲慘命運，就越發地鑽了牛角尖。

宏哥看見母親的臉色不但沒有好轉，反而怒氣更盛，連忙也跪下道：「母親，阿兄和阿嫂回來，咱們一家人團圓，您就別置氣了。阿嫂懷的是咱們陳家的孩子，父親知道了不知有多高興呢，難道您要讓父親走了還不安心嗎？」別看宏哥看起來有些懦弱，說話倒是不含糊，這一頂帽子扣下來也夠大的，他娘聽了差點一口氣沒提上來。

趙舒薇後退了幾步，罵道：「好，你們都有理……給我滾！以後你們夫妻少來我眼前晃悠！三郎既心疼你們家娘子，就讓她好好的，孩子生不生得下來還不好說呢！」

陳益和扶著沈珍珍站起來，道：「母親放心，我一定好好照顧娘子，讓她為我們陳家生下健康的孩兒，了卻父親的心願。」

宏哥看著兄嫂離開，心裡很為母親的行為感到著急。如今家裡其他幾房都各顧各的，還在一旁看著他們大房究竟能不能撐起這個家呢，他靠著陳益和這個兄長，很多事情才能有些頭緒，結果他阿娘把人都得罪光了，這以後可怎麼辦？想到這裡，宏哥急忙跑出去，追上兄嫂道：「阿兄、阿嫂別往心裡去，自從父親去了以後，我看母親是有些魔怔了。」

陳益和溫言道：「今天還要謝謝你為我們說話，阿兄我都記在心裡。我看母親也是鬱結在心，不若找個好的郎中來看看吧？我先扶你嫂子回去了。」

宏哥見沈珍珍雙眼紅紅的，看著可憐極了，這心裡也難受得緊，卻又不能做什麼，只得看著夫妻二人的背影，嘆了口氣。

沈珍珍前腳剛到家門沒多久，思女成狂的蘇雲就上侯府來了，結果一看見沈珍珍的眼睛是腫著的，原本好脾氣的她臉色立刻就冷了下來。

沈珍珍一看她娘這般表情，連忙裝傻道：「我看阿娘現在可是千里眼、順風耳呢，我剛剛回來沒多久，您就來了！」

蘇雲輕拍了女兒的頭道：「妳就知道耍嘴皮子，關鍵時刻我看啊就是受別人欺負的分兒！這一回來就被為難了？」

沈珍珍嘆了口氣。「她為難我以前也是有的，可是現在有了孩子後，我就見不得她說我肚子裡的孩子，偏偏也不能做什麼。」

蘇雲聽了氣不打一處來，冷笑道：「我看她是越老腦子越不好使了，如今你們這房在外什麼事情還不是得靠著妳夫君？她倒是使勁地欺負妳，怪不得她夫君不喜她，腦子裡全是漿糊！」

沈珍珍聞言，也只能苦笑一聲。

第五十六章　大長公主府添近鄰，沈珍珍遭巧姊嫉恨

沈珍珍在家休養幾天後，就去大長公主府看了看外祖母。

大長公主一看見沈珍珍，立刻笑得合不上嘴了，邊笑邊感慨道：「看看我們珍珍，真是好樣的，樣樣都不落，過沒多久我便是曾外祖母啦，老咯！」

蘇雲看女兒氣色不錯，也笑道：「她就是個皮實的，不怕風吹日曬，又活得沒心沒肺的，倒叫我們為她操碎了心。」

沈珍珍不好意思地低著頭，想著趕緊換個話題，視線一轉，忽然想起了什麼，忙問道：「我剛剛來時，看見咱們旁邊空置的那座宅子似是有人搬進去了？」

大長公主點頭道：「嗯，聽著像是有人來住了。這宅子應該是皇帝賜給哪個官員住的，也不知是哪個官員這麼好運氣。」

一會兒後，蘇雲便帶著沈珍珍朝廂房走去，要說悄悄話。

大長公主看著走遠的母女倆猶如一對姊妹花，笑著搖了搖頭。

這時，下人來報，說門外有人求見，說是新鄰居來拜見。

大長公主笑道：「西京這地方就是邪乎，說曹操曹操就到，咱們正說著呢，這人可就來了。」

來拜訪大長公主的正是先前皇帝陛下說要賜下宅子的工部常侍郎，知道自己宅子的位置

後，他由原本的驚喜變成驚訝了，皇帝陛下賜的宅子竟然在大長公主府附近，這地段得多少金銀才能買下啊！

常侍郎走進來後，不敢抬頭，低頭行禮，目不斜視，看著十分知禮守禮。

大長公主一看來人，不禁感慨現在能幹的年輕人真是越來越多了。

「下官常玖，前來拜見大長公主。」

大長公主看著眼前這白淨的年輕人，點了點頭。「這宅子是皇帝陛下賜給你的？看來你倒是頗受賞識，你們現在的年輕人真是越來越能幹了。你看著年紀輕輕的，如今是個什麼職位啊？」

常玖有些臉紅，羞澀地回道：「下官不過是個工部侍郎，去年年底才進西京的。下官也不年輕，今年三十有二了。」

大長公主一聽是工部侍郎，倒也是個不錯的差使，想來此人必定是個精通農耕水利之道的，因此又接著問道：「你喬遷新居，那家眷可有一起來？」

常玖撓了撓頭，臉更紅了，低聲道：「下官如今隻身一人，父母都遠在泉州，哪裡有家眷呢。」

大長公主這回細細地打量了一下常玖，看著樣貌倒是不差，年紀也合適，且這人還沒家眷，倒是可以考慮考慮。大長公主眼睛一轉，心裡就不知多了幾道彎，連忙笑道：「既然來了便是客，人都說遠親不如近鄰，以後沒事可以來我府上，給我看看我那個池塘。不必拘禮，吃些茶吧。」

蘇雲帶著沈珍珍看了看自己的繡活後，怕沈珍珍有些累，就讓女兒在自己的房中歇會兒，她則到廚房去為大長公主端來一盅雞蔘湯，緩緩進廳，叫了一聲母親。

常玖這才抬起頭看，一看那日在宮裡見過的婦人可不就面帶笑容地站在那裡？上次是看了側臉，這次能夠細細地看，才發現原來這婦人不僅身姿好，容貌也是出挑的，若是放在泉州城裡，只怕是一等一的美人。常侍郎這心一下了就跳得快起來了，好似要蹦出來似的。

大長公主看常侍郎的臉紅成那樣子，再看了看自家的女兒，暗自點了點頭道：「這是剛搬到咱們隔壁的常侍郎，今兒特來拜見一番。常侍郎，這乃是我的義女，蘇氏。」

蘇雲福了福身子，簡單地行了禮，可叫這老實的常侍郎都不知道手要往哪裡放了，恨不得鑽到地下去。蘇雲看著常侍郎這模樣，倒覺得他雖然看著呆呆的，但到底是個守禮的，起碼比那些見了面就油嘴滑舌的不知強到哪裡去了，因此對這新來的鄰居倒頗有幾分好感。

大長公主看這會兒女兒來了，與那常侍郎並排而站，二人還站得挺近的，大長公主這麼看著，就覺得兩人十分般配，心裡不禁暗喜。

常侍郎因為蘇雲在一旁，耳朵都燒紅了，連忙告辭道：「下官還有事情，改日再來登門拜訪，今日多謝公主。」

大長公主擺了擺手道：「怎地這般客氣？以後說不定還能時常見面呢！」

常侍郎從大長公主府出來後，都快不知道東南西北了。以前都聽別人形容佳人乃是人比花嬌，他今天算是真真有所感悟了。以前覺得英雄難過美人關實乃謬論，可今天他見到蘇雲卻是連話都不會說，路也不會走了，還好沒出什麼笑話，不然可怎麼是好？邊往回走，邊想著剛剛那蘇氏的美眸中波光流轉，就像沁了水一般，且笑起來唇瓣微張，真是好看極了！常侍郎一個高興，忽然覺得頭一痛，原來是走到家門口，撞到了門柱上！

待常侍郎離開後，大長公主問道：「囡囡覺得此人如何？我看倒是個不錯的。」

蘇雲笑了笑道：「看著像個呆子，不過這樣的人挺有趣的，看他剛剛那傻模樣，我都快笑出來了。」

大長公主搖了搖頭道：「妳別看他呆傻，腦子可是個轉得快的呢，否則怎麼會年紀輕輕就有了皇帝御賜的宅子？指不定皇帝怎麼重用他呢！不過這沒有家眷一事，倒讓我覺得十分奇怪，他那個年紀都能做珍珍的父親了，怎麼還沒成家？我得派人去打聽打聽，看看到底是怎麼回事。」

蘇雲看大長公主這般上心的模樣，覺得自己快羞得沒臉了，可到底不是二八年華的小娘子了，只得輕輕嘆了口氣道：「阿娘別這樣，女兒這輩子都不想再嫁人了，待在阿娘身邊伺候阿娘就是我這後半生要做的事情，別的都不想了。」

大長公主可不依。「妳別句句戳我的心窩子啦，為娘不看見妳再尋一門好的親事，以後可怎麼有臉去見妳阿爺啊？只是這男怕入錯行，女怕嫁錯郎，為娘還是要擦亮雙眼為妳尋個好郎君才成。像上回那個什麼威武大將軍，就是色胚一個，還妄想要娶妳回家？也不去打聽打聽，這西京城中的婦人都是怎麼說他的！妳就別多想了，都交給阿娘來做！」

蘇雲看大長公主那不達目的誓不甘休的模樣，只得無奈地嘆了口氣，繼而想到剛剛那常侍郎耳朵都羞紅的模樣，又忍不住笑出聲來，真真是個呆子！

陳益和自從回京之後，雖然一心在家守孝，但是也時時關注著西京的局勢。這一次蒙古人似乎不如剛來的時候頑強，大周軍隊節節勝利，眼看著兩座城池陸續收回，蒙古人逃之夭夭，西京的人們總算放下了一顆心，陳益和自然也就能在家安心守孝和照顧妻子了。

這日，巧姊正打算回娘家一趟，守孝的日子對她來說真是難過了些，不得不推掉手帕交下的帖子，而在家中宏哥又有許多事情要忙，除了自己的貼身婢女以外，還真沒什麼人陪她說說閒話打發時間。她正往外走呢，忽然看見陳益和從門外進來，手中拎了好幾個包裝精美的食盒，步履匆匆地去往他和沈珍珍的小院。

巧姊一看到陳益和，這邁出去的腳便轉了向，竟鬼使神差地跟著陳益和走了。剛剛走近他們夫妻住的小院子，便聽見沈珍珍的笑聲——

「我說想吃這家的點心，你還真每樣都買了幾個，這是打算將我餵得走不動路來才甘心呢！」

陳益和接話道：「知道妳愛吃，就都買了點。妳現在又不是一個人吃，還有我那娃兒也要吃呢！妳若是走不動路了，我就抱著妳走，咱們不怕，妳夫君我的力氣可是大得很呢！」

沈珍珍一聽，捂著胸口笑開了，看見陳益和那樣了，覺得既甜蜜又窩心。

陳益和又道：「我特別去問了咱們西京有名的郎中，人家說妳現在啊還是要多走路，這樣到了後面才會好生。」

沈珍珍嘆了一口氣，道：「我這腿現在總是腫脹，就老犯懶不願走動了。夫君說得對，我還是要堅持走動走動，否則到時候可要受罪了。」

陳益和立刻讓沈珍珍坐在院子中，自己上前抬起沈珍珍的腿，開始給沈珍珍按腿，可把沈珍珍舒服壞了。

陳益和笑道：「以後我每天都抽時間給妳揉揉腿，這樣就不怕腫脹了。還有哪兒不得勁？妳儘管說，我都給妳解決了。」

沈珍珍嬌嗔道：「我可不知道我夫君還是個小郎中，能治百病呢！好啦好啦，你也別擔心我了，忙你的事情去，否則小叔可要累壞了，母親到時候又該說道了。」

巧姊在外面偷聽這夫妻倆一來二去的對話，心裡是又嫉妒又羨慕。怎地人家就跟蜜裡調油似的，她跟宏哥卻是半冷不熱一樣？再一想，陳益和竟用那樣溫柔的語氣跟沈珍珍說話，她這心中就開始酸了起來。這沈珍珍到底是憑什麼？不過就是有幾分姿色而已，便宜竟都叫她占了，真是氣人！

巧姊帶著滿腹的酸水回娘家了，這一見了自己的親娘，可就沒事找事地猛吐苦水，說到底還是覺得宏哥根本就沒把自己放心上，對自己不冷不熱的，加之又是孝期，宏哥跟她分房睡，她更覺得一天好似都見不到宏哥一面，即便是見了一面，也實在是沒兩句好話可說。

巧姊她娘當初就不想將寶貝女兒嫁給宏哥，是迫於夫君給的壓力才不得不妥協，但如今生米都煮成熟飯了，也只能勸女兒好好過了。二人說了好一陣，巧姊說道宏哥的嫂子有了身孕，宏哥他兄長護得跟眼珠子似的。巧姊她娘總是將這後宅看作是女人鬥爭的地方，雖然宏哥當上了侯爺，可是二人還沒有子嗣，她不禁暗恨這陳益和還真是個運氣好的，如今連孩子都快落地了。萬一宏哥那弱身板以後生不出個孩子，這侯爺難不成要給陳益和的孩子做？這麼一想，巧姊的娘就覺得巧姊的日子是岌岌可危了！

「那妳沒去看看妳那嫂子，到底懷相如何？」

巧姊冷笑了一聲道：「我去看她做什麼？還嫌不夠礙眼啊？人家那日子過得別提多愜意了，什麼事情都不用操心，我看她那能幹的夫君將所有事情都做得井井有條，就差不能替她生娃兒了！」

「妳這孩子，怎麼說話呢？到底和妳是一家人。不過妳和宏哥還沒有孩子，這二人倒是先有了，還真是……」

巧姊委屈道：「我沒孩子，難道還是我的錯啊？如今是孝期，我們都分房睡，哪裡能懷得上孩子？就是孝期之前，我看我那不中用的夫君也興致不高，跟您說這個我都臉紅！」

黃氏嘆了一口氣道：「如今說這些都晚了，當初就是千不該萬不該把妳嫁給他的，他那個身子骨從小到大都不大好，妳姑母那個時候護著他跟眼珠似的，生怕養不活。這下可苦了我的兒了，我這心裡難受啊……」

巧姊從娘家出來後，心情不僅沒有平復，反倒是更加的酸，卻找不到發洩的出口。這日晚上，宏哥又是照例看了看她，就回了自己的屋子睡了。巧姊晚上一個人睡，看著天花板，久久不能入睡，心裡就如燒了一把火一樣。

過了幾日，這天沈珍珍準備回娘家，陳益和一早被宏哥叫去忙點事情，走前囑咐沈珍珍等他回來後再離開，他得親自送她回去。沈珍珍點了點頭，說了聲「知道了」，還不耐煩地擺了擺手，自己在房中收拾了好一會兒。這時候，巧姊來了，沈珍珍看見這個弟妹來找自己倒是覺得有些意外，二人一向是沒什麼交集的。無事不登三寶殿，不知這素來鼻子朝天的弟妹今兒來找自己是所為何事？

這確實是巧姊第一次跨進陳益和與沈珍珍的住處，在沒見過陳益和之前，她覺得此子不過是這侯府的庶長子罷了，不值得在意。今日一來，看見這住處佈置得不僅十分精緻，而且竟還十分用心。

沈珍珍迎了出來。「喲，今日可迎來了稀客，快進來。」

巧姊掛著笑容道：「沒有叨擾阿嫂才好。自我與夫君成婚以來，還未跟妳好好說說話，實在是我的不是。今兒個來就是看看阿嫂的，以後咱們應該常常走動才是。」

沈珍珍以前就沒覺得她這個妯娌是個省油的燈，今兒來說一番示好的話，自己還真不能當真，她這心裡還不知道是怎麼想的呢！沈珍珍笑道：「可不是，咱們都是一家人，我當然歡迎妳來了。」

巧姊從身上拿出兩個香囊道：「這不，我給妳和孩子買了香囊，我啊，一看這做工特別精巧，想著妳會喜歡，就買來了。」

沈珍珍笑道：「讓妳破費了，我替孩子謝謝妳。」

巧姊看沈珍珍收下香囊，便笑著擺了擺手。「不過是給阿嫂買個小東西，以後若還有這些精巧的小玩意兒，我都買來送阿嫂！」

這時陳益和回來了，恰好看見巧姊在屋中跟沈珍珍說話，不自覺地皺了下眉頭。「原來是弟妹來了，本該留妳多坐會兒的，可是今兒我們剛好要回妳阿嫂的娘家，這時辰也不早，我這就要送她回去了，要不改日妳再來坐？」

巧姊一看陳益和說話這架勢，就是再笨也明白人家這是送客呢，連忙笑道：「看我這個沒眼色的，那就不打擾阿兄和阿嫂了，我改日再來。」

陳益和看著巧姊走出小院子後，轉身問沈珍珍。「她沒事來做什麼？我看宏哥這媳婦是夠他喝一壺的，不是個好相與的。」

沈珍珍附和道：「人家還給我送香囊來呢！我倒是奇怪了，這弟妹平時都不大跟我說話的，鼻子比天還高，今兒跑來一個勁兒地跟我套近乎是為哪般啊？」

陳益和接過沈珍珍手中的香囊，細細聞了聞。「她給的東西妳還是別放在屋子裡了，我怕她使什麼壞心眼，這香囊就讓夏蝶去處理了吧，想要香囊，改日我給妳買上許多。」

沈珍珍點了點頭，把夏蝶叫過來，細細吩咐了一下。

自從沈珍珍有孕後，夏蝶一直沒閒著，整日給沈珍珍肚裡的孩子做衣裳，又不知道男女，因此男娃女娃的就都縫製一些。一聽說這香囊要拿去處理，立即就緊張壞了，還細細地聞了聞，覺得香味有些雜，很難分辨出裡面究竟放了哪些香料，只得道：「以後我可得時刻守在娘子身邊才行，這不過才一會兒的工夫，就有人亂送東西進來了。」

沈珍珍看陳益和還有夏蝶都很緊張的樣子，整顆心就像被蜜水泡過一般，甜滋滋的。她豪氣地指揮著陳七將自己要給娘家帶去的東西都裝上車，挺著大肚子，就隨陳益和回娘家了。

巧姊站在侯府的大門裡，看著門外家中的馬車緩緩離去，想著陳益和陪伴沈珍珍回娘家的那個熱乎勁，再想想自己回娘家的形單影隻，這手中的帕子早已經被絞得沒了形狀了。

第五十七章　沈珍珍回娘家，大將軍上門鬧事

今日的娘家遠比沈珍珍想的要熱鬧得多，她剛進門沒一會兒，就聽見一聲「我的兒啊」，一下子就愣住了。原來是嫡母沈二夫人回西京來了！從那年自揚州到西京準備出嫁後，沈珍珍就再沒見到過嫡母，這一晃眼，三年都要過去了。

沈二夫人看見沈珍珍後十分激動，這女兒雖不是親生的，可自小抱在她身邊養，前兩年因為蘇姨娘的事情，沈二夫人擔心沈珍珍有隔閡，心裡好一陣不舒服，又因家中大大小小的事情也多，就沒有寫信給沈珍珍了，都是從沈大老爺和沈大夫人的信中知道這孩子的近況。

沈珍珍著實沒想到今日回娘家能看見從揚州來的嫡母。的確，她從小就對沈二夫人感情很深，可是自從知道蘇姨娘的事情後，她心中不是沒有怨過沈二夫人和沈二老爺的自私，因此這些年來反倒是跟同在西京的蘇姨娘感情越來越深，畢竟是親生母女，而對沈二夫人的感情乾脆就放著不想了，樂得當個逃兵，沒想到今日卻不能逃了。這一看到沈二夫人，當年在揚州的種種彷彿又在腦海中清晰起來。

「阿娘……妳……妳回來西京怎麼也不說一聲，我好早幾天來啊！家中一切可還好？」

陳益和緊隨其後，連忙給沈二夫人行禮，哪裡想到沈二夫人這會兒根本顧不上看他，一門心思地看著自己的女兒，眼睛都不轉的。

「看妳這孩子，妳大兄有了娃兒，我怎麼著也得來看一下才放心啊！妳阿爺在任上忙得

不可開交，妳二兄現在寄情於山水，帶著他娘子遊歷去了，我看一時半會兒也不知道人遊蕩到哪裡去了。」

「那三兄呢？」

「妳三兄這次本是想隨我一起來西京，好準備明年的武舉，誰想到他娘子懷上了，這不是好歹得在家裡多待些時日啊？我看這對冤家整日吵吵來吵吵去的，結果才一會兒不見，二人心裡就鬧得慌，妳說是不是冤家啊？」

沈珍珍捂著嘴巴笑開了，沒想到三兄和她當年的女同窗還真是一對，這便是俗話說的不是一家人，不進一家門啊！

沈二夫人看沈珍珍氣色頗好，走路有力，欣慰地點頭道：「嗯，我看妳這樣子倒是沒受什麼罪。聽說妳去了西域，可把我擔心壞了，沒想到妳回來還挺著個肚子，看著身子骨倒是還好……」

幾人邊走邊說，才進了廳內說話。

沈大夫人和抱著孩子的楊氏也從後院走來，沈珍珍一看見楊氏懷中抱著的孩子，眼睛瞬間就亮了，欣喜道：「如今我可做姑姑了！哎喲，咱們家的孩子就是長得好，我看啊，以後一定是個英俊瀟灑的俏郎君！」

楊氏聽到沈珍珍誇孩子，樂得嘴巴都合不攏了，對著沈大郎道：「我看咱們家啊，嘴最甜的莫過於妹妹了！」

沈二夫人笑道：「珍姊自小慣是個會說話的，我和妳阿爺現在還總是想到她小時候的那些趣事，跟個小大人似的，也不知道是怎麼長的，如今都要當娘了。」

沈珍珍跺了跺腳，不依道：「人家好不容易回來一趟，怎地今兒都說好了要打趣我？」

俗話說三個女人一臺戲，這四個婦人在一起，那可比一齣戲精采許多。

沈大郎將陳益和拉去書房，沈大郎許久沒見到陳益和，自然有許多問題，陳益和便從自己去了西域一事慢慢道來，沈大郎也聽得聚精會神，兩位當年的同窗好友相談甚歡。

今兒不知是什麼日子，好像老天還覺得沈府不夠熱鬧似的，沒一會兒蘇雲竟也來了。

沈二夫人一聽見蘇雲來了，驚訝得不知如何是好，自從蘇姨娘當年留在西京後，他們也好幾年沒見了，特別是知道蘇姨娘的身世後，不知怎的，只要一想到蘇雲，沈二夫人這心裡就覺得怪怪的。如今二人要見了，不知道蘇雲在大長公主府裡過得如何？

蘇雲也沒想到沈二夫人到了西京，她原本是想去侯府看看沈珍珍的，聽說女兒回了娘家，想了想就過來看看，順便也看看沈大郎的孩子，沒想到今日的沈府特別熱鬧。

沈二夫人看見蘇雲走進來的時候不得不感慨，蘇雲雖然身世曲折，也受了不少的苦，但是卻格外得到上天的優待，原本就是個一等一的美人，這幾年沒見，不僅不見衰老，反而更加光彩照人，真是叫人不嫉妒都不行。

蘇雲看見沈二夫人時先是一笑，而後連忙上前行禮，叫了一聲「夫人」。

別說三十年河東，三十年河西，就是這短短的幾年，大家也都有了物是人非之感。當年蘇雲是伺候沈二夫人的小妾，現在看起來反倒像是許久未見的朋友。

沈二夫人一邊拉著蘇雲，一邊抹淚道：「我這幾年只要一想到妳，就恨不得拍自己的腦子，當年真是豬油蒙了心，叫妳做了小妾，我……我……我真是太自私了！」

蘇雲淡笑道：「夫人，這都過去多久了，妳還耿耿於懷呢。我在沈家一直過得挺舒心的，妳別再多心了。再說，若是我沒進府，哪裡來的珍姊這孩子？我呀，還得感謝妳。」

沈二夫人眼眶紅了，一想到蘇雲這些年是怎麼待自己的，內心更是羞得很，只得點頭道：「妳現在過得好就好，聽說大長公主待妳十分好，我就放心了。」

蘇雲握著沈二夫人的手。「夫人別擔心我了，我一切都好。倒是幾年沒見妳，妳看著富態了些，想必日子過得十分舒心，我也就放心了。」

沈珍珍看著依舊美麗的蘇雲，心裡不禁想著，以後究竟誰有福氣娶到她的美娘親呢？這個人可要早點出現，才不負她阿娘風華正茂啊！

且說在沈府熱鬧了一天，沈珍珍回到長興侯府後便兩耳不聞窗外事，米蟲生活過得挺好的，日子不知不覺也就到了年底。天寒地凍的，陳益和恨不得將她裹成個粽子，生怕她若傷個風會難受。沈珍珍算了算，自己生產的日子估計也就是正月了，於是裹著大尺碼的羊皮襖，每日在自己的院子裡轉圈圈。

長興侯府守孝可不光是大房的事情，其他幾房也都在守孝，只是守孝期跟大房不同罷了，只有一年。這人一閒啊，事情也就多了，幾家人的生活每天都能變著花樣跟你生出一些事端來，陳益和幫著宏哥管家也覺得管個大家不容易，難怪好多人家早早就分家了，關係反倒還能好些，這住在一起久了，住著住著都成仇了。

眼看著年關將至，府裡各房都忙活起來，當然大多都是找宏哥要銀子的事情居多。

其他房因一年的孝期就快要結束，這心思也都活絡起來，當然想趁著新年走親訪友的時候該打點的打點，好為這孝期後回去做官的事情好好地再鋪路，那可不是挖空心思跟宏哥討要銀子嗎？不給吧，就跟你哭窮，那眼淚真是說掉就掉，你說是演戲吧，可人家真真是哭得眼紅鼻涕流的。宏哥既是新任侯爺，又是小輩，慣是個好說話的，能不給嗎？好，給了這房吧，那房聽見了一絲絲風吹草動，立刻也來哭窮要銀子了，宏哥真是一個腦袋兩個大，只能求助自己的阿兄冷著臉去拒絕這些貪得無厭的叔叔、嬸嬸們了。

沈珍珍的米蟲生活當然也得益於陳益和的嫡母趙舒薇的消停，近些日子她迷上了唸經，沒事竟還開始自己抄經書了，不知是想要從中找到平靜，還是想要為死去的夫君祈福，總之最近是沒再找碴了，她也樂得輕鬆啊！

第五十八章　常侍郎英雄救美

話說蘇雲眼看女兒生產的日期近了，也不管天氣冷不冷，來侯府的次數是勤了許多。每次晌午後回去，都能在家門口看見常侍郎剛剛忙完公事回來，到底是住在一牆之隔的鄰居，蘇雲見了常侍郎，每每都會自然地打聲招呼，二人有時候你來我往，還能說上一、兩句。

常侍郎這心裡一邊樂開了花，一邊面上還要裝得若無其事，心想著：我算好時間回來果然是沒錯的！

倒是那威武大將軍李德裕心有不甘，這日又來了大長公主府，本是吃了閉門羹，可李德裕也不是吃素的，這下子勁兒上來了，竟使勁地砸門，嚷嚷著要拜見大長公主，求娶蘇雲。

儘管門外鬧上這麼人的動靜，大長公主在自己家卻是穩坐釣魚臺的。既然打定主意不說這門親，也就不管你怎麼鬧，年輕人嘛，鬧一鬧也就沒脾氣了。

看看這心態，薑還是老的辣啊！

倒是李大將軍這次登門鬧的動靜可讓常侍郎聽見了，還出來看個究竟。常侍郎品級自然不如李德裕的高，即便上朝也是隔得極遠的，何況常侍郎去年年底才進京，李德裕年初就去了西域，二人自然是沒打過什麼照面，因此常侍郎乍一看還不知這人是誰。

不過常侍郎好歹也是一直受上級喜歡、官場得意之人，將頭探出門細看之下，見這人連官袍都沒脫，自然就讓他看出來人是什麼來頭。

這次李德裕也是豁出去了，心中帶著僅有的希望及深深的無奈，只想著那劉備不是三顧茅廬打動諸葛亮下山來幫忙嗎？那他登門第二次，總也能打動一下大長公主的石頭心吧？何況，那蘇娘子未必就對自己無情啊！因此，這李大將軍不管旁邊有沒有人看，也不顧自己英俊瀟灑的形象了，就是打算敲到大長公主府開門為止，所求為何？就為蘇氏佳人啊！

常侍郎這個人表面不吭不哈，內心卻也是有成算的。雖然以他的條件，完全可以娶個未婚娘子，可偏偏就讓他遇見了蘇雲這等佳人，再看見誰就覺得要麼不夠美、要麼氣質不如蘭、要麼沒風韻，總之，他母親託人在西京城說的其他家娘子，常侍郎一個都沒看上。當然，常侍郎也去打聽了一下蘇雲的過去，好不容易將來龍去脈弄清後，竟也不甚介意蘇雲的過往，為啥呢？這裡還是有一段緣由要贅述的。

常侍郎家裡在泉州也是數得上的，常侍郎自己也是個爭氣的郎君，那為啥到了這般年紀還未婚娶呢？實在是過去的歷史不大好聽。

他娘第一次給說的娘子是泉州一個官家嫡女，他娘還相看了幾回，模樣啊什麼的都還滿意，兩家雙方口頭就說定了，誰承想還未換庚帖，那小娘子就跟自己的青梅竹馬，一個寒門子弟私奔了！這鬧得是人盡皆知，結果常侍郎家落了個灰頭土臉。

等這事件平息過去後，常侍郎他娘挑了半天，又看上一個娘子，這次倒是速速地換了庚帖，結果那小娘子不知染了什麼怪病，雙腿忽然就站不起來了，每日只能躺在床榻上要人伺候，常侍郎他娘可就不願意了，那女郎家也不好意思將女兒嫁過來，於是這婚事就沒成。結果這次，機智的泉州人倒是看出了點門道和規律來——常家的這位小郎君怕是八字不大好吧？要不怎地每回說的女郎都成不了呢？

又過了幾年，常侍郎輾轉各地做官、修河道，他娘終於在自己的娘家本家給找了個姑娘，結果這姑娘因家中後宅的種種不開心，一時想不開做姑子去了！於是，常侍郎的婚事就這麼一直耽擱下來。泉州人就調侃了，說是「常玖常玖，長久沒娘子」！為這事情，常侍郎他娘都不知哭了多少回。還好常侍郎不是家中獨子，不然估計雙親早已經夜不能寐了。

不過情場失意，官場得意，常侍郎這官做得可真不錯，這不，都來當京官了。於是，他娘又開始給相看娘子了。經過多年的總結，常侍郎覺得他娘看上的女郎跟他都沒什麼緣分，關鍵時刻還是得靠自己，可惜一直沒碰上中意的。哪想來了西京不到一年就碰上蘇雲，他是怦然心動、心花怒放啊！所謂知己知彼，百戰百勝，因此常侍郎打聽好了蘇雲的過往，可還沒來得及展開下一步行動，正要在心裡計劃計劃呢，可巧，這李大將軍就來隔壁砸門了！

常侍郎躲在自家門口豎起耳朵，聽個大概就明白了怎麼回事，敢情門外這個白臉將軍是他情敵?!這麼一鬧明白，常侍郎就更要從頭到腳地細細打量一下對方了，結果他有些氣人地發現，這人比自己英俊一點點、個頭比自己高一點點、身材比自己威武一點點……這、這……不對，他一定不如自己有智慧！想到這裡，剛剛有些長他人志氣、滅自己威風的常侍郎又信心滿滿了。看看，居然做出砸門這種沒風度的事情，不過就是一介武夫嘛，哼！

恰恰這日，蘇雲剛好去看了沈珍珍，回來的路上給大長公主買了幾樣吃食，馬車就要路過常侍郎家門口前時，聽見了李德裕的嚷嚷聲，緊接著馬夫來報，說家門口站著一名將軍，正在敲門求見，蘇雲立刻想到去年被母親一口回絕的李德裕，不禁皺了皺眉頭。這人怎地還這般糾纏，明明都說無意與他結親了，竟還找上門來，以為母親說的話是不算數的嗎？

常侍郎眼尖，看見大長公主府的馬車，料想是蘇雲回來了，這可如何是好？看那馬車停了下來，他急忙小跑過去，長年在河道上鍛鍊的他，這會兒真是將多年的鍛鍊成果派上了用場，跑得極快，不一會兒就到了蘇雲的馬車前，差點將蘇雲嚇了一跳。

蘇雲一看見是常侍郎，鬆了一口氣。

常侍郎道：「那人來了好一會兒，嘴裡一直嘟嘟囔囔的，也不知說些什麼，可別嚇到了蘇娘子妳。」

蘇雲一看常侍郎臉紅紅的，這大冬天的，腦門上竟還有了薄汗，想必是跑得急，心裡不知怎地竟然覺得暖暖的，便緩聲道：「多謝常侍郎相告，我自是回我家，還怕他不成？」

常侍郎聽蘇雲這麼說，忙道：「那我送妳過去，好歹我是朝廷命官，他也不能胡來。」

蘇雲看了看遠處身材高大的李德裕，再看看眼前白淨削瘦的常侍郎，忍不住笑了，點了點頭道：「那就有勞常侍郎了。」

李德裕一回頭，看見一輛馬車緩緩而來，旁邊還跟著個小白臉，心道：這馬車裡坐的莫不是蘇雲？那車外的小白臉又是誰？顧不得砸門的李德裕連忙就朝馬車的方向疾步而去，腳下生風。

常侍郎看那將軍氣勢洶洶地朝自己的方向走來，按道理是應該怕的，可大概這會兒身旁有佳人，竟也生出了要英雄救美的豪氣，不僅不怕，反倒是挺起了胸膛。

在車內偷偷掀起車簾的蘇雲看見常侍郎這般，又輕輕地笑了。

李德裕到了馬車前，連正眼都沒看常侍郎一眼，心想著，就長成這般模樣的，想必也不會是自己的情敵，因此倒是放心地對著車內的蘇雲說話了。「蘇娘子，在下李德裕，今日本是想至府上造訪，但是大長公主一直未開門，在下失禮了。」見蘇雲並未回應，李德裕緊接著道：「去年，某得大長公主的回絕後並未再說話，實是因為要去西域了。可某思前想後，並不願意放棄，因此今日還是想登門求大長公主成全某對娘子的傾慕之情。」

常侍郎一聽就更明白了。敢情人家去年都已經拒絕了你一回，你這還來？臉皮也未免太厚了吧？真不知那些聖賢書都讀哪裡去了！想到這裡的常侍郎，胸膛就更挺了起來。

蘇雲並未掀開車簾看李德裕，只緩緩從車中傳出聲音。「承蒙李將軍的厚愛，妾不知自己有何過人之處，竟還讓李將軍一而再、再而三的求娶，但婚姻大事是父母之命，媒妁之言，妾為大長公主的義女，母親的話，我總是要聽的。」蘇雲這番話說得委婉，其實已經暗含拒絕。

未承想今日李德裕是豁出去了，急忙道：「那蘇娘子的意思呢？某三番兩次碰見過蘇娘子，若是蘇娘子妳應了我，大長公主就是給某出再多的難題，某也一定不怕！」

常侍郎在一旁聽見，還頗沈得住氣，並沒吱聲，但其實內心已經有了波瀾，手指都快把自己的手心給摳破，只是沒人瞧見罷了。兄臺，你怎麼連拒絕都聽不懂啊？都說烈女怕纏郎，蘇娘子，妳可千萬要有定力啊！

蘇雲停頓了一會兒，才輕聲道：「李將軍請回吧，這西京城中不知有多少婦人等著您的青睞，數都數不過來，您勾個指頭，等著嫁您的便不知有多少。聽說去年還有個婦人為了您差點鬧出人命來，妾是個惜命的，也是個膽小的，就不隨波逐流了，恐怕要辜負您的厚愛了。」

李德裕聽到此，明白是自己過去的風流情史害了自己。蘇雲說的何嘗不是事實？可是過去的事情已經過去，那些都是在碰見蘇雲之前的事，他現在已經變好了，一心只有蘇雲了呀！想到蘇雲不願意嫁給自己，李德裕的內心跟刀絞一樣，再看看常侍郎在旁邊一副小人得志、幸災樂禍的模樣，一股邪氣突地冒上來，厲聲道：「妳不願意可是因為他？就這等貨色能入得了妳的眼？莫不是被大雁啄了眼？我過去雖然風流，可是哪樣比他差？再說，那都已經是過去的事情了，我遇見妳之後就一心一意想將妳迎娶回家，妳還有什麼不滿足的？」

被點名的常侍郎差點噴出一口血來。看上我就是被大雁啄了眼？我有這般不堪嗎？忍著怒氣，他語氣平和地道：「這位將軍，您今日來此句句指責，實在是多有不妥。婚姻本就是結兩姓之好，蘇娘子已說大長公主不同意了，您又何必再苦苦糾纏？再說，強扭的瓜不甜，蘇娘子本就不願意，您又何苦強人所難？當退一步海闊天空才是！」

瞧瞧，常侍郎這張嘴，關鍵時刻多會說話？這風度看著就比李德裕不知強了多少！

滿腔怒氣沒處發的李德裕聞言，心裡的火就跟被澆了油一般，猛地伸出手就給了常侍郎一拳，怒喊一聲。「你是個什麼東西！」這重重的一拳十分精準地打在常侍郎的右眼上。

常侍郎忽然挨了一拳，「唉唷」一聲，跌了個踉蹌，差點跌坐在地上。

聽到外邊的動靜，蘇雲坐不住了，掀開車簾，也顧不得什麼形象，跳下車，連忙上前扶住常侍郎，看著李德裕。

李德裕這可總算見到了自己心心念念的蘇雲了，在西域的多少個日日夜夜，只要想到她，他就覺得自己的心被填得滿滿的，以往的空虛都不見了，這才更加堅定他要回來繼續求娶的決心，怎想到自己這張折遍西京無數花的俊臉就是入不了佳人的眼，竟還找了個這麼不入流的小白臉來，他到底是哪根蔥！

蘇雲看著李德裕通紅的眼，知道他現在就是一股想要的東西得不到的惱怒，再看看常侍郎那已經瘀青的右眼，臉色不禁冷了下來。「李將軍，我敬您是將軍，說話一直禮貌有禮，我就不懂了，這男女之事不是要你情我願？如今我不願意，您還要在光天化日之下逼我就範嗎？怎地您心儀我，還就得我也心儀您不成？沒錯，我身邊這位郎君他是沒您長得好，可是他懂禮，也沒有亂七八糟的風流史，他在我心裡是乾乾淨淨的。您且回吧！」

常侍郎聽了此話，都顧不得眼睛痛了，這心啊，一下子就飛上了天。蘇娘子的意思是心儀我了？是心儀我嗎？常侍郎活了三十多年，還從未有這樣歡喜過，想到蘇雲的纖纖玉手此刻正扶著自己，他覺得身子都快站不住了！強壓住內心的歡喜，他一本正經地對扶著自己的蘇雲道：「我無礙，蘇娘子。這位將軍想必也是太過激動，人非聖賢，孰能無過？」

此刻的李德裕就像霜打了的茄子般，滿心都是那句「他在我心裡是乾乾淨淨的」，這句話簡直就是最佳利器，直戳他的胸口，蘇娘子這是嫌棄他呀！一想到這兒，他忽然想起以前那些婦人在自己離開時哭罵的話——「李德裕，你早晚有報應！」

呵，這報應來得真快……眼淚都快掉下來的李德裕無話可說了，他深深地看了一眼蘇雲。「若是早十年遇見妳，也許我就不會做下那麼多糊塗事了，可惜時光不能倒流。既然妳話已至此，某也不再多說了，只盼蘇娘子以後心意達成，開心順遂，某告辭了。」

蘇雲心想：十年前我還在給他人做妾，一心一意地遵守婦道呢，也沒你什麼事啊！

李德裕來得快，去得也快，他一躍上馬，駕馬而去，沒有回頭。

蘇雲壓根兒就沒去看李德裕的背影，倒是常侍郎還看了一下，感慨此人騎馬時真是瀟灑啊！

蘇雲仔細地打量一下常侍郎的眼睛後，低聲道：「快隨我進府去上點藥吧，他一個武夫，這一拳可夠你受的。疼吧？」

常侍郎搖了搖頭道：「不疼，能為蘇娘子做點事情，某高興還來不及。」

常侍郎這句話可把蘇雲說得臉紅了，一把年紀的人了還害羞，蘇雲覺得自己真是沒出息極了，只得啐了一口道：「油嘴滑舌！」緊接著，蘇雲連馬車都忘了坐，直接就快步地朝大長公主府門口走去。

常侍郎看著佳人的背影，簡直都快醉了，今天兩人說的話比過去好些天加起來的都還多呢！

忽然，蘇雲轉過頭去，見常侍郎還呆呆地站在原地看著自己，不禁笑罵道：「你個呆子，還不快跟上！」

「欸，這就來！」常侍郎笑答道，小跑地追上了蘇雲，跟著蘇雲進了大長公主府。

這一場，常侍郎和李將軍唯一的一次交鋒，常侍郎完勝！

第五十九章　突如其來的生產

時至年關，長興侯府內熱鬧得緊，上學的孩子終於不被拘束了，大人們也開始準備迎新年了。雖然還在孝期之中，但是新一年的到來總是讓人又有新的希望不是？

巧姊自從上次來過沈珍珍這屋裡後，如今沒事就會提個點心來套近乎，雖然沈珍珍是個嘴饞的，可是得到陳益和的嚴令禁止，她是一口也不敢嚐，甭管這巧姊來意善不善，自己好歹快生了，還是謹慎些的好。

都說瑞雪兆豐年，今年的雪倒是不少，已經下了幾場，因此沈珍珍就只能在自己的屋中走圈圈了，生怕外面結了冰，把自己給摔了。

這日，剛下過雪的天還陰陰的，沈珍珍抱著手爐看夏蝶縫製小娃的衣裳，兩人說說笑笑，過得倒是挺美的。這夏蝶和陳七的事情也因為家裡的守孝給耽誤了，在西域的時候，沈珍珍問過陳七，覺得夏蝶如何？這一問倒是把陳七給臊得臉紅脖子粗，半天都說不出一個字來，只能用傻笑和點頭來代替自己的回答。沈珍珍這可算明白了，敢情這兩人早就看對眼了？本想著回了西京就給兩人把喜事辦　辦的，現在倒好，喜事暫時辦不了了，還好兩人都在這府裡，沒事還能打個照面，到底能抵些相思。

巧姊又來了。

這段日子她來得很勤，有時會碰上陳益和，陳益和礙於宏哥的面子，也不好直接冷臉趕人，可是又實在不想看到巧姊總是用怪怪的眼神看自己，因此能離開一會兒就離開一會兒。況且，屋內每次都有夏蝶守著，陳益和覺得這巧姊也翻不出什麼花樣來，就放心地離開了。

沈珍珍倒是覺得自家夫君那樣貌本身就是勾人的，自己天天見，有時候都會看呆，更別提別人了，因此也就沒往別的方面想，只是好奇這巧姊總往自己房裡跑到底是為哪般？

其實，巧姊還真就是想來走走，期望多看看陳益和的。若是每次都能碰上陳益和，那當然好，誰不想在自己心中歡喜的人面前多露露臉呢？若是碰不見，到這個屋子來，她心裡也是歡喜的，總覺得距離陳益和又近了些，還時不時會幻想著這就是她與陳益和的屋子。眼看著這巧姊是陷入魔障，竟胡思亂想到這地步，甚至把沈珍珍當成自己的假想敵，覺得都是沈珍珍搶了她的如意郎君呢！

這次巧姊來，沈珍珍依舊耐著性子跟她扯扯家常。

沒看見陳益和，巧姊內心頗為失落，隨口就問了句。「阿兄今日這麼早就出門了？」

沈珍珍聽了這話，又仔細地看了看巧姊，發現她的臉上明白寫著「失落」兩字，心中忽然就明瞭了。哎呀！她這個孕婦真是懷孕後傻了，居然這才看出來，眼前這位明顯是少女懷春啊！對象可不就是她的親親夫君？這一發現，沈珍珍內心不禁冷笑一聲。「最近較忙，再說了，他怕妳來找我說話，總碰見妳怪不好意思的，所以現在都走得早了，說是咱們女人一塊兒說話，他到底是個男人，還是要避嫌的不是？」

巧姊猛地抬頭，看見沈珍珍的笑臉，覺得她話裡有話，可是又想著自己的隱密心事瞞得這麼好，沒人會知道，該是自己想多了。然而一想到阿兄竟是刻意避開自己，這心裡又有些難過，再看看沈珍珍那張漂亮的臉蛋，內心的邪火忽就燃了起來，一發不可收拾。

巧姊今兒是白來了，沒見到人，也就不想跟沈珍珍在這兒閒費功夫，立即告辭走人。

沈珍珍站起來，跟著巧姊走到門口。「那我就不送妳了，妳得閒了再來啊！」

巧姊剛跨出門，不知是鞋底沾著雪還是怎地，腳底突然一滑，往前倒去，她下意識地想抓住什麼，急忙伸出右手向後抓去。

等沈珍珍發現巧姊要滑倒時，她已經被巧姊伸手抓住，一起往前倒了下去！眼看著就要倒地了，沈珍珍驀地使出勁，一把甩開巧姊，兩手護住肚子，腰部使勁一翻，最終是背部著地，躺倒在自己的屋門口。

夏蝶一看沈珍珍摔倒在地上，連忙跨出門，上前查看，發現沈珍珍一臉痛苦，仰躺在地，立即驚慌地喊了一聲。「快去叫郎中！」

陳益和正在書房裡算帳，雖然年底各房都要討銀子，那也得計劃著花，不然早晚坐吃山空。忽然間，他的手不聽使喚地抖了一下，眼皮也直跳，就在這時，書房的門猛地被推開，一個下人奔進來，疾聲道——

「三爺，三夫人摔了一跤！」

陳益和立刻起身，筆一甩，直接奔出書房，滿腦子都是沈珍珍摔了，整個人心急如焚。

跑回自己的小小院子後，他大力推開屋門，看見正在床榻邊哭泣的夏蝶，厲聲問道：

「究竟怎麼回事？」

夏蝶回道：「是侯爺夫人來了，出門時腳底一滑，拉著娘子一起倒下……」

陳益和連忙探身去看在床榻上躺著的沈珍珍，發現她的腦門出了汗，他抖著手幫她擦。

沈珍珍睜開眼，看見是陳益和，強笑道：「還好你把我裹成了粽子，不然這次可就要摔狠了。我讓人把宏哥他娘子扶回去了，省得咱倆看見她心煩。夫君，你看看我的腿是不是摔破了，怎麼覺得褲腿這麼濕？」

陳益和向下一看，突然覺得自己開始害怕了，這哪裡是腿摔破了？這怕是要生了！哪怕是碰到殺手的追殺，陳益和都沒有如此害怕過，他聲音嘶啞地喊道：「郎中呢？郎中怎麼還沒來？還有，快去叫產婆！」

一旁的夏蝶看見陳益和這樣子，深覺娘子怕是不好了，驚得癱倒在地上。

陳益和見狀，踢了踢腳邊的夏蝶。「給我起來！快叫人去大長公主府遞信，說娘子要生了！」

夏蝶抹了抹淚，趕緊爬起來，急急向屋外走去。

沈珍珍此刻覺得自己的肚子實在太疼了。

陳益和看著沈珍珍痛苦的表情，輕聲安慰道：「珍珍，郎中和產婆一會兒就來了，我知道妳很難受，但妳要堅持住，我的珍珍是最堅強的。」

過了好一會兒，陳七帶著郎中來了，郎中一看沈珍珍這模樣，怕是馬上要臨盆了，便疾聲道：「夫人馬上要生了，趕緊叫產婆來！府中若是有參片，就讓這位夫人含上！」

不一會兒，產婆也趕來了。這產婆是個利索人，又是有多年接生經驗的，立刻就開始準備剪子和木盆，並吩咐道：「夫人要生了，奴這就開始準備，男子都出去吧，這裡是產房。」

陳益和不知道自己是怎麼走出房間的，只能在門關上前再看沈珍珍一眼，心裡祈禱沈珍珍可以平安度過生產。大冷的冬天，他竟然都感覺不到屋外的寒冷，就這麼傻傻地站著。

宏哥剛剛從母親的房中出來，聽到消息，知道自己的娘子闖禍了，立刻連奔帶跑地跑到阿兄的院子來一看究竟，當他看到陳益和整個人傻了一般，呆呆地站在那裡時，鼻子不禁一酸。「阿兄，你沒事吧？」

陳益和好一會兒才看清是宏哥來了，扯出一個牽強的笑容道：「我沒事，有事的是你嫂子。本來是正月才要生，看來孩子是等不及，要在年前出來了。剛剛看她那副模樣，我只恨不能代替她。」

宏哥自責道：「阿兄，都怪我沒管好趙氏，阿嫂她……」

陳益和苦笑道：「產婆已經進去了，天氣冷，你回去吧。我這會兒心裡亂得很，不想說話。」

宏哥搖頭道：「我在這兒陪著阿兄，一起等阿嫂順利生產完。」

陳益和擺了擺手。「讓我一個人靜一靜。你身子弱，別陪我在這兒等，聽話。」

眼見阿兄態度堅決，宏哥只得一步三回頭地走了。他心裡著實生氣，恨不得回去大聲質問不懂事的娘子，可是想著她也摔了，不好再責備，只得忍著心裡的怒氣，掉頭去了書房，眼不見心不煩！這趙氏怎麼就不能為人分憂呢？這人是嫁進來專門給人搗亂的不成？

趙舒薇正在自己的屋內抄著佛經，聽到下人來說沈珍珍要分娩了，僅表示知道了。自她開始抄佛經後，這內心是平靜了不少，可是也還沒到臉熱地去貼那對小夫妻的程度，沈珍珍就自求多福，能平安度過這一關吧。趙舒薇在自己的屋子裡，該幹麼還幹麼，半點都沒有要去探望的意思。

其他幾房的人聽到動靜，打發了人來盯著，待到孩子落地了立刻就來恭喜，畢竟大房現在每個人對他們來說都是能拉攏就拉攏，好為自己謀利益，何況宏哥對自己的這個庶兄可是極為看重的。

陳益和站在屋外，腦海裡亂糟糟的，忽然想到了自己的生母。他的生母當年生下他便撒手人寰，所以他一直對女人生孩子這件事有種未知的恐懼。這就是為什麼他和沈珍珍成婚後，便找了婦科聖手給沈珍珍開了避孕的藥。一來是因為沈珍珍年紀小，二來他確實害怕沈珍珍生產時遇到危險。女人生孩子都是在鬼門關前走一遭的事，有的人生了七、八個都安好無恙，有人卻是生一個都不成。陳益和對這種不可控制的事怕極了，他不能忍受這種危險出現在沈珍珍的身上，可是現在他卻毫無辦法，身邊也沒有一個可以分憂說話的人。

屋外的陳益和內心千迴百轉，上上下下沒個著落。

屋內的沈珍珍在床榻上努力生娃，痛得半死。此刻她終於能理解，人們為什麼會說這世界上最大的疼痛莫過於生孩子了，光是這分娩的痛就能把人疼死啊！這種生孩子的痛已經蓋過她摔倒那時的痛，可是任憑她現在怎麼使勁，孩子就是不出來，真真是急死人了！

晌午後，眼見沈珍珍已經痛了有兩個時辰，卻似乎還沒有要生的跡象，在院子裡的陳益和更加心急如焚了。

不一會兒，沈珍珍的生母蘇雲從大長公主府得信前來，一看就是行色匆匆出門的，連髮髻都不若平時梳得精緻，只是稍攏了一下。

蘇雲一進來就看見陳益和這個傻孩子杵在院子裡傻傻地站著，連忙疾聲問道：「怎麼回事？明明要到正月才生的，怎麼今日就發動了？我來前也給沈府通了聲氣。你個傻孩子，這麼冷的天，你一直在院子裡站著怎麼行？珍珍這是頭胎，可沒這麼快，我看至少還要兩個時辰。你快給我去偏屋待著，吃些熱茶。」

陳益和一看見蘇雲，就彷彿在海浪裡沈沈浮浮，終於抓到浮木一般，眼睛通紅地道：「阿娘，珍珍今日摔著了，我還來不及看看她摔到哪兒，這就提前發動了……只要想著她在裡面疼得死去活來的，我這心就跟刀絞一般，難受得緊，哪裡能坐到他處去，只想在這裡等著。」

蘇雲一看陳益和這難過的樣子，心裡一邊為女兒擔心，一邊又覺得欣慰，總歸她的女兒是找到了良人啊！「你倒好，在外面吹得身上冷透了，等她生完要見你時，你一進去，這身上的冷氣就先把她給凍到了！要知道，女人生完孩子可見不得風的。」

這句話絕對是陳益和倔強的對症良方，陳益和一聽，連忙道：「這……這……孩兒還真沒想到，多虧阿娘來指點一番！那我這就到偏屋去，阿娘也隨我一起吧？」

蘇雲擺了擺手道：「你先別管我，趕緊去換身衣裳，我在門外跟珍珍說幾句話。」

陳益和點了點頭，乖乖地去了。

蘇雲快步走到沈珍珍的產房外喊道：「珍珍，阿娘來了！妳別怕，聽產婆的話，該用力的時候用力，阿娘就在外面啊！」

屋內的沈珍珍不知道自己現在是在作夢，還是阿娘真的來了，但是這幾句聽得不太清楚的話似乎給了她一些動力，隨著產婆的指示，她呼氣、吸氣，忍受著新一波襲來的疼痛。

下過雪的天本來是陰沈沈的，誰想到這晌午後，老天竟然散開了陰霾，一縷霞光直照下來，太陽慢慢地露出了臉。

蘇雲看著外面的天氣，笑道：「我看珍珍生的這個孩子以後定是個有福的，你看看，本來陰陰的天，這會兒都放晴了呢！」

就這麼著，陳益和跟蘇雲有一搭沒一搭地說著話，聊的都是沈珍珍以前的趣事，時間也就慢慢地過去了。

也不知過了多久，忽然，一陣孩子的啼哭就像一道驚雷，劃破了天際。

陳益和立刻站起來，激動地叫道：「孩子這是生了?!」

蘇雲此刻的心也終於能落下來，她笑了笑，與陳益和一起移步到院子裡。

只見屋門打開，產婆一臉笑容地走出來。「恭喜，是個小郎君，長得不知道多漂亮呢！」

陳益和急急上前問道：「我娘子可還好？」

產婆點了點頭道：「母子都好，剛剛她看了一眼孩子就昏睡過去，怕是已經脫力了。不過別看娘子年紀小小的，人也瘦，這力氣還真是不小呢！」

蘇雲摸出一袋銀子，塞給產婆。「今日辛苦妳了。」

產婆接生多年了，收的銀子可不少，此時光憑重量就知道這袋銀子不少，臉上的笑容不禁綻放得更大了。「都是應該的、應該的。」

陳益和已顧不得什麼產房污穢不污穢了，直接就衝進去，看見床榻上已經睡著的沈珍珍時，眼淚就像決堤的河水般，一下子就湧了出來。他抹了抹臉上的淚，悄悄地走到床榻邊，伸出手摸了摸娘子的臉龐，覺得她此刻美得不可思議。「珍珍，妳真厲害。」

沈珍珍的身旁包裹著剛剛出生的孩子，他閉著雙眼，嘴巴一吸一吸的，渾身通紅通紅，臉皺巴巴的。

陳益和沒見過新生孩兒，乍一看見自己的孩兒長這樣，不禁看著跟在他身後進來的蘇雲，問道：「這孩子怎地這樣醜？產婆還說漂亮得緊，莫不是安慰我和珍珍？」

蘇雲一看見孩子，覺得自己的心都要融化了，沒好氣地斜了陳益和一眼。「哪裡醜了？別這樣說我的乖孫！剛生出來的孩子還沒長開呢，過幾天又是另一個模樣了。你別看他現在渾身通紅，這以後一定白得很呢！」

聽到此話，陳益和傻傻一笑，喃喃道：「我是說笑的，不管長什麼樣子，都是我和珍珍的愛兒。」

二人看著床榻上的母子，會心一笑，屋內極為溫馨。

不一會兒，沈珍珍誕下男娃的消息就像長了翅膀一樣，飛到這侯府的各個院落，每人聽了後心思不一，有感嘆沈珍珍好命的，當然也有巧姊這種不服氣的，心想：不就是生個孩子而已，有什麼了不起？待孝期一過，我定要誕下孩兒，這侯府可是我孩兒的！

宏哥知道阿嫂誕下男孩後，欣喜之餘不忘前去祠堂跟父親通報這個喜訊。

新年前，整個侯府因為有新生兒的降生，多了些喜氣。

第六十章　初為人母，孝期結束

生完孩子的沈珍珍，就進入了難熬的坐月子時光。當然，對於照顧孩子這事，她一個年紀輕輕、初為人母的婦人，可謂是毫無經驗可談，簡直就是手忙腳亂、忙中添亂。

本來心疼娘子的陳益和，早都已經請好奶娘要來照顧孩子的，這樣沈珍珍就可以好好休息，可是沈珍珍卻有不一樣的想法，她要親自為自己的愛子哺乳，一點商量的餘地都沒有。陳益和本就是快把沈珍珍寵上天的夫君，根本磨不過沈珍珍，光是她那還沒恢復血色的臉上一雙水汪汪的大眼睛祈求地看著他，他所有想到的、要說服沈珍珍的說詞就全都忘了，立刻丟盔棄甲、舉手投降，娘子說什麼就是什麼了。

月子期間，其他房的嬸嬸也都陸續來探望過了，作為嫡母的趙舒薇也來露了個臉，還對沈珍珍說教了一番——我看妳是個有福氣的，年紀輕輕地就嫁了個對妳好的如意郎君，現在又生下兒子，今後可要好好過日子，要惜福，別太驕傲自得，將日子越過越差。明明是一番好意的囑咐，偏偏從趙舒薇的嘴裡說出來就讓人不待見，但沈珍珍還是恭敬地點了點頭，謝謝母親賜教。

蘇雲來看了沈珍珍好幾次，不忘將自己專門為沈珍珍釀的米酒提來，這米酒對坐月子的婦人來說可不是一般的好，不僅有利於哺乳，還有助於排惡露。

本來蘇雲想跟女兒提提常侍郎的事情，可又拉不下自己的老臉，哪有跟女兒討論這種事的？於是話到嘴邊又嚥了回去。

待到出了月子時，整個新年也已經過完了，沈珍珍終於可以痛快地洗個澡，覺得渾身清爽不少。看著肚皮上多出來的肉，她無奈地嘆了口氣，不知什麼時候才能恢復以前的細腰？

陳益和在這一個月中，不知翻了多少書籍，最後給自己的兒子取名為陳少陽。

陽哥已經滿月了，別人家的孩子滿月了都會大辦滿月酒，可是現在侯府內，其他幾房都除了孝，大房卻還有兩年的孝得守，一切都得低調行事，因此沈珍珍與夫君商量之後，決定找個日子悄悄地叫沈府的人一起過來看看孩子便好。

這日，沈大夫人、沈二夫人及沈大郎夫婦一起來到長興侯府，給沈珍珍的孩子慶滿月。

沈大夫人不忘解釋道：「妳大伯早上去應卯了，說是你們還在孝期內，他等到以後再來看孩子。」

沈珍珍點點頭道：「大伯在朝為官，還是想得周到一些。」

眾人一看孩子，喲，這陽哥可是把沈珍珍和陳益和五官的優點都吸取了呢！陳益和與沈珍珍這對夫妻本身就長得好，孩子這會兒都已經能看出漂亮勁了。

陳益和最近看著兒子一天一個樣，也不禁有一種神奇之感。孩子最初生下來的時候，他還擔心孩子長得醜，現在看來，那種擔心完全就是多餘的。現在才剛滿月，兒子就已經跟剛生出來時的樣子相距甚遠。吹彈可破的肌膚白裡透著亮，雙眼雖然不像陳益和一般是典型的胡人深眸，卻是一雙漂亮的桃花大眼，眼睛水汪汪的。而且這孩子不認生，誰抱就衝誰笑，叫人看著別說多疼愛了。

沈家人都誇這孩子好看得緊，日後定然青出於藍而勝於藍，要比他阿爺還俊美！

沈大郎無不遺憾地對自家娘子道：「我本以為咱們家的兒子最好看了，可是現在看看，的確是妹妹家的陽哥更勝一籌啊！真真是可惜了，咱們兩家生的都是小子，若是這麼漂亮的女娃，日後定要讓咱們兒子娶回家去，肥水不落外人田哪！」

沈珍珍心中一陣惡寒，心想道：大兄，即便我以後有了女兒，也不能嫁給你家小郎君，因為表兄妹的血緣太近了，為了他們以後的幸福，這肥水還就得落入外人田哪！

沈大夫人歷來是個會說話的，當即便打趣道：「還別說，這麼一看，我那入股的甄選書局，十幾年後再刊印出來的西京美郎君圖冊，想必第一個上榜的就是你們家這位小郎君！看看咱們珍珍，就是個好福氣的，大君和兒子都長得俊，咱們家這陽哥，以後不知道有多少女娃家想要結親呢，你們眼睛可得擦亮些！趕明兒個可要讓我們的畫師多畫幾幅畫留著，不愁以後沒銀子呢！」

沈二夫人笑得腰都快彎了。「大嫂就是個鑽在錢眼裡的，孩子現在還這麼小，就已經被妳惦記上了，真為我的小外孫捏一把汗啊！」

沈大夫人笑罵道：「妳現在可得意了，左手外孫，右手孫子，看看，這說話的時候都底氣十足，真是好福氣呢！」

這一家人說說笑笑，雖然不像別的人家都給孩子大辦滿月酒，但是每個人給這孩子祝福的心意卻是一點都不少。

小陽哥對大人們的話並不明白，只是時刻不忘自己的招牌笑容，吸引大家的注意力。

沈家人在侯府說了許久的話，待了好一陣子才離去。

蘇雲也不忘送來給自己寶貝外孫的滿月禮。

新年過後，侯府內一切恢復正常，陳益和又開始忙碌起來，沈珍珍則繼續學著做個好母親。

帶孩子遠比沈珍珍想的要辛苦得多，只要陽哥一哭，她心裡就難過得緊。沈珍珍覺得有了孩子後，自己的心變小了許多，以前是心大得沒心沒肺，現在反倒是事事親為，總之要將兒子伺候得舒舒服服才行。

陳益和看自己的娘子將全部熱情都放到兒子身上，心裡不時會泛起一陣酸意。早知道娘子有了孩子後會把他拋在腦後，他當初定會嚴詞拒絕她想要生娃的提議，安心過他們兩個人的日子。雖說孝期內不得有房事，可是現在晚上連想要跟娘子說說話都不行了，因為沈珍珍生怕兩人說話聲音太大，吵到陽哥！陳益和的內心別提多苦悶了，真是有了兒子忘了郎君，苦哉！

一轉眼，兩年就過去了，長興侯府大房終於為陳益和的先父陳克松守完了孝。這兩年間發生了許多事情，且慢慢道來。

首先是三皇子被肅宗立為當朝太子，入主東宮。三皇子當然也沒忘了陳益和，叫陳益和現在先安心守孝，等孝期一過，就會將他安排到東宮做事。

再者，常侍郎他娘雖然覺得蘇雲是大長公主的義女，可是過去給人家當過小妾的黑歷史實在是太黑了，因此堅決不同意她兒子娶蘇雲，跟她兒子扯皮了一年多。官家夫人麼，自己的權威被挑戰還得了？真是氣得她胸口絞疼，怎麼也嚥不下這口氣。

倒是苦了常侍郎他阿爺，去了自己的正頭娘子房裡睡吧，就被揪著耳朵碎碎唸，說這個不孝子是要氣死人了，她給挑的大家閨秀一個都看不上，偏看上一個給人家當過小妾還生過孩子的！但是他也不能總去小妾那裡過夜，因為一看見妖嬈的小妾便會把持不住，可他年紀實在是大了，夜夜笙歌吃不消啊，他還想活久一點呢！

常侍郎他娘最後氣不過，先是走陸路，再是水路，竟一路上京要來教育這個不孝子，也順便會會這個叫蘇雲的「小妖精」！她活了半輩子，倒想見識見識這個小妖精有多大的本事，不僅能攀上大長公主這等高枝，還能將她那一向聽話的小兒子給勾得魂都沒了，知道拂逆母親了！看她一雙慧眼來看透這個披著好皮囊的小妖精！

這不，常夫人殺氣騰騰，千里迢迢地一路從泉州來到了西京城。先是看到了自己兒子住的這座宅子，瞧這地段、這大小，心裡別提多自豪了。她兒子年紀輕輕的，住的就比在泉州經營多年的雙親都要好，真是有本事啊！這下子，她就更覺得兒子值得天下最好的女子了，這頭不免又抬得高了一些。

但是，見到蘇雲的一剎那，常夫人心裡就咯噔了一下，覺得這小妖精真是個有道行的。先看看那容貌，哪裡像是三十歲、還生過孩子的？泉州因為天氣炎熱，泉州人的皮膚普遍偏黑，常侍郎由於年少時總是坐在屋裡讀書，所以是個白面書生，後來北上修河道，去的也大多都是雨水多、日照少的地方，因此在常夫人的認知裡，她兒子是非常白皙的。

這會兒見了皮膚白皙如雪的蘇雲後，常夫人才終於有了新的認知，這蘇雲真是比那泉州城數一數二的美人都要白上許多，再加上那雙眼睛水靈靈的，顧盼生輝，就像會說話一樣，讓人恨不得一直看著她的雙眼。更讓人覺得納悶的是，這婦人明明生過孩子，人到中年了，竟然還是纖纖細腰、身段婀娜，這、這……這不是一般的妖精啊！也難怪她兒子被迷得不知道東南西北了。

常侍郎當然沒告訴過蘇雲，他娘對他們倆的事是頗有微詞的。

蘇雲剛剛去臨沂待了半年才回來，想看看常侍郎如何，這才撞見了常侍郎他娘。不管心中多麼不好意思，蘇雲見了常夫人時，依舊表現得落落大方、彬彬有禮，一言一行都有大家風範，哪裡有當過小妾那種上不得檯面的狐媚樣或是小家子氣呢？

常夫人覺得自己在泉州待了半輩子，真是不知道現在的年輕人了，蘇雲這模樣、這氣質，叫她真是挑不出毛病來，本來在嘴邊想說的話現在反而不知道該如何說出來了。她知道她兒子是個驕傲的，也是個挑剔的，婚事坎坷，到現在這般年紀了，早都該是幾個孩子的父親了，結果竟然還是個沒成家的。她本來特別執拗地反對，在見過蘇雲後竟然有些猶豫了，也許……再觀察觀察？於是，常夫人就這麼在常侍郎府裡住下來，一點都不擔心在泉州的夫君，一顆心全放在小兒子的身上。

孝期結束後，陳益和沒在家賦閒幾天，就被三皇子召進宮，給了個重要的職位——三皇子的親衛。雖然陳益和從以前的「皇帝近衛」變成現在的「太子親衛」，可是明眼人還是能看出陳益和是頗得皇家父子喜愛的。三皇子如今已經是太子，若是以後不出意外、登上皇位，還能少得了陳益和的加官晉爵嗎？

陳益和這番職位的變動，可沒少眼紅人，就連以前近衛的同僚都不得不感慨，這個陳三的運氣真是好得不一般，可是誰叫人家當初跟著三皇子去了西域呢？這份運氣也不是白來的，也是陳益和冒著生命危險得來的不是？

而侯府中，其他幾房是越來越乖了，眼看這大房的陳益和以後肯定能混得不錯，這平時可不就熱絡了不少嗎？特別是二房的夫人，現在見了沈珍珍是滿臉笑容，可惜她當年跟趙舒薇撒潑吵架的情景還讓沈珍珍記憶猶新，因此半點也不想招惹這個凶巴巴的二嬸。

大房中，趙舒薇是徹底不管事了，每日在自己的屋中學習經書，倒是對人生的感悟開闊了。她如今平和了許多，才覺得需要懺悔的太多了，對陳益和夫婦的好臉色也多了起來。

本來這日子眼看著是要和睦起來，可是生活往往就是事與願違。

巧姊看陳益和那是越發的能幹，而看自己的夫君卻是覺得越發的不中用了，且身上連一個官職也沒見有，因此不免要回娘家抱怨一番。

黃氏聞言當然憤憤不平，當初若不是陳克松為自己的庶長子謀了職位，那陳益和能有今日的造化嗎？這些本該都是宏哥的機會啊！宏哥明明是侯府的嫡子，現在卻還不如自己的庶長兄，說出去如何叫人不笑話？現在陳克松人沒了，誰又能為宏哥謀個肥缺呢？母女二人頓時都頗為不滿。

都說貪心不足蛇吞象，宏哥本就是長興侯府的侯爺，就是沒有個重要的官職罷了，嫁給他生活可謂是無憂，結果倒叫這對母女這樣看不上，真不知到底是哪裡錯了……

第六十一章 常侍郎求親，侯府中巧姊求子

常侍郎他娘前去大長公主府拜訪了，美其名曰鄰居造訪，好歹看看這皇親國戚的家中是哪般模樣？結果常夫人一進門就先被大長公主府裡的一派豪華給驚到了！乖乖，看看這府內精巧的布局，看看這水榭中的塊塊巨石，光是院子裡的景就讓人驚訝了，待進了廳裡，再看看擺放的那些裝飾品，哪個器具不是值錢的？難怪都說大長公主真真是個人物。這是常夫人第一次跟皇家人打交道，心裡是既忐忑又緊張。

大長公主倒是沒掃常夫人的面子，帶著蘇雲出來，面帶笑容地招待遠道而來的常夫人。常夫人雖然長年在泉州，不若在西京的夫人見多識廣，但也不是沒有心機的不是？這一看見大長公主對蘇雲那看重的勁兒，她還真不相信二人一點親戚關係都沒有，這大長公主就能平白認了義女不成？天下還能有這般無緣無故的好事？她可不信！

大長公主叫人給常夫人上了杯茶，笑道：「常夫人來得還挺巧，我們也是剛剛從臨沂老家趕回來，我本還想帶著雲兒多住幾日呢，可是啊，又惦記著在西京的這些小輩們。」

常夫人點了點頭，笑道：「我是作夢也沒想到，我那兒子能跟大長公主做近鄰，真不知是修了幾輩子的福氣呢！我們家在泉州久居，我一來這京城看見他住的那個宅子，可不是驚呆了，便想著住一陣子，享享兒子的福呢！」

「妳可是養了個有出息的兒子，年紀輕輕就身居要職，想必是個能幹的，我看以後大有

可為。」大長公主對常侍郎滿口的誇讚。

常夫人一邊聽著大長公主說話，一邊時不時地打量蘇雲，發現蘇雲笑容可掬地站在大長公主身旁，大長公主滿眼慈愛，不時地看看蘇雲，一隻手握著蘇雲的，就沒有放開的意思，二人之間的那種親暱和默契不是一般人能有的。

今日來大長公主府這一遭，常夫人心中的一桿秤已經有些傾斜了，覺得事情跟她的想像有很大出入。首先，蘇雲外貌出色，儀禮佳，有大家風範，絲毫沒有一點點上不得檯面的小家子氣，加上受大長公主寵愛，整個人看著極為舒服。

這樣的女子若是沒有以前的種種，如今怎麼會跟她兒子有所交集？這麼一想，再一看蘇雲，早已經不是她心中的「小妖精」了，反而覺得那清雅的容貌讓人越看越喜歡，不禁暗自點了點頭，兒子的眼光果然毒辣。

常夫人問道：「您家大業大，在西京肯定有不少小輩吧？」

大長公主看了一眼蘇雲，笑道：「雲兒的女兒，也就是我那外孫女住在西京，嫁進長興侯府，誕下孩兒，我們這一走啊，總是牽腸掛肚的。兒女都是債，妳說是不是？」

常夫人一聽，原來這蘇雲的女兒嫁得還這樣好，心中的秤便又傾斜了一點。

後來常夫人根本坐不住了，立即告辭回家給自家夫君寫信去了。這會兒不說自己的兒子是不孝子了，滿篇誇了兒子既能幹、住的宅子也好，還跟大長公主府是鄰居，如今看上的女子更是個頂頂好的，這個親是一定要結的！

常侍郎沒想到他還沒怎麼費口舌呢，他阿娘竟自作主張去拜訪大長公主，回來以後還來個態度大轉變，滿口都是對蘇雲的誇讚，甚至說等他阿爺的信一來，立即就去隔壁提親，一點都不能拖泥帶水，生怕蘇雲被別家惦記去了。

常侍郎一看自家阿娘的心結解開了，這下子走路都會沒事偷樂著，只要想著他心心念念的蘇雲很快就能嫁他為妻，心裡就比吃了蜜還甜，作夢都會笑醒。

常侍郎他阿爺收到夫人的來信後，點了點頭，這個固執又倔強的夫人終於點頭了。這門親事他從頭到尾都沒有反對過，兒子是他教出來的，什麼眼光他還不知道？肯定錯不了！

於是，在收到父親的回信，挑了一個黃道吉日後，常侍郎終於請西京最好的媒人上大長公主府提親了！不知道蘇雲知道自己求娶時，會是什麼樣的表情呢？

這日，沈珍珍正在自家院子裡追著陽哥到處跑呢，忽然收到外祖母送的信，說是讓她過去一聚。剛好阿娘和外祖母也好久沒見到陽哥這個淘氣包了，沈珍珍便笑著問兒子。「阿娘帶你去看外祖母好不好？」

陽哥甭管記不記得自己的外祖母，凡是他阿娘說的，他一律都笑彎了眼睛說好，難怪陳益和總說這孩子就是個會哄人的，眼睛會說話，還嘴巴甜。

陳益和自從去太子身邊做事後，每日都要去東宮值勤，因此沈珍珍自己領著兒子坐馬車去了大長公主府，一到就看見大長公主笑得合不攏嘴，阿娘則滿臉通紅。

陽哥伸出小手要蘇雲抱，蘇雲抱起自己的外孫連親了兩下。

沈珍珍笑道：「今日是有什麼事情，外祖母看著十分高興，不知可否讓珍珍知曉，也跟著高興高興？」

大長公主笑罵道：「妳個小促狹鬼，我有個什麼事情還能不叫妳知道？還不都是為了妳娘？隔壁的常侍郎前幾日找媒人上門提親了！」

沈珍珍太驚喜了，隔壁的常侍郎不就是白面書生大叔嗎？她去年也算是見過一、兩回，沒想到早已經對她娘情根深種了！沈珍珍隨即拉起蘇雲的一隻手問道：「阿娘可中意他？怎麼之前也沒聽妳提過？」

蘇雲白皙的臉飛上了紅霞，整個人看著神采奕奕，就像是被陽光雨露滋潤過的花朵，正含苞待放般，低聲道：「我怎麼好意思跟妳說這事？還不夠臊得慌啊！」

沈珍珍咧開嘴笑了。「這麼說，阿娘也是十分中意常侍郎了？阿娘，是真的嗎？」

蘇雲點了點頭。「人看著倒是個老實、靠得住的。原本打算這輩子就這樣守著妳外祖母過了，誰知道這個冤家偏偏就出現了。」

沈珍珍一看阿娘這副羞澀的模樣，哪還能不知道她阿娘對常侍郎也是芳心暗許了！她阿娘前半輩子坎坷，如今總算能碰見如意郎君，她怎能不為阿娘高興？

沈珍珍拍著手對大長公主說道：「那外祖母可應了？」

大長公主笑道：「應了。接下來該怎麼走就怎麼走，我想親事就不要拖了，今年能辦就辦，最晚也就明年初了。」

沈珍珍笑道：「那我豈不是能看阿娘上花轎了？」

「妳這傻孩子，我都這般年紀了，還上什麼花轎？真當自己是小娘子啊？也就挑個日子，簡單行禮就成了，難不成還讓別人笑話去？」

「我可作不了阿娘的主，一切都得聽外祖母的，我啊，就專門來幫忙，帶著我們家小郎君，好不好啊？」

陽哥也不知道母親在笑什麼，但是看見阿娘對自己笑，便也拍手笑道：「好啊！」這麼可愛的舉動，惹得在座的人都笑了。

巧姊眼看著孝期已經過了，生活皆恢復正常，沈珍珍的娃兒也都兩歲多了，自己可不能落在後面，於是便琢磨著要生個孩子。可是宏哥這人一向不熱中房事，每日操心家中大小事情已經十分辛苦，回到屋中是倒頭就睡，哪裡還想要跟巧姊卿卿我我、半夜纏綿？巧姊每每看著宏哥的睡顏，心裡就十分埋怨，卻也只能看著天花板入睡了。

眼看著到了五月，端午將至，巧姊便買了些艾草的香囊拿回娘家去，她阿娘最喜大大小小的香囊了。

看見女兒回來，黃氏當然是笑得合不攏嘴，兩人聊聊家常，好不愜意。

黃氏看著巧姊平坦的肚子，問道：「妳這肚子還沒反應啊？這孝期都結束好一陣子了，妳怎麼一點信兒都沒有？」

巧姊紅著臉說：「哪這麼快啊阿娘，別人說求子不也得一年半載的？」

黃氏瞪了女兒一眼。「妳可別犯傻了，有的人家說懷就懷上了，哪裡要等那麼久？何況妳和宏哥都還這麼年輕，懷個孩子到底不是難事。妳跟我說說，你倆身體可沒不舒服吧？」

巧姊嘆了口氣。「我倒是想快點，巴不得明天就懷上呢，可這生娃的事可不是我一人說了算的。我那夫君每日忙完回房來，都累得很快就入睡了，哪還想著那事呢？別人都說什麼男人房事上龍馬精神，我看我那夫君可一點都沒這方面的精神頭，我一個婦道人家，難不成還能綁著他跟我敦倫？眼見他那庶兄的孩子都兩歲多了，樣貌極好就不說了，還很機靈可愛，那沈氏別提多得意了，成日見了我，那眼高於頂的勁兒真真是叫人看不慣！」

黃氏想了想宏哥那弱不禁風的身板，也不禁嘆了口氣道：「我就說他是個中看不中用的，這下倒好了，連做那事的勁頭都沒有，到底是不是個男兒身啊？這可怎麼是好？」

巧姊眼珠子一轉，問道：「阿娘認識的婦人多，可知道有什麼秘藥可以助興的？我也實在是沒有辦法了，才想到借助藥物為他提提神，待有了孩子，我也就不埋怨他了。」

黃氏低聲道：「我聽說有個回春堂，專門搞這些名堂的，待我去給妳問問，若是有那管用的藥，保管給妳送了去。」

巧姊得了阿娘的話，心裡覺得踏實多了，好似生活也有了個盼頭，喜孜孜地回家去了。

過沒幾日，黃氏就將自己從回春堂那裡得來的藥給巧姊送來了，還按照那郎中叮囑的那樣囑咐女兒：此藥十日至多用兩回，若是用多了，恐傷其根本。

可巧姊是個急功近利的，這有了阿娘送來的藥後，便一心只想著怎麼給宏哥服下，二人好夜夜笙歌，哪裡還能多想宏哥的身體究竟能不能承受得住呢？

宏哥覺得自己的娘子隨著年齡增長，到底是長大懂事了些，最近每日回房，不是給自己備上銀耳蓮子羹，就是鴨湯，總之是換著花樣地照顧自己的身體，也真是辛苦了。

巧姊看宏哥每日喝自己備的湯喝得頗開心，就開始將母親給的藥加進湯中。

這回春堂在西京有名還真不是空穴來風，據說許多藥方都是祖上傳下來的，這頭一晚，巧姊就體會到了妙處。宏哥喝下那藥後，不一會兒就渾身熱了起來，覺得自己累了一天的身體好似已睡了一覺恢復過來般，不僅如此，竟還覺得十分有精神，並不疲累。加之巧姊又精心梳洗一番，換上紗質裙子，那半隱半現的模樣可不勾人嗎？宏哥畢竟也是個年輕人，哪裡還能忍得了？立刻便氣血上湧，抱起巧姊好生疼愛一番，二人可謂是顛鸞倒鳳了好一陣子，才算雲雨初歇。

巧姊自此才總算理解為什麼別人老說這男女之事可謂是妙處多多，讓人欲仙欲死、不能自拔了。巧姊年紀輕，做事又不知道輕重，覺得這男女之事當然是越多越好，才有可能儘快懷上，因此便只圖自己痛快享樂，將母親的囑咐拋到九霄雲外去，在湯中放藥的次數早就超過那回春堂郎中叮囑的，雖然不至於夜夜笙歌，卻也是十天裡有六天都是顛鸞倒鳳、纏綿床榻。

宏哥則覺得自己的身體日漸有精神，與巧姊這樣並無不妥，反正二人是夫妻，敦倫也是夫妻之道。何況他看巧姊頗愛那事，便覺得自己累一累倒也無妨，並沒多想。

第六十二章　巧姊下藥被發現

陳益和自從去東宮當差後，當然不如以前那樣，日日都能見到宏哥，現在往往是忙了好幾天，若回來得早了就去看看宏哥，兄弟二人還能聊聊家常。恰好最近陳益和陪同太子去京畿兵營住了一個多月，待回來後看見宏哥的臉色著實嚇了一跳，宏哥的臉竟是灰中帶青，眼睛下面也是青灰一片！

陳益和跟宏哥多年來的感情是十分融洽的，看見阿弟這般模樣，他自然十分關心宏哥的身體，連忙問道：「你最近是否太過辛苦了，怎地臉色差成這樣？母親難道沒說你？」

宏哥微微一笑道：「阿娘前些日子去莊子避暑了，說是家中太熱，影響她抄佛經。」

陳益和搖了搖頭。「這樣不行，今日下午我叫個郎中來家裡給你號號脈，你看看你的臉色，都差成什麼樣子了！」

宏哥點了點頭，笑道：「快別操心我了，阿嫂和小陽哥盼你回來都盼得望眼欲穿了，快回去吧！」

沈珍珍在自己的小院子，看見陳益和回來，立即高興地領著兒子上前迎接夫君，卻發現夫君的臉色不好，於是問道：「這是怎麼了？莫不是去兵營待久了，成了個冷臉的了？」

陳益和皺了皺眉頭。「妳看看宏哥那臉色都差成什麼樣了，作為兄長，我能高興得了嗎？」

沈珍珍回想了一下，發現自己近日的確是沒細看過宏哥的臉色，不禁有些自責。「阿弟是不是太累了？今日就找個郎中來看看吧。我這整日都圍著咱們的兒子轉，對阿弟確實沒多注意。」

陳益和搖了搖頭道：「我倒不是怪妳，只是擔心他罷了。他自小身體就不好，妳是沒看過嫡母當年跟護著眼珠一樣地看顧著他，都不讓他出小院子呢！我只是擔心他是不是累壞了，自從我去東宮做事後，家中的事情便都撂給他了，我這個兄長倒是個不盡責的。」

夫妻二人當然都想不到宏哥的身體是被巧姊得來的秘藥給折騰成這副樣子的，還只當是累著了，稍養一養便可。

下午郎中來了，一看宏哥的臉色，便覺得有些不好，待號了一會兒脈後，說這是肝腎氣虛，特別是腎虧得厲害，怕是房事太過度了，精元有損，得有一陣好養，不能再有房事了。

陳益和與沈珍珍夫妻二人聽郎中這麼一講，都有些傻了，臉也紅了。

任憑陳益和作為兄長，管天管地管府裡，也管不到他阿弟的房中事啊！

宏哥的臉色尤其紅，真是太丟臉了！這郎中當著阿兄、阿嫂的面說得如此直白，可讓人以後怎麼抬著頭說話啊！

陳益和看宏哥十分不好意思，便讓郎中開了些藥，好給宏哥補補。

那郎中再三叮囑，說宏哥的身子骨原本底子就差，脾胃虛弱不說，如今還腎氣虧損，一定要注意休息，兩個月之內不得有房事。

待郎中走了之後，沈珍珍看夫君好似有話要跟宏哥說，連忙說去送送郎中，順便找人去取藥，今兒就給宏哥把藥煎上。

陳益和看了看宏哥，奇道：「按道理，即便作為兄長，我無論如何也管不到你這房事上，可我看你也不像是個不知節制的人，怎地竟折騰得這般厲害？莫非是孝期禁得太久了？以後切莫這樣了。」

宏哥看阿嫂不在，自己與阿兄都是男子，有些話說出來倒也沒那麼不好意思了，便說道：「阿兄，你也知道，我一向身體弱，對這房事也不甚熱中，特別是現在操心府裡的事情，忙完一天都累得快癱倒了，哪裡還能想到那方面上？我倒還覺得對我那娘子有所虧欠呢。可是最近這陣子也不知怎地，每日晚上總覺得有使不完的勁，若是沒有那敦倫之事，身子就燥熱得難受，我都覺得自己已經變得連我都不認識了。阿兄，你說我這是怎麼了？若不是你今日叫郎中來，我恐怕還是不知節制呢。」

陳益和聽宏哥這番話，越聽越不對，急忙問道：「這種情況有多久了？」

「不到兩個月。」

「這期間你可曾吃了什麼或喝了什麼嗎？」

宏哥搖了搖頭。「也沒吃什麼特別的，無非就是府中的家常菜。喝的麼……倒是我那娘子越發懂事了，每日都會奉上她煮的湯湯水水還有藥膳，味道甚好。」

陳益和一聽湯湯水水，心中警鈴大作，急忙問道：「是不是喝了那藥膳之後，就覺得身體發熱，看到你娘子就把持不住？」

宏哥臉紅地點了點頭，心想不愧是自己的兄長，怎麼連自己是怎樣想的都知道得清清楚楚？

陳益和低聲道：「今晚若是你娘子再給你喝，你就說胃不舒服，先別喝，明日想辦法將那湯水端到我院子來，我明日剛好休沐在家。」

宏哥直覺不太對，輕聲問道：「阿兄，莫非……是那湯水和藥膳有什麼問題？」

陳益和搖了搖頭，拍了拍宏哥的肩膀安撫道：「別瞎想，我只是怕你娘子在做的時候，是不是有些食材或藥材相剋而不知，沒別的意思。如今母親不在府裡，我自然要操心你的身體。你可要放機靈些，別讓你那娘子覺察有什麼不對，到時對我和你阿嫂頗有微詞，覺得我們管太多，倒是弄得不美了。」

宏哥點了點頭。「知道了阿兄，我會處理好的。那我先到書房核帳去，明日再過來。」

陳益和道：「去書房那榻上睡一會兒吧，等藥煎好了，我差人直接給你送到書房去。」

待宏哥離開了，沈珍珍才進來，詫異地說道：「你跟宏哥說了些什麼？宏哥看著不像是個縱慾的人啊，怎地還能把身體給掏空了？」

陳益和冷笑一聲。「多虧他娶了個好娘子，總是作妖！妳先別問了，一會兒等藥煎好了，找人給他送到書房去。」

沈珍珍想著，這巧姊不知道幹了什麼事情，怎惹得夫君這麼生氣？

當晚，巧姊又給宏哥燉了鴿子湯，宏哥推說今日胃不舒服，早早便睡下了。

眼瞅著都快兩個月了，二人敦倫次數也不少，可她還是沒懷上，巧姊這心裡不是不著急。再說，她也十分熱中房事，因此看著宏哥又恢復回以前的那副模樣，真真是怨氣十足。

第二日，宏哥一早起來，將那湯偷偷端了下去，看巧姊還沒有起來的意思，便自己先行去了阿兄的院子。

陳益和的小院子現在有個小廚房，方便沈珍珍給陽哥弄些吃食。

陽哥跟著父母起得早，一看見阿叔來了，伸手就要抱。

陳益和見宏哥將湯水端來，留著他一起吃了個簡單的早飯後，才出門找郎中去了。

巧的是，陳益和去的也是那回春堂，那郎中一聞這味道，立刻就說這藥是出自回春堂，乃是給男子補身助興的，藥力強勁，但是不可多服，若是服多了十分傷身，因此每次他賣藥給人之前都會再三叮囑一番。

陳益和問道：「那若是服多了，怎麼個傷身法？」

那郎中難為情地道：「總之就是以後不能再行房事，怕是子嗣有礙。」

陳益和聽到這兒，怒得一掌拍上那郎中的桌子。

郎中嚇了一跳，連忙道：「這可不關我的事，人來買藥，我自然賣藥，何況我可是說得清清楚楚的了，之後的事我也管不了那麼多啊！」

陳益和甩下一個碎銀，扭頭就離開了回春堂，回去的路上越想越氣，這巧姊究竟是想要怎麼樣？明知宏哥身體底子不好，還給宏哥下藥，這簡直是飲鴆止渴，瘋了吧？

沈珍珍一看自家夫君氣沖沖地回來，還冷著個臉，心裡咯噔了一下，忙問道：「莫不是有什麼不妥？」

陳益和氣道：「是大大的不妥！那巧姊給宏哥下的是虎狼之藥，生生要掏空他的身子！妳說她安的是什麼心？那郎中說這藥服多了十分厲害，以後說不定會房事不行，子嗣有礙！妳說說，宏哥還這麼年輕，我……我……我真是恨不得上前抽她幾巴掌才能解恨！」

沈珍珍這下總算明白巧姊到底幹了什麼事了。這女人的腦子實在是太讓人著急了，想要孩子也不是這麼個要法啊！凡事還是得慢慢來，哪能像她那麼急功近利的？沈珍珍急忙問道：「那怎麼跟宏哥說啊？這麼一說，恐怕他們夫妻生分了可怎麼是好？」

陳益和冷笑一聲道：「這種女子，哪裡勘配咱們侯府的女主人？我看隨便一個人家的大家閨秀都比她強！若是阿爺還在，不知道會氣成什麼樣子呢！」

陳益和雖然氣不過，可是想到宏哥若知道此事，心裡恐怕會十分不好受，不若就先讓他停喝那毒婦熬的湯水藥膳，等嫡母回來再說吧。好歹嫡母是個長輩，又是那毒婦的姑姑，什麼事情關起門來總是好說的。

宏哥得了陳益和的細細叮囑，覺得定是娘子熬的藥膳有哪個藥材的比例放得不對，因此就開始委婉地拒絕喝巧姊熬的藥膳。

幾次下來，巧姊哪還能心平氣和，越發覺得宏哥是個不中用的男人，也不體諒自己急於求子的心。巧姊越想越生氣，直接拎了個包袱就回娘家哭訴去了，跟她阿娘一把鼻涕、一把眼淚地訴說自己的不易，可還是求子不成，偏偏宏哥又是個不中用的，真是愁死人了。末了還聲稱宏哥要是不上門認錯，她就不回侯府了！

黃氏邊安慰女兒，邊想著大概是時機還未到，要不要去哪個求子靈驗的地方拜一拜啊？說不定女兒這求子還就成了呢！

宏哥則想著巧姊回娘家待一陣子，對兩個人反倒都好，他能好好養養身子，也省得又惹她不高興，因此也就沒急著去趙府接人了。

第六十三章　巧姊有孕

話說黃氏因為一直擔心女兒和宏哥沒孩了的事，都已經快成了心病，在府裡也不管那些鶯鶯燕燕的小妾們之間的爭風吃醋了，最大的事情便是女兒的肚子。

因此，焦急的黃氏與自己相交好的夫人們閒聊時，總會狀似無意地問問誰家夫人在哪兒求子？靈不靈啊？其實那些夫人們心裡亮得跟明鏡似的，還能不知道黃氏這心事嗎？可憐天下父母心，都是為兒女操碎了心啊！因為憐其想為女兒求子的心切，所以但凡知道誰家到哪兒求子靈驗的，都會跟她說道說道。

巧姊的阿爺一看自己的夫人整日就操心這麼一件事，也顧不得別的了，雖心有不滿，卻也只能由她去了，畢竟女兒要是一直懷不上孩子，他都不好意思見妹妹趙舒薇了。

可巧，黃氏偶然間知道了西京西邊的肩縣有個白塔寺，修建時間雖然不長，可是香火卻是出奇的旺，據說便是求子很靈，因此有絡繹不絕的人去捐香油錢。

巧姊聽母親這麼一說當然就心動了，若是去這白塔寺上香捐個香油錢就能保她心想事成，哪有不去的道理？就是上刀山、下火海，她也得試試啊！宏哥眼看著都沒有來接她回府的意思，她在娘家一住就是十來天，這下對宏哥是更加心懷怨氣了，覺得天底下最不中用的郎君就是宏哥這種了，於是招呼也沒打一聲，跟著母親就去了眉縣。

西京到眉縣，坐馬車也得花上大半天的時間，巧姊和母親坐著自家馬車，閒聊著就一路到了這有名的白塔寺。白塔寺占地不大，卻十分的新，想必也是這幾年才因為眾人都說求子有用而興旺起來的。

那白塔寺的年輕僧人一看到有人來，立刻引著母女二人上香了，黃氏也十分豪氣地捐了許多香油錢，並問這僧人可有哪位大師能給她女兒唸唸經，她這女兒一心求子。

一聽是求子，這年輕的僧人便道：「來我們這兒求子的婦人不少，找的都是思空大師，若是施主想求見，小僧便帶二位前去。」

思空大師聽著好像頗有聲望，且婦人們都找，那豈不是很靈？母女二人都覺得這下也許真是來對了地方，說不定過陣子就懷上了呢！

那思空大師有自己個人的禪房住，待母女二人進去見到此大師時都有些詫異，怎地這大師如此年輕？看著也就是二、三十歲的年紀罷了，竟就有這般念力，真是厲害啊！

那思空大師本是閉著眼的，聽見聲音，才緩緩睜開了眼。

巧姊一看這大師好俊的模樣，怎地就出家了？後來一想，自己怎能對大師有這些世俗的想法，真是罪過罪過。

思空大師問她們所求何事？黃氏便一股腦兒地將巧姊如何心急於求子，她那夫君如何沒用，二人到現在都沒有孩子云云都說給那思空大師聽。

思空大師一邊聽，一邊打量著巧姊，看著還是二八年華的小婦人，年紀輕輕的，模樣也還不錯。他緩緩說道：「我知妳們求子心切，只是這還要看妳們到底有多心誠，心誠的施主少說也要在這寺裡住上十天半個月的，日日吃齋打坐。」

黃氏急急道：「我們心誠！大師說要住多久都沒問題，只是要住哪裡？莫不是這寺中還有空餘的禪房？」

思空大師點了點頭。「看妳們如此心急，這樣吧，我旁邊的禪房最近空著，妳們倒是可以住上一住。切記，要吃寺中的齋飯。每日下午到我禪房中來，由我帶著一起求願。」

黃氏一聽，欣喜至極，連忙帶著巧姊跪在那裡，對著思空大師就是連聲感謝及磕頭。

母女二人當日便住進這白塔寺的禪房中，見裡面有兩張床榻，一張上面標注著求子之人所睡，巧姊便睡到了這張床上。

巧姊母女二人在白塔寺中住了半個月有餘，最後還是巧姊的阿爺覺得自家夫人帶著嫁出去的女兒住在一間寺裡實在不甚妥當，才將二人接回來。

宏哥幾次去趙家接巧姊都沒見著人，說是跟她母親去眉縣了，他也沒多想，就由她去了。這日他估摸著娘子在娘家住了快一個月，怎麼也該氣消了，便又親自上門來接巧姊回家。黃氏看見宏哥自然沒有好臉色，讓宏哥再三保證以後要對巧姊好後，才讓巧姊跟著宏哥回家去了。

沈珍珍去大長公主府幫外祖母給阿娘備禮，蘇雲和常侍郎的婚期就定在十一月，時間趕得十分緊，眼看著再過三個月就要到了，還有好些嫁妝的東西在整理。實在是因為大長公主看著這個覺得不好，看著那個也覺得不好，恨不得讓蘇雲把她那裡的好東西全都搬走。

沈珍珍一邊收拾，一邊還對蘇雲說道：「阿娘跟常侍郎成婚，外祖母最高興了，女兒就住在隔壁，回娘家來可真是方便呢！妳看我那弟妹，成日地回娘家去，這次一住倒好，快一個月才回來呢！還別說，想必是這次在家待得久，心情好了，臉色看著也甚好，白裡透著紅呢！」

蘇雲詫異道：「還有這種事？這麼說，府裡那位年輕侯爺倒是個好說話的。他那夫人一走，那後宅的瑣事可怎麼辦？」

沈珍珍沒好氣地道：「還能怎麼辦？我給幫著操心啊！阿娘也知道，我家夫君跟他這同父弟弟感情甚好，平時甚是維護，他這阿弟倒也是個好的，對我夫君也是敬愛有加，因著他最近身體不大好，所以夫君就叫我多幫襯幫襯，誰叫我是他阿嫂呢？結果陽哥最近跟著夏蝶整日在院子裡跑，都曬黑了呢！」

蘇雲笑道：「行啦，我看妳那弟妹也不是個過日子的人，她只要別給妳惹事就行了。她害妳早產的那一摔，可真是把人嚇怕了，我倒希望這小娘子離妳遠點，省得總沒好事。那她回娘家這麼久，就一直在家待著啊？」

蘇雲想了想，道：「我聽說好像是隨著她阿娘去了趟什麼眉縣的白塔寺，說是一心求子。她跟阿弟結婚都有些年頭了，孝期結束後簡直是瘋魔了，恨不得立刻懷上孩子呢！」

蘇雲奇道：「這眉縣還有個白塔寺是求子的？我怎麼從來沒聽說過？這些年我也沒少跟著妳外祖母串門，就沒聽哪位夫人說過求子是去那白塔寺的，怕不是被騙去捐香油錢吧？這年頭什麼人都有，邪門歪道也不少，希望她沒去錯地方。不過她要是真能懷上孩子，估計可就能安省不少了。」

沈珍珍點了點頭。「誰說不是呢？」她愣是憋著沒將巧姊給宏哥下藥一事說出來，心道這種骯髒事還是別跟阿娘說了。希望巧姊回來後能跟宏哥好好過日子，別整日折騰宏哥了，不然夫君整日心疼自己的弟弟，到頭來有操不完的心，哪裡還顧得上她和兒子？

宏哥這次接了巧姊回家後，耐心跟娘子解釋，說自己身子有些虧，扎扎實實地養了一個月，郎中說了以後得有些節制，房事不可過多。巧姊勉強聽了進去，不再備湯，偶爾纏著宏哥成一次事，宏哥總是心有餘而力不足，草草了事。

待過了一陣子，巧姊的癸水遲遲未至，宏哥怕巧姊身子有虧，便找來郎中一診，結果竟然是有喜了，只是日子還不太能確定，這可把宏哥樂壞了。

巧姊一聽自己有孕了，怎能不得意，心想這白塔寺真真是靈，才剛剛去過，回來就懷上了，她這叫心誠則靈啊！

沈珍珍知道巧姊有孕了，不禁鬆了口氣，這祖宗可終於懷上了，以後不用折騰宏哥、折騰大家了！

可是沒想到，這巧姊有孕之後，脾氣更大了，前一刻還是笑臉相迎，後一刻對著宏哥就開始罵了，直到趙舒薇聽見自己的兒媳婦有孕了，從莊子急匆匆地趕回來以後，巧姊才有所收斂。

宏哥是趙舒薇從小精心養大的，這一回來看見兒子臉色不大好，便擔心他身子虛，宏哥也不好跟母親說是喝了巧姊熬的藥膳後，兩人顛鸞倒鳳地過了好些日子，才叫自己身子虧損了，只推說是沒休息好，養些日子便好了。

趙舒薇點了點宏哥的額頭笑道：「你也是個爭氣的，這麼快就能叫娘子懷上，這下阿娘可真是一點都不擔心了，以後下去見了你阿爺也能跟他交代，我們也是有嫡孫的！」

宏哥笑了笑。「阿娘高興就好，不過阿兄家的陽哥也是聰明伶俐得很，我看啊，以後指不定比阿兄的出息還大呢！」

趙舒薇沒接宏哥的話，急道：「我得趕緊去看看我的姪女，這次回來就是要好好伺候她，直到給我生個乖孫的！」

宏哥無奈道：「阿娘，您話可別說得這麼滿，萬一是個女娃呢？」

趙舒薇瞪了宏哥一眼，氣道：「我說是孫子就是孫子，你少給我添亂！」

宏哥看著阿娘那風風火火去廚房給巧姊燉補品的模樣，笑著搖了搖頭。現在的日子真好，娘子有了身孕，阿娘回來後看著精神也好，日子若是能一直這樣和和美美就好了。

黃氏聽到自己的女兒有孕的消息，哪還能在家坐得住，立刻就來了長興侯府，見了趙舒薇後好不得意地道：「看我們巧姊多爭氣，我就說啊，我們巧姊是個有福的，妳家宏哥娶了巧姊，這日子只管越過越好，等生下了男娃，你們這家業以後也有人繼承不是？」

趙舒薇點了點頭，笑道：「誰說不是呢？要不然當初我也不會堅持讓宏哥娶巧姊了，看看他們，簡直就是天作之合！」

黃氏得意地道：「那還用說？我可是沒少操心呢，妳倒是好，自己去了藍田的莊子避暑。我呢，打聽出來那眉縣的白塔寺求子十分靈，便帶著巧姊直奔那裡住，吃齋打坐了些日子才回來的，看看我們母女，這叫心誠則靈哪！」

趙舒薇以為巧姊去那寺裡住是宏哥允許的，便也沒多問。如今嫂子說什麼就是什麼，誰叫人家女兒的肚子爭氣呢？

這下子整個侯府都把巧姊當作寶了，沈珍珍還特意叮囑兒子陽哥，見了嬸嬸可千萬不能撲上前去，一定要離得遠一點。陽哥年紀小不懂事，但也知道要問為什麼，沈珍珍只得跟兒子解釋，說嬸嬸的肚子裡有個娃兒。陽哥便又問了沈珍珍，那阿娘的肚子裡什麼時候才能有娃兒？這下倒把沈珍珍問得臉紅了，想了一想，明年也許該給陽哥生個弟弟或妹妹了……

一轉眼就到了十月，距離蘇雲十一月嫁常侍郎的日子已近了許多，沈珍珍往大長公主府就跑得更勤了，有時候還帶著陽哥一起。每次來，大長公主都給陽哥備著小玩意兒，於是這孩子只要幾日沒來，便會嚷嚷著要到曾外祖母家裡去。

這日，陳益和回來時臉色不豫，沈珍珍以為他有什麼煩心事，便叫陳益和說說，若是能幫他分憂也是好的。陳益和便跟她說，京畿最近有人將那白塔寺告了，事情鬧得還挺大的。

沈珍珍奇道：「可是弟妹去的那個眉縣白塔寺？」

陳益和點了點頭。「說是那裡有淫僧。」

沈珍珍詫異道：「這事你怎麼知道？這應該不歸你管吧？難不成夫君你現在還開始管別人家的家長裡短了？」說著捂嘴笑開了。

陳益和摸了摸妻子的臉，無奈地搖了搖頭，低聲道：「若真是別人家的家長裡短倒也罷了，偏偏這事還不是發生在一般人的家裡，而是國丈府裡，這國丈可不就是太子的外祖嗎？話說這國丈都一把年紀了，前一陣子家中有個小妾竟然有孕，然而國丈早些年便已經不能生了，這事只有他自己知道，如今這小妾竟有孕了，那不是明擺著背著國丈偷人嗎？可國丈查來查去也沒查出是他們府裡的誰，倒是那小妾去過白塔寺，於是便去查了，結果發現去那白塔寺的多為求子的婦人，而且多半去過沒多久就有孕了，這事實在是蹊蹺至極。」

沈珍珍咂舌。「這事可算是國丈家的秘辛了吧？這小妾也真是夠膽量的！」

「問題是，那小妾就算快被打死了，都堅決表示自己沒偷人，只是趁著國丈去臨潼避暑的時候，自己打著回娘家的藉口在那什麼大師的禪房旁住了幾日罷了，真真是被冤枉的。」

沈珍珍心中忽然有了不好的預感。「那白塔寺若真是有問題，弟妹又曾去那裡住過，並且回來後就有了身孕，會不會有什麼不妥？」

陳益和一聽，臉色就更不好了。「妳當我為什麼心煩？白塔寺好歹也是個寺廟，沒有官府的搜查令不得無故進入，因此太子打算讓一隊人去搜查，這若是真查出個好歹來，萬一跟弟妹也有干係，我可怎麼面對宏哥？」

沈珍珍安慰道：「你先別著急，說不定什麼事情也沒有，就是人家白塔寺靈呢！這麼有名氣的白塔寺，應該不是空穴來風的。再說，那小妾半途被人迷倒，行下什麼不軌事也是有可能的，待真查出個結果再說吧。宏哥也真是倒了楣，怎麼這弟妹就沒能讓他過過幾天好日子呢？」

陳益和冷笑道：「要怪只能怪我那嫡母自作聰明，當初非要讓自己的姪女嫁給宏哥，好讓我們侯府都是他們趙家的人馬，父親當時就十分看不上母親的這點小心思。我作為宏哥的兄長，自是希望他平安順遂，若這回他那娘子真做出了什麼對不起宏哥的事，可別怪我翻臉不認人了！」

第六十四章　西京趣談之大長公主嫁女

天氣是越來越冷了，特別是進入十一月，立冬已過，西京的人們開始備上了羊皮襖、羊皮靴，吃起了羊肉湯去寒。不過即便是再冷的天氣，也絲毫不能澆滅西京人民高漲的八卦熱情。

西京人民八卦之一：大長公主嫁義女。

且說蘇雲與常侍郎的婚期就是十一月初六，大長公主和常夫人特意算的好日子，宜嫁娶不說，還跟二人的生辰八字十分相合。

算命的說了，此二人雖前半生各有坎坷，但是女命貴、男命硬，二人若合婚，後半生乃是衣食無憂、富貴大吉、白頭到老。大長公主和常夫人聽了此話都笑得合不攏嘴，有句話叫什麼來著？千里姻緣一線牽，有緣千里來相會，說的可不就是蘇雲和常侍郎嗎？

這眼見著到了成親的日子，嫁妝要提前送到常侍郎家裡去，可是這常侍郎住的宅子和大長公主府僅一牆之隔，這嫁妝也太好搬了，還有什麼排場可言？因此最後大長公主大手一揮，讓送嫁妝的隊伍繞著朱雀大街走一圈再回來，賞銀加倍！結果公主府中男丁不夠用，還特地從街上招來許多願意出力的。

大長公主府距離朱雀大街的距離那可不短，可是這賞銀加倍的誘惑實在太大了，於是這些扛嫁妝的男丁們就格外有力。

街邊看熱鬧的人一瞧，喲，這嫁妝隊伍都看不到頭了，是哪一家啊？於是這一傳十、十傳百，就有許多人沿街開始看熱鬧了。有人就說了——

「聽說了沒，大長公主的義女要出嫁了！快看看那嫁妝隊伍，長得堪比朱雀大街了！」

見到蘇雲嫁妝的人們著實是大吃一驚，也算是真真見了一回世面。

只見那擺露出來的皆是上等精緻的各種金子製器，做工精巧，金子的成色也十分好，幾乎要閃花了百姓們的眼。這畢竟不是一般人，而是大長公主啊，也難怪這般財大氣粗了，想必這回也是下了狠力氣的。這麼看來，這個義女也真是個有福的，不僅能攀上大長公主這棵高枝，還能得到這麼多嫁妝，大長公主若是有親女兒，只怕也就是這樣了吧？

有人又說了——

「你沒見過那義女吧？那模樣可是個一等一的美人，據說與駙馬年輕的時候十分像呢，也難怪大長公主喜歡了。」

又有人說——

「聽說這義女以前是當過小妾的，真沒想到竟還有這般造化，能被大長公主看上，這中間怕不是有什麼不為人道的秘辛吧？」

於是，這送嫁妝一日的景象，就充分激發了西京人民豐富的想像力，各種蘇雲與大長公主關係的猜測紛紛出爐，有說蘇雲乃是大長公主年輕時與外男的私生女的；有說蘇雲乃是因為與大長公主長得像而得了大長公主青眼的，因為大長公主沒有女兒，看著便覺得十分喜歡；還有說蘇雲其實是駙馬當年的私生女，大長公主為保全王家血脈，才收了做義女的。一時之間，各種臆想沸沸揚揚，蘇雲的成婚頓時成了西京人的趣談之一，被說道好一陣子。

話說蘇雲聽從大長公主的吩咐，在府裡安心待嫁，別看這都一把年紀，本以為自己已經是心靜如水了，沒想到卻有吹皺一池春水之感，有了新嫁娘的緊張、忐忑和嬌羞，只要一想到常侍郎那看著正經，其實無賴的模樣，就恨不得上前給那個纏人的無賴一頓拳頭。當然，蘇雲的這粉拳可是沒什麼力氣的，況且她也捨不得……想到這裡又覺得常玖真是自己的冤家，忍不住笑了出來。

王家也來了人觀禮，蘇雲的大哥特地從臨沂趕來，帶了許多王家珍藏的名家書法和典籍，專門為自己的親妹添妝。蘇雲自從被大長公主帶回府後，每年總要回王家老宅，因此與自己的親哥早已熟悉，血緣讓兄妹二人不僅沒有任何隔閡之感，感情反倒是日漸深厚。

蘇雲的親弟王愷之因為還在張掖駐守，趕不回來，卻也特地叫人運來各種西域珍寶，有琳琅滿目的紅綠色寶石，還有那手工精製的羊毛製品，總之王家這兩兄弟對蘇雲的成親看得是極為重要。

常侍郎他娘在家看著抬進來的這一箱箱金貴嫁妝，覺得自己的兒子真是撿到了金山啊！這……這……這嫁妝各個都是價值連城啊！她摸摸這個、又摸摸那個，看著各種精品在陽光下反著光，恨不能連聲大笑，連她都覺得自己就是個沒見過世面的老太婆。

遠道從泉州趕來的常家親戚們本來就對這蘇雲十分好奇，一看到嫁妝就先驚訝萬分，大長公主對這義女也太看重了，這難不成是搬空了大長公主府嗎？眾人起初不理解常侍郎到底是迷了哪隻眼，竟看上一個生過孩子的婦人，好歹常侍郎也算是做了京官，在泉州那家境也是不錯的，怎地不找個小娘子過日子呢？那水靈的小娘子不比個中年婦人強嗎？如今先不論這婦人長啥模樣，光是這豐厚的嫁妝他們就不得不感慨，這常玖真真是眼睛裡有水啊！因此，大家不免就對這蘇雲是什麼模樣更加好奇了，難道是個無鹽女？

常侍郎的大哥也隨著父親從泉州來到西京，專程來參加阿弟的婚禮。常侍郎的哥哥不比常玖是從小天資聰穎的，卻是個十分踏實的人，因此一直就留在泉州，謀個小職位，與父母生活在一起，早已經娶妻生子，孩子都該成親了，生活過得極愜意，唯一憂心的就是自己這個阿弟的婚事一直沒著落，他阿娘是恨不得幾日就一唸，這下可好，終於成親了，他立刻覺得自己渾身都輕鬆了，連走路都輕快了不少。

常侍郎的阿爺當了一輩子的官，乃是人精中的人精，稍微一看嫁妝這般貴重，就問常侍郎了，那蘇雲與大長公主可有血緣關係？誰知常侍郎卻撓了撓頭，一問三不知，他壓根兒就沒在意過這些，更別說去問蘇雲了。他阿爺搖了搖頭，心想這孩子到頭來變傻了，都不仔細問問。算了，還是囑咐夫人一聲，一定要好好待這新婦，說不定是個身分貴重的，概因世事無常，誰家還沒個秘辛了？

一切準備妥當，就等成親了。別看兩家離得近，成親這天是一個禮都沒少。蘇雲本想著小打小鬧算了，畢竟兩人都不年輕了，搞得那般隆重，怕被別人笑話。可是大長公主和常夫人這個時候卻是態度一致，堅決不依，一個是非得看著女兒披蓋頭、上花轎；一個是要看兒子穿著禮服，身騎白馬去迎親。

因此這日傍晚，常侍郎在阿爺的帶領下拜了先人的靈位，待吉時一到，便帶著兩個族姪還有前來的年輕同僚們一起出門迎親去了。大家先是繞著近處的街走了一圈，接著就喜氣洋洋地來到大長公主府，沒想到大長公主府壓根兒沒有為難的意思，待常侍郎賦詩幾首後，門就開了，持著棍棒出來的中年婦人們也都是做做樣子罷了，個個都是紙老虎。

常侍郎可謂是如願以償地在大長公主府中見到了自己的新娘蘇雲，今日的蘇雲塗了脂粉，嘴唇上了顏色，整個人看著光彩奪目、嫣美非常，常侍郎笑得嘴都快咧歪了。

二人先是要拜別大長公主，接著要由蘇雲的長兄揹著上花轎。

大長公主活了這麼多年，沒想到有生之年還可以看到自己的女兒上花轎，這個堅強的婦人，在遠嫁離開西京的時候都沒有掉過一滴淚，在忍受駙馬的冷遇時也依然堅強，不同於丟了女兒時的崩潰淚水，此刻決堤的淚水是滿滿的喜悅和欣慰，還有濃濃的不捨，口中喊著「我的兒」，抱著蘇雲，捨不得放開手。

蘇雲一看到母親的眼淚，哪裡還能忍得住？想到自己這麼多年來好不容易才有了疼愛自己的母親，想到這一路走來的種種艱辛，眼淚怎麼也止不住，母女二人哭得是難捨難分。

蘇雲的長兄在旁邊看到此景也紅了眼眶，他母親和父親多年來的心願總算達成了，可惜父親早已經不在人世，若是能看到今天這樣的景象，不知道有多欣慰？身為王家的族長，他只得上前安慰母親道：「妹妹就嫁到隔壁而已，隨時都能來看您的。」

大長公主就是眼淚再多、再不捨，也知道不可誤了女兒的吉時，因此連忙叫人來給女兒擦淚補妝，隨即又破涕為笑道：「我女兒可是最美的新嫁娘呢！要知道，妳可是有著我跟妳阿爺的優點，走出去任誰看了不說是個一等一的美人？快別哭了。」

蘇雲抹了抹淚，由長兄揹著，一步一步向花轎走去，兄妹二人都沒有說話，臨到了花轎前，蘇雲才聽見長兄的聲音響起——

「王家永遠是妳的後盾，若是受了任何委屈就回家，咱們王家的女郎不能受任何委屈。」

蘇雲淚眼婆娑，點了點頭。

常侍郎才體悟了阿爺為什麼會問自己那個問題了，看看大長公主和王家人對蘇雲的態度，哪裡像是沒有一點血緣關係的人呢？他不免要猜測，究竟蘇雲與大長公主有什麼不為人知的關係呢？以後可得好好問問娘子才是。

待新嫁娘上了大紅色花轎後，常侍郎一臉喜色地騎著馬走在最前面，迎親的隊伍又繞街走了一圈，引得路邊的人頻頻叫好，都說要看看新娘子，眾人才將花轎抬回常侍郎的府邸。待到拜過天地，拜過高堂，掀了蓋頭之後，眾人看著上了妝的蘇雲，全都吃了一驚，真真是個美人，美豔不可方物，放泉州那可是個絕等美人啊！都生過孩子了還有這般身姿，真是不簡單。沒想到常玖娶了個既有樣貌、又有身家的新婦，可真是個有福氣的啊！

常侍郎的阿爺和阿兄是第一次見到蘇雲，也不禁頻頻點頭，覺得常玖果真是有眼光。

常夫人在一旁得意地對自己的夫君說：「我看上的人準是沒錯的！」

這話說的，好像她當初從來沒反對過一樣。

沈珍珍這日也帶著夫君與兒子陽哥一同來觀禮，看著阿娘與常侍郎之間那充滿情意的眼神，她忍不住掉了眼淚。她阿娘如今可算是圓滿了，不僅找到了家人，也找到了如意郎君，從此可以幸福度日了。

侍到新娘入洞房後，宴席就開始了。前來的賓客都要狠灌常侍郎喝酒，可那常侍郎心裡也是個精的，別人敬酒一律臉紅裝不能喝，身旁還有眾多年輕姪兒幫著擋酒。笑話，他們常家最大年齡的未婚郎君終於成親了，還不得攢著勁兒洞房啊？讓你們灌喝趴了還能行嗎？連陳益和都被沈珍珍毫不猶豫地推出去替常侍郎擋酒呢！因此，到了常侍郎要進洞房的時候，他是一點也沒醉。

常玖強壓著內心的悸動進了新屋，看見已經卸了妝、如出水芙蓉般的嬌妻就在屋內等著自己，他忽然感覺長久以來的缺失終於被填滿了，他這個被泉州百姓戲稱長久成不了親的人終於找到自己的伴侶，從此可以郎情妾意，做一對恩愛眷侶了。

蘇雲見常玖呆呆的，不禁嬌嗔道：「愣在那裡做什麼，莫不是沒見過？」

常玖臉一紅，道：「妳說說，妳是不是有什麼妖法，怎地每一次我見到妳，這個心就跳得十分快，又是緊張、又是激動的？快說說妳對我施了什麼妖法？」一邊說著一邊笑的常侍郎走上前去，將娘子擁入懷中。

蘇雲聽常玖這般油嘴滑舌，臉倏地一紅。「看你一副老實模樣，卻都是裝給別人看的，其實就是個無賴！」

常玖立刻一個偷香，吻上佳人。「常某就只對我娘子一人無賴。」

二人說說笑笑，濃情密意、水到渠成便開始了洞房之夜。

初嘗人事的常侍郎覺得渾身發熱，恨不得將蘇雲一口吞了下去，可是他卻是不得其法，只因沒人教過他怎麼洞房，常侍郎又從未去過風月之地，以前一心撲在學習上，連個通房丫鬟都沒有，因此到了關鍵時刻，可真是又羞又急。

不得法的常玖不得不在蘇雲的笑聲中跳下床，翻出他阿娘壓在箱底的房事小手冊現看現學，待融會貫通之後，便對著側躺在床上的蘇雲大喊：「看我不收了妳這個會妖法的！」於是，這真正的洞房之夜才開始了。別看這二人都是人到中年的年紀，卻是一點也不亞於年輕人的好體力，一直鬧了好久，常玖才作罷，而蘇雲已經累得睡著了。

嘗到男女交融妙處的常侍郎看著熟睡的蘇雲，一直傻笑著。他的娘子真是太好了，好到他都捨不得閉眼了。他想起聽人家說這洞房之夜的龍鳳燭若是滅了不吉祥，於是沒一會兒就要起來看看那對龍鳳燭，生怕火熄了。

待到第二日，常侍郎眼睛下的青影十分明顯，帶著蘇雲給長輩敬茶的時候，人們一看，喲，這新婦看著跟被滋潤的花朵一樣，嬌豔嫵媚，可是這新郎卻是精神不濟啊！於是，二人免不了又被人打趣——看來是鬧了一晚上呢，瞧瞧，新郎都累成這個樣子啦！

第六十五章　白塔寺事發，巧姊被休

正當人們對大長公主嫁女的八卦還津津樂道的時候，有一道驚雷又炸響在西京上空，讓人們八卦的情緒更加高漲了。聽說了嗎？最近四海酒樓說書的都不說別的了，專門說那白塔寺的思空大師了！這白塔寺可算是真正的聲名遠播了，因為那思空大師可不是一般人啊！

且說陳益和奉東宮太子之命，與另　隊士兵和京畿衛拿了京畿衙門的搜查令後，前去那白塔寺查個究竟。

在白塔寺中求子的婦女不在少數，本都是待在深閨的婦人，一時之間看見這麼多士兵忽然擁入，著實受驚不小。白塔寺住持聽聞，連忙出門迎接，問官爺前來所為何事。

陳益和並未開門見山地說寺中有任何問題，只說是奉命搜查，畢竟這事八字還沒一撇，若是打草驚蛇讓人跑了或者毀了證據，可就不好辦了。何況，現在還不確定這白塔寺中究竟有無淫僧？

那白塔寺住持倒是個慈眉善目的老人，看著十分有禮謙遜，聽到陳益和的一番說詞，也是十分理解。既然官兵有搜查令就搜吧，他們白塔寺清清白白，絕對沒幹什麼非法勾當，因此笑咪咪地點頭答應了。

陳益和裝作不在意地問道：「聽說白塔寺這些年聲名鵲起，大抵是因為遠近而來的婦人們求子十分的靈，不知可是有什麼獨到之處嗎？在下也是十分好奇。當然，若是大師覺得此事隱密，某就不再過問。」

住持倒是不在意地擺了擺手，道：「也沒什麼隱密，概因貧僧那師姪思空，這些年來功力和念力見漲，憐那些夫人求子心切，無非也就是帶著她們打坐修行罷了，其實真沒什麼獨到之處，施主萬不可聽信這以訛傳訛之言，畢竟求子看的也是緣分，實乃個人造化。」

陳益和點了點頭。「某能否見見這位思空大師？」

住持道：「此時正是他帶著年輕弟子做早課的時候，恐怕在佛堂裡。」

陳益和一聽便擺了擺手道：「那就先不打擾了，我們就去看看禪房即可。今日多有打擾，還請大師勿見怪，實為奉命行事。」

住持點了點頭，道了一聲「請便」。

陳益和覺得最為可疑的人當然就是那位思空了，因此直接帶人進入思空的禪房，只是搜查了一圈，卻未發現什麼可疑之處，他覺得十分詫異，莫非是錯怪了此人？難道白塔寺真的什麼事情都沒有？皺著眉頭思考的陳益和，又仔細將屋內的所有擺設和家具打量了一遍，這時瞥見思空的被子攤在床榻上，並未疊起，覺得有些奇怪，一般僧人都會將屋內收拾得十分整潔的。

他走到床榻前將被子掀開，用手細細地摸了摸床榻，覺得下面好似並不平整，掀起被褥一看，原來另有玄機，此處竟是一個地下室的入口！身後的士兵一下子圍上來，待陳益和走下去，發現這地下別有洞天，床榻、粉帳、香燭一應俱全，旁邊還有道梯子，陳益和走上梯子，發現頭頂的板子掀開後竟然是隔壁禪房的一張床板！

此時，陳益和心中已經有了大概，若這思空大師真是個淫僧，他一定是透過這間地下室，半夜時將睡在隔壁的夫人挪下來為所欲為。再一看地下室那床榻右側，放了許多瓶瓶罐罐，陳益和打開一聞，竟然是強勁的迷藥，還有一些是助興的藥。若這僧人是乾乾淨淨的，怎麼會有這些見不得人的東西？陳益和更加確定此人不是善類。

陳益和出去後使了個眼色，一行士兵立即將正在做早課的佛堂團團圍住。

住持看見陳益和一臉嚴肅，便問道：「可是有什麼事情？」

陳益和細問道：「大師對這思空可瞭解？」

那住持回道：「這白塔寺以前的住持乃是貧僧的師弟，他一年前雲遊四海去後，便由貧僧來當這住持，貧僧以前是在別處修行的，來這白塔寺也不過兩年多，而這思空乃是三年前就來到白塔寺。可是有什麼不妥？」

「那大師可知道他是何時受戒的？」

住持想了一下後，道：「聽貧僧的師弟說過，就是三年前在這白塔寺剃度的。」

陳益和點了點頭。「那他以前是什麼人，大師可知道？」

住持笑了笑，搖搖頭道：「既是已經看破紅塵，過往就不那麼重要了，貧僧自然從來沒有過問過。」

陳益和冷笑一聲。「只怕這思空大師塵心未了，藉著你這白塔寺做下了不軌之事！」

白塔寺住持大驚失色，嚴正道：「施主切莫說這種話，我等僧人一心修行，可受不得這般侮辱！」

陳益和施了一禮。「大師且先看著，若是無憑無據我便不說什麼了，但若是今天人贓俱獲，我可要將這罪魁禍首帶走歸案，也省得他污了你這佛門清淨地。」

白塔寺住持嚴肅地道：「若施主今日有足夠的證據證明這思空犯下禍事，貧僧也定要將他逐出白塔寺。」

待眾僧人做完早課後，走出來的思空看見一隊士兵，臉色不禁有些發白。

陳益和這才終於能細細打量這位色心不小的思空大師，看著是二十出頭的年紀，白白淨淨的，一副書生模樣。他拿出從地下室找出的瓶瓶罐罐，問道：「大師可否解釋解釋你禪房下的地下室以及這些迷香和藥？若是說不出個所以然來，就跟我們去京畿衙門走一遭吧！」

那思空一見陳益和拿著這些，想必是都猜到了，覺得大勢已去，跑是跑不了了，只得低著頭不說話。

陳益和忽然笑了，對著住持說：「大師，我看思空大師一點都不為自己辯駁，想必是承認自己做下了不軌之事，今日我需將人帶去衙門，請勿見怪。」

白塔寺住持看著思空垂頭喪氣的模樣，十分痛心地道：「思空，你可真是塵心未了，做下了此等姦淫之事？」

思空忽然笑道：「我的確從未想過遁入空門，若不是騙了我那師父，藏身於這白塔寺中，怕是早就鋃鐺入獄了。」

眾人聽思空這麼一說，不禁大吃一驚。「你究竟是誰？」

思空忽然大笑道：「事到如今也沒什麼好瞞的了，我便是五年前在西京有名的採花郎君，壞事都是我一人做下的，與別人無關。」

既然這人認了，那便先將人拘回衙門再定奪，至於此人怎麼判，就是衙門的事情了。太子只叫他來查，如今這任務也算是圓滿完成了。只是，此刻陳益和的臉上不僅沒有完成任務的喜悅，反倒是烏雲密布，面冷非常。

一隊士兵匆匆地來，抓了人後又匆匆地走，便有好事小僧偷偷地問住持。「那思空師叔真是壞人嗎？」

住持搖了搖頭不語。沒想到這思空竟然有這般過往，如今又不思悔改，白塔寺乃是佛門聖地，卻叫他這般利用，為自己謀私，真是毀了佛門的清淨。以後要更加嚴格地對待下面的僧人，以此為戒才是。

許多年後，因白塔寺的嚴格戒律，這裡還真出了幾名得道高僧，此為後話。

那思空被帶回衙門後，衙門的人翻開當年的卷宗，就明白此人當年在西京可是鼎鼎有名的，只是時間過去了五年，早被這西京百姓淡忘了，而且當年那些被害事主也都是用力遮掩，所以才叫這採花郎君當年消失得無影無蹤之後，就不再被人提起。

這採花郎君當年不知採了多少花，有未出閣的小娘子，也有已出嫁的婦人，但是卻從來沒有被抓到過，一是這採花郎君十分狡猾，會先行觀察好再下手；二是此人本事了得，製迷藥有一手，腳程還十分快。

後來之所以突然消失得無影無蹤，乃是因被一大戶人家發現，打成了重傷，拚死逃出後，被當年正在雲遊的白塔寺住持所救，養傷之後便跟著那住持來到白塔寺。這採花郎君見這附近來上香的以婦女居多，於是慢慢地又生了重操舊業的心思，只是去香閨行事多有風險，若是能在這寺中，便能神不知鬼不覺，豈不是逍遙快活？所以後來他便剃度出家，打著僧人的名義，做著紅塵之事。

他先是挖空心思將自己床下的小貯藏室挖通到了隔壁禪房，要那些一心求子的婦人睡在隔壁禪房裡指定的榻上，半夜再用迷香讓隔壁的婦人熟睡，而後進到地下室將人抱下來，行不軌之事，至於那些有孕的婦人，腹中的孩子多數怕都是這思空的種！

這思空的確是行下作姦犯科之事，但是那些失身於他的婦女們可是半點都不知情，只當自己去了白塔寺求子，不過虔心住了些日子，回家再跟夫君同房後便有了孩子。

想那思空多年來都在幹這香閨採花之事，因此在白塔寺中更是得心應手，先是半夜用迷香將隔壁禪房的婦女迷暈，再從密室將人帶下去，待行事完畢後再細心清理乾淨，將人送回去，這麼多年來神不知鬼不覺的，竟還成了大家口中的高僧，真真是污了白塔寺的名聲。

這事現在若公布出去，恐怕西京城的一些人家非得雞飛狗跳不可，畢竟大周就算民風再開放，可有哪家的夫君能忍受娘子失身於別人，還養著別人孩子的事？

陳益和從衙門處得知這思空行事的始末後，臉色自然是好不到哪裡去。可還是需要將此事告訴宏哥，讓他早些打算。

沈珍珍知道陳益和最近為這白塔寺的事情煩心不少，看見陳益和皺眉，便問道：「可是已經有了結果？」

陳益和點了點頭。「那思空竟是當什專行採花的賊人，利用這白塔寺不知犯下了多少姦淫之事，我既然知道了，難道能不與宏哥說？」

沈珍珍搖了搖頭道：「這種事可瞞不得，萬一哪天衙門將此事公諸於世，咱們府上可就太被動了，還是早與宏哥說的好，看他怎麼說，畢竟這個家還是他作主的。」

陳益和一臉沈重地去找宏哥說話了，宏哥聽到阿兄細說之後，整個人傻了，竟還有這等事？再想想郎中昨日來時說了巧姊懷的天數，算了算，還真是她住在白塔寺的那大半個月！這麼一想，宏哥的腦門上立刻有了一層汗。

陳益和看見宏哥臉色慘白，頗不忍心。「現在證據確鑿，他也已經認罪，聽說他還向官府提供失身於他的婦人的姓名，沒想到這思空有這般怪癖，竟然喜歡記下那些受害婦人的姓名，我看這名單要是公開了，不知道會逼死多少人。」

宏哥想要站起身來，卻發現自己毫無力氣。

陳益和看著阿弟這般模樣，連忙伸手將宏哥扶起來。

宏哥低聲道：「我得去跟母親說說……阿兄先別跟我那娘子說，她現在畢竟懷著身子……」

看著踉蹌著腳步離去的宏哥，陳益和覺得這一切對阿弟來說太殘忍，卻又無可奈何。

趙舒薇看宏哥神色不對，十分關心地問道：「出了何事？有事跟阿娘講。」

宏哥只聽著這一句，眼淚忽然就掉下來了，喚了一聲「阿娘……」後，緊接著便跪在地上，泣不成聲。

趙舒薇看見宏哥如此傷心，忙上前將兒子扶起來。「有話好好說，別哭啊！看看你，現在可是這侯府的男主人了。」

宏哥只得將巧姊下藥與自己顛鸞倒鳳，後來回娘家去白塔寺住，以及白塔寺淫僧形跡敗露的事情一五一十地告訴了母親。

趙舒薇聽完後，覺得這些年來所有的經書都白抄了，瞬間就氣炸了。這一對腦子壞了的母女！若是那衙門將苦主們的名字公諸於世的話，他們長興侯府從此可就要一直成為西京人的笑料了！她們怎麼敢？這是要叫她趙舒薇死了都沒臉去見夫君啊！

趙舒薇立刻疾步向巧姊的房間走去，還未進門就聽見巧姊頤指氣使的聲音響起——

「這湯熬得不好喝，重做！妳們就是這樣伺候侯府夫人的？我兒子以後可是侯爺呢！」

趙舒薇冷笑一聲，跨進了房門。「侯府夫人？好大的架子！我問妳，妳究竟在白塔寺住了多久？可是住在那思空大師的隔壁禪房？」

巧姊一看是母親來了，撇了撇嘴。「是啊，睡在那張專門給求子婦人睡的床榻上，住了有大半個月。」

「可是每日晚上都睡得十分熟，有時候第二日早上起來還覺得下身有些痠痛？」

巧姊奇道：「阿娘怎地知道？在白塔寺住的那段日子，晚上睡得可好了，從未起過夜，白天跟我阿娘醒來的時候都已經天亮了。想來那下身痠痛，大概是跟著打坐累著了。那思空大師可是求子極靈的大師，日後我還得去感謝他呢！」

趙舒薇一聽，心已經沈了幾分，再問：「我聽郎中說了妳懷上的日子，怎麼跟妳在府中住的不太對？」

巧姊笑道：「阿娘這可說笑了，想那郎中號脈也可能有個小差失，我難不成還能是住在白塔寺時自己懷上的啊？」

趙舒薇輕聲道：「那思空大師已經被抓了，他就是打著寺廟的幌子，專門用迷藥做下姦淫之事，很多婦人懷上了孩子，都不知道究竟是他的，還是自己夫君的！那思空大師還將所有婦人的名字都記了下來，我看不久後咱們侯府就要出名了！」

巧姊一聽驚呆了，怎麼會有這種事？難不成那思空也對自己做了什麼？巧姊越想越覺得不對，手忽然摸上肚子，大聲尖叫道：「這是我和夫君的孩子！阿娘妳可得信我！」

趙舒薇冷笑一聲。「叫我怎麼信妳？妳這個毒婦，為了求子都做了什麼事？竟然敢給我的宏哥下藥，折騰他的身子骨？怪不得我回來的時候他的臉色差成那樣！妳可知道他生下來有多虛弱，為了養大他我費了多少心血？如今這種事發生，妳也別怪我不念妳我的姑姪情分了，妳就等著一紙休書吧，我就是跟妳父母翻了臉，也絕不能留妳這種禍害在我們侯府！」

巧姊哪裡聽過自己的姑姑這樣跟她說話？她覺得自己定是在作夢，於是兩眼一黑，真昏了過去。

京畿衙門最終還是沒有公布這份名單，怕牽連太廣，但是陳益和卻看到了，巧姊的名字赫然在列。陳益和自然是毫無隱瞞地將這個消息告訴了嫡母和宏哥，看來巧姊失身於那思空是板上釘釘的事情，如今肚子裡的孩子恐怕就是那思空的種。

此刻的巧姊還能解釋什麼呢？出了這等醜事，她擔心自己會被宏哥休了，整日以淚洗面，惶惶不可終日，如今想想，一切都是自作自受。

趙舒薇這回可沒心軟，她就是再向著娘家，可宏哥是她的親生兒子，以後總不能替別人養孩子吧？就算萬一這個孩子是宏哥的，可是巧姊已經失貞了，還是個那樣品行的，她可不能再留巧姊在這兒禍害她兒子了。

巧姊的父親能說什麼？自己的娘子和女兒這做的都是什麼事？最後還得自己吞苦果。

黃氏自從知道了這件事後，受了刺激，每日哭哭鬧鬧的，看著竟有些瘋了。

宏哥儘管覺得巧姊可憐，可是他作為侯府的男主人，總得為侯府的名聲考慮，因此最後一紙休書，與巧姊緣盡於此，自此巧姊再不是陳家婦，大著肚子被自己的阿爺領回了家，走的時候早已經沒了平日的趾高氣揚，只剩下滿臉的憔悴和心酸。

趙舒薇與自己的阿兄從此疏遠了，當初設想的娘家人能夠牢牢控制侯府的計劃早已經面目全非，而趙舒薇也覺得是自己給宏哥娶了這樣的媳婦，都賴她，這下子有了心結，每日鬱鬱寡歡，身子漸漸地也大不如前了。

巧姊被休的事情哪裡能掩得住？其他幾房的人又不是傻子，這還懷著孩子呢竟被休了，莫非這孩子不是侯爺的？想像力豐富的人們自然是腦補出了各種橋段。

宏哥自此一事後，一看見別人說話，總覺得是在背後議論自己，可謂是性情大變，變得陰沈起來，不復以前的活潑開朗，唯獨對陳益和夫婦偶爾還能笑臉相迎，但是看著阿兄和阿嫂琴瑟和鳴的樣子，再想到自己，心裡就更不舒服了，想著眼不見心不煩，因此沒事也就不再去找陳益和說話了。

陳益和夫婦覺得宏哥受了打擊，兩人不好說什麼，怕他難堪，便也就隨了他去。

趙舒薇本想再為宏哥張羅著娶妻，可是宏哥卻擺了擺手道：「過幾年再說吧，自己的身體也不大好，娶了別人家的女郎也是害了人家。」

看著宏哥一臉的頹廢和陰沈，叫趙舒薇十分心疼自責，暗地裡不知流了多少淚。

宏哥心裡難受卻不能發洩，身體又是不爭氣的，聽人說最近流行的五石散可以讓人心情放鬆兼之強身健體，便自己偷偷試了幾回，沒想到這試了幾回後，竟然漸漸成癮，再不能離了那五石散，結果身體不但沒變好，反而是一日不如一日。

待到陳益和發現宏哥服用五石散時，已經是來年的五月，宏哥的癮已是入骨了。陳益和狠狠地將宏哥說了一頓，說那東西可不是好物，萬萬不可再碰，前朝文人雖然流行吃這五石散，可是對身體畢竟不好，也有因服食五石散而喪命的。

宏哥一面答應了阿兄，可是又惦記五石散那讓人欲仙欲死的感覺，心裡著實癢得厲害，同時也覺得自己不過才服了半年而已，並不以為然，卻完全忽略他的身體底子可不比一般人……

第六十六章　最後的最後

這日，恰逢沈珍珍帶著兒子去探望蘇雲。自從蘇雲與常侍郎成婚後，日子可謂是琴瑟和鳴，兩人連個拌嘴都沒有。聽說蘇雲前幾日身子不大舒服，沈珍珍的心思活絡，心想阿娘這莫不是有了吧？這才急匆匆地前去常府一看究竟。

蘇雲畢竟是生了沈珍珍的人，男女之事、生孩子的事都清楚，只是沒想到自己都這般年紀了，還能這麼快就懷上，因此壓根兒就沒多想，只當自己是吃壞了東西。待聽沈珍珍一說莫不是有孕，再想想自己的小日子，心裡才有些慌了起來，同時又紅了臉，竟然要讓女兒提醒自己懷了孩子，真是活得越老越不中用了。

隔壁的大長公主知道自己的女兒不舒服，心裡著急壞了，立刻叫人請了郎中來。郎中仔細地號脈一會兒後，臉上帶著喜色道：「恭喜，這位夫人有身孕了。」

沈珍珍和大長公主二人一聽，高興得不知道說什麼好。

大長公主連忙叫人去給常侍郎報信，若是常侍郎知道了這消息，不知道要高興成什麼樣子呢！只怕剛回泉州沒多久的常夫人也要坐不住，大老遠地從泉州回到西京了。

就在這時，長興侯府的下人急匆匆地來報，說家裡出了大事。

沈珍珍一臉驚訝，忙問出什麼事？這才出門一會兒，家裡怎地就不好了？

下人只道：「是侯爺的身子不好了，三爺已經在回去的路上，您還是也快點趕回去子回了侯府。

吧！」

「宏哥不好了？這是什麼情況？」沈珍珍顧不得跟大長公主和阿娘解釋，匆匆地帶著兒

沈珍珍一回到家，就聽見婦人撕心裂肺的哭聲，心裡不祥的預感更濃了，連忙將孩子交給夏蝶，自己恨不得腳下生風，往宏哥的屋子跑去。待她到了宏哥的屋子時，發現站了一屋子的人，宏哥躺在那裡一動也不動，趙舒薇趴在他的身上大哭，沈珍珍從來沒有見過趙舒薇哭成這個樣子。

一旁的陳益和也哭得不能自已，待看見沈珍珍來了，才擦了擦眼淚道：「妳怎地才回來？阿弟……阿弟他沒了……」

沈珍珍一時之間反應不過來。「沒了？怎麼會沒了？昨日我看他還好好的啊！」

陳益和哭著說：「他今日服了太多五石散，又喝了冰酒，他本就身子不好，哪裡受得了呢？我回來的時候已經……已經……沒氣了。」

趙舒薇哀慟地哭著，她從小受盡家中寵愛，年少得意嫁了個如意郎君，卻沒想過到了中年竟噩運連連，接連著喪夫、喪子，打擊一波接一波，這還叫人怎麼好好地活著？此刻她只恨不能自己也死了算了，就跟著兒子一起走了。

年輕的長興侯爺就這樣突然沒了，陳益和對宏哥的死自責不已，若是自己能好好看住他，不讓他再碰那五石散就好了！可是，再多的追悔都不能讓鮮活的生命重新來過。

一夜之間，趙舒薇白了頭，一下子就老了。

其他幾房在得知宏哥的死訊後，最關心的卻是侯爺沒了，誰會是下一個長興府侯爺？就在眾人都各懷心事猜測的時候，肅宗的旨意很快就到達侯府——因為宏哥沒有子嗣，而宏哥的叔叔們也皆是庶出，因此由宏哥的庶兄陳益和來當這長興侯府的主人。

雖說這旨意來得突然，可是陳益和這些年頗得府中人的看好，自己本身又是個爭氣的，在皇帝面前頻頻露臉，因此陳益和當這個侯爺，其他房竟然也沒有太多反對，畢竟陳益和現在已經是太子跟前的紅人了，何況當年陳克松對這個兒子可是青眼有加，一度搞得趙舒薇都對這個庶子心存敵意，生怕陳益和搶了宏哥的侯爺之位，可是謀劃了半天，到最後全都沒了，趙舒薇的心也隨著兒子的死而死了。

趙舒薇眼看著陳益和接了旨，心裡所有的不甘都煙消雲散了，也就沒了不甘心的眼淚。只能自嘲造化弄人，沒想到最後還是他當上了侯爺，可是她能說什麼呢？若是她在宏哥小時候能多教宏哥堅強一些，而不是一味地護著他，也許宏哥的內心就不會因為一經挫折就變得脆弱，不會把那五石散當作精神慰藉。這一切禍事的緣由都是因為宏哥沒有娶個賢妻，若是她當時不堅持讓宏哥娶了巧姊這樣不懂事的娘子，不被她那樣折騰，也許身子也不會一直弱下去，還要遭受心靈的打擊，一蹶不振。真應了古人說的那句話，種什麼因，得什麼果，如今這一切怨得了誰呢？

辦完宏哥的喪事後，趙舒薇決意搬到侯府在藍田的莊子，從此不再過問世事，一心開始清修，為死去的夫君和兒子祈福，希望他們來生可以投生到好人家，一生無憂。

離開長興侯府前，趙舒薇看了看這個她生活了半生的地方，心裡五味雜陳。她打量了須在家守孝一年的陳益和許久，過去的那些怨恨都散去後，如今反而能夠心平氣和地跟他說話了。

趙舒薇低聲道：「我看你真真是個有福的，別人費盡心思想得到的，最後你卻不費心思的全都有了，說到底，你其實是個受到上天眷顧的人。也許這就是我的報應，過去做了太多錯事，只是我不明白這個報應為何不讓我沒命，卻叫你無辜的弟弟沒了命？他一生善良，還望你不要因為我而對他有所怨恨，也望你以後好自為之，侯府就靠你了。我怨了恨了一輩子，到最後最恨的卻是我自己，以後便只有伴著青燈古佛，才能讓我在懺悔中度過餘生。」

陳益和生平第一次聽見趙舒薇這樣說話，心裡一時之間不知是何滋味，想起宏哥，不免心中傷感，紅了眼眶，只點了點頭，啞聲道：「母親請放心，在我心中，宏哥永遠都是我的親親阿弟。母親此去要好好保重，我和珍珍會去探望，若是有什麼需要的，便託人來說，益和自當替宏哥好好盡孝。」

趙舒薇看著陳益和，本想告訴他當年他生母過世的真相，想想卻又覺得還是就這樣吧，她已經得了報應，而這侯府最後也是陳益和的了。

於是，趙舒薇就這樣決然地離開了她生活大半輩子的地方。

沈珍珍對陳益和當上長興侯一事一直沒有一絲絲的真實感，一切來得太突然了，讓她沒有絲毫的心理準備。

從去年到今年，不過才一年的時間，這個家卻經歷了太多事情，一個接一個，不給人喘息的機會，短短一年的時光，卻像過了十年般。

對於當上侯府夫人，她不但沒覺得高興輕鬆，反而覺得自己身上的擔子重了，偌大一個侯府，如何能讓它以後枝繁葉茂，這不僅是她夫君的責任，也是她的責任，因為能替夫君打理好府中後宅的事，才能叫他無後顧之憂。想想這以後的路，她就覺得自己需要學習的東西太多太多了，還得跟外祖母和阿娘好好學學才是，而眼下需要做的事情便是要認真替宏哥守完孝。一想到宏哥，這個年紀輕輕就沒了的阿弟，她的心中覺得無限可惜。不管別人怎麼揣測議論，她一直都當他是那個單純善良的阿弟。

陽哥已經三歲多，對許多事情都似懂非懂，最近沒在府中看見總是給自己買吃食的阿叔，便追問父親，阿叔去了哪裡？陳益和抱起兒子，說阿叔去了很遠的地方，不能回家來了，待到陽哥長大後便知道阿叔去了哪裡。

於是，這西京人民又有了新的談資，沒想到這長興侯府最後竟然是庶長子當了侯爺，想想這庶長子才二十出頭，不僅在東宮做事，娶的娘子跟大長公主沾親帶故，如今又成了侯府的侯爺，真真是鴻運當頭啊！

還有人說了，那陳益和娶的沈珍珍聽說是個極為旺夫的命格，二人當初成親時曾被老道批為佳偶天成，看看，成親後二人逢凶化吉，運勢確實極好啊！

沈珍珍和陳益和這會兒正帶著陽哥在府中識字，他們也聽過坊間的傳聞，都搖了搖頭。

當初他們誰能想到如今會是這樣的結果呢？她最初遇見他時，是個天真單純的庶女，從來不知後宅鬥爭的苦，一心想找個家中簡單的老實人；而他也不過是處境尷尬的庶子，不被嫡母喜愛，前途未卜。兜兜轉轉的二人，有緣分成為一家人，一起經歷了坎坷，經歷了離別，一步步才走到今天。但是不管從前經歷了什麼，往後還會有什麼困難，他們二人都會同心攜手，堅定地共度未來的人生。

這時，陽哥以清脆的童聲唸著《三字經》，一家三口在這院落中看著旭日朝陽。未來，這長興侯府便會在這對夫婦的帶領下，迎來嶄新的一天……

——全書完

番外一　常侍郎的婚後生活

自從常侍郎知道他的親親娘子蘇雲有孕之後，內心的澎拜是可想而知，就連最近上下朝走路時都是飄的，見誰也都笑呵呵的，一副「我家有喜事，快問我、快問我」的表情。

然而他家娘子再三叮囑，說未到三個月，不許在外面瞎得瑟，不然對孩子不好，所以真有同僚滿足常侍郎的願望，上來問一聲「常兄，自從婚後就看著精神不錯，這兩天更是格外的好，所謂人逢喜事精神爽，莫不是家中有喜事？」時，常侍郎也只能擺擺手道「哪裡的事情？我娘子說了不讓說，你們可就別問了啊」，眾人一聽，都捂著嘴笑了。瞧瞧這常侍郎，自成婚後簡直就成了妻奴，張口閉口「我娘子」的。不過話又說回來，誰叫人家的娘子不僅有個大長公主這樣的義母，還是個難得的美人兒，要是他們有這樣的豔福娶個這樣的妻子，恐怕也是會樂得找不到東南西北了。

常侍郎當然立刻就給他阿娘、阿爺和阿兄去了一封家書，說他娘子有孕了，這信過了兩個月才到達常家人的手上。

常夫人一聽，一下子就激動地從榻上坐起身，笑得合不攏嘴，大聲道：「我們常家終於有後了！」

這話恰被急匆匆趕回來的常侍郎他兄長給聽見了，立即反問道：「我兒子難道不是您的孫子？」

常夫人臉紅了一下，捂著嘴偷笑完，大聲道：「哎喲，我那是激動說錯話嘛！你看看你阿弟，這麼多年來一個人過的是什麼日子，簡直都成了我的心病！他以前那些事快被咱們泉州城人說個遍了，這下好了，他呀，人能幹，年紀輕輕地就去了京城當差，都說京城是福地呢，你看你阿弟去了之後就順順當當地成婚了，娶了個好娘子，招人羨慕得緊，而且這成親才多久，他娘子就有孕了，我這顆心啊，簡直激動得都要蹦出來了！」

常侍郎的阿兄聽著自己的娘親把阿弟誇上了天，忍不住撇了撇嘴道：「我知道阿娘的心中只有阿弟，我恐怕是您從哪處抱來的、別家不要的孩子，阿弟才是您的親生孩兒吧！」

常夫人知道這是大兒吃了小兒子的醋，不禁笑罵道：「好啊，大郎你現在知道打趣娘了，竟跟你弟弟吃起醋來了！你不想想，你比他大幾歲？你兒子都多大了，他呢？這下我可放心了！」常夫人話音剛落，又在廳中走了個來回，而後下定決心道：「不行，我不放心他們夫妻，我得去西京守著他們！你弟弟這個人做事我不放心，等抱上孫子後我再回來！」

常大郎急道：「阿娘！眼見咱們才從西京回來沒幾個月，您又要去西京，您身子成嗎？」

常夫人拍拍胸脯道：「聽到這小子有後了，我簡直比吃了人參還有勁，叫我立刻出去跑上好幾圈都不成問題，哪裡不成了啊？我還年輕著呢，都叫你說老了！」

常大郎又道：「阿娘，妳不放心他們夫妻，難道就放心阿爺自個兒在家？」

常夫人笑道：「有什麼不放心的？你阿爺可是個心裡清楚的，我啊，放心得很！你若是叫他在外面胡來吧，那些花樓上的鶯鶯燕燕確實是年輕貌美，又是個個勾人的，可是你阿爺他是個愛面子的，生怕自己的官聲有污點，因此是不會出去胡來的，要我說啊，他還沒那個膽子。你若是叫他在府裡整日跟那兩個傻傻的姨娘胡癡纏吧，他又是個十分愛命的，還想多活個幾十年，因此房事格外的節制，我放心得很！」

常侍郎的阿兄聽他阿娘講得頭頭是道，又說：「不是，阿娘，那我呢？您不管我了？」

「你有你娘子操心，我看她能幹得很，將你和你孩子們都管得十分好，我很放心！」

常大郎在母親面前敗下陣來，心想著：我得趕緊給阿弟回封信去，阿娘說不定過幾天就要啟程去西京了！他的逍遙日子可沒幾天了，得趕緊享受幾天！

常夫人並沒有立刻就啟程，不是因為她不想快點去，實是因為想帶的東西太多了，一會兒裝了包袱，一會兒又拆了包袱，不免就耽誤了行程。

常大人從官府忙完回到家中時，看見妻子如此有精力，動作重複地到處翻騰，又想到自己二兒子來的家書，高興之餘不免嘆了口氣。

家中最能折騰的就是他娘子和二兒了了，這兩人就是那種不省心的，偏偏精力還極其旺盛，看來看去，他算是對家中事宜有了明確的認識，自己和大郎以後在府裡相依為命才是正道。常大人抹了一把辛酸淚，叫下人吩咐廚房準備些吃的來，忙了一天，回到府裡竟無人問津的滋味真真是……哎！

只聽見常夫人還在念叨著。「究竟是帶這個好，還是帶那個好呢……」

常侍郎收到他阿兄的信時，蘇雲的肚子已經顯懷，畢竟已經有四個月的身孕了，他也終於能跟別人說說他家娘子懷孕之後，他是多麼盼望孩子的出生了。常侍郎一看信，立刻覺得整個人都不好了，哎呀！他阿娘又要從泉州來京城湊熱鬧了，就不能在家中好好地過日子嗎？讓別人過點親密的日子不好嗎？他現在每日摸摸娘子的肚子，想著給自己的孩子取什麼名字，夫妻倆聊聊天，日子過得十分和美，他阿娘偏又要來指點江山！

蘇雲一聽常夫人要來，先是愣了一下，隨即笑了起來。「阿娘要來啊？也好，你去應卯時，我也好有個人說說話。畢竟我阿娘總接到其他夫人的帖子，有時候又喜歡攜友出遊，我這一孕倒是把她絆住了，我看她呀，看著這金秋季節的好天氣，心裡癢著呢！你阿娘什麼時候到？」

「我估摸著再過一個月吧，泉州畢竟離這兒遠，這信一來一回的可不短時間，我估計她已經在趕來的路上了。真是的，都一把老骨頭了，還折騰個什麼勁兒？才回去多久啊？真真是不知道累字怎麼寫！」

蘇雲笑道：「等阿娘來了，要給她做些吃食，好好補補。一把年紀的人了，還不都是為了你我才在路上奔波？她這樣操心你我的生活，咱們更要盡孝才是。」

常侍郎看蘇雲十分貼心，還如此為自己考慮，得此賢妻，夫復何求呢？眼看著蘇雲懷了孩子後，皮膚更加透亮，胸脯明顯豐滿，而今這佳人又在自己耳邊說著話，不一會兒常侍郎就心猿意馬了起來。

以前，十分有自制力的常侍郎總覺得自己是懂得節制的君子，還瞧不起那些沈迷於男女情事中的郎君們。可是自從他娶了蘇雲後，才真真體會了夫妻水乳交融的美妙之處，也終於明白這天道迴圈，男女成一家，陰陽平衡和諧，都是有其道理的。他只要一看到蘇雲，別提什麼節制了，蘇雲懷孩子之前，他是恨不得與她夜夜笙歌，纏綿一番，倒是蘇雲每每告訴他要節制，不然會傷身，這才作罷。

可是自從他娘子懷孕後，房事不得不被迫終止，常侍郎的日子就不好過了。他都忍了四個月，這會兒覺得自己火氣大到鼻血都要出來了，連忙對娘子道：「妳先安置，我……我再去沖個冷水澡啊！」

蘇雲看著夫君這臉紅的模樣，還不清楚他那點小心思嗎？連忙捂著嘴笑道：「行啦，咱們早些安置。」

常侍郎一時沒反應過來，急道：「我得先洗個冷水澡再安置，不然……不然難以入眠。」

蘇雲調皮一笑。「知道你有火，今夜就由妾身來為你消消火，如何？」

常侍郎這回可聽明白了，卻支支吾吾道：「那個……那個不是要顧及妳的身子嗎？房事不能有的，我……我可以忍的……」

蘇雲看著夫君一副羞澀的模樣，更加想笑了，嬌嗔道：「我是那麼不顧及身子的人嗎？問過郎中了，說現在這四個多月的身孕是可以的，難不成你不想？」

常侍郎一聽見這話，立馬化身為餓狼，一把將娘子抱起。「妳這個壞娘子，不早告訴為夫，看為夫今日怎麼懲罰妳！」

蘇雲眼中波光流轉，一個媚眼看過去，嬌笑道：「還請夫君憐惜，可要輕些……」

常侍郎這夜雖不敢狠狠地折騰蘇雲，但總算是消火了一回。他覺得自己的娘子真是再好不過了，真想她肚子裡的孩子快點出來，不然這樣忍耐的日子真是太難過了啊！

一個月後，這日剛剛從工部忙回來，還想晚上再讓娘子幫忙消火的常侍郎，忽然聽見下人來報，說老夫人到了，連忙去門口迎接他阿娘。

常夫人二話沒說，劈頭蓋臉就先問了一句。「你最近睡哪兒啊？」

「當然跟我娘子睡一間屋子啊！」對於阿娘這個莫名其妙的問題，常侍郎覺得丈二金剛摸不著頭腦。

常夫人就知道這貨會是這樣的答案，卻還是免不了跳腳，跳起來給了常侍郎一掌。「竟然沒分房睡？別人家都是一診出有身孕，立刻就分房睡的，你倆倒是好得很！從今日就開始分房睡，省得你做下荒唐事！這個時候千小心萬小心都來不及呢，若是我的孫兒有什麼差錯，看你們二人到時該如何！」

常侍郎看著阿娘疾步進去看自己的娘子了，不禁站在自己的院子裡默默地流著淚，喃喃自語道：「果然就是來指點江山的，連我和娘子的房中事都要管！這下好了，從此以後好日子沒了，我看肯定是要忍不住流鼻血的，嗚嗚……」

於是，自從常老夫人來了之後，常侍郎被迫挪到了書房，跟娘子分房睡。大長公主一看這府裡來了個長輩坐鎮管事，心裡可放心不少，趁著蘇雲還有幾個月才生，跟自己的手帕交去了驪山溫泉，樂得自在。

常老夫人對待蘇雲可謂是極為用心，從蘇雲的飲食到起居都要親自過問，完全忘記了自己當年對素未謀面的蘇雲有多深的偏見。現在蘇雲可是他們常家一寶，看看這人長得如此纖細，本來她還擔心蘇雲這身段會不好生養，擔心兒子的子嗣，卻沒想到蘇雲到底是個命好的，肚子這般爭氣，成親才多久就懷上了。一想到這裡，常老夫人不免暗自得意了，現在泉州人誰人不說他家玖郎是個有造化的？當了京官，還娶了大長公主的義女，以前關於常玖命硬的話都銷聲匿跡了，她真是睡覺都能笑醒啊！

常老夫人也見到了來探望自己母親的沈珍珍，一看到沈珍珍和蘇雲二人站在一起，真真像是一對明豔嬌美的姊妹花。沈珍珍的兒子陽哥更是得到常老夫人的特別喜愛，常老夫人在泉州也是見過許多夫君同僚家的小娃兒，各個長得也算是機靈可愛、討人喜歡，可是她一看見陽哥，眼睛都直了，立刻就誇這小郎君長得實在是太漂亮了，巴不得陽哥能常常過來玩，好讓蘇雲多看看。常老夫人也不知道是從哪兒聽來的，說是孕婦若能多看看漂亮的娃兒，自己的娃兒也會漂亮。

陽哥看自己的外祖母肚子鼓鼓的，便稚聲稚氣地問道：「外祖母的肚中可是個小弟弟？」

沈珍珍聽著陽哥的童言童語，忍不住笑出聲來。

蘇雲臉紅道：「不是弟弟，是陽哥的阿舅。」

這可把陽哥給難住了，在他的印象中，對於阿舅的概念就應該是沈大郎那樣子的，怎麼還會有比自己年紀小的阿舅呢？一時之間，阿舅和弟弟他傻傻分不清楚了，手指絞啊絞的，怎麼也沒能想明白。

常老夫人跟蘇雲待在一起的日子多了，兩人便有了許多共同話題，關係也越發的和諧。

比如，兩人都喜歡做繡活，只是常老夫人現在年紀大了，穿針眼這活兒是越來越費勁了，但常老夫人畫圖樣可是一把好手，各種圖案都能畫得有模有樣，而蘇雲的一手好繡活也讓常老婦人稱讚一番，於是二人在給小孩做衣衫這件事上達到前所未有的互相欣賞狀態。

再比如常老夫人雖然老了卻也愛俏，以前在泉州，出門去赴宴時，哪家夫人不說自己的衣服樣子好、髮式新穎？還總能讓年紀同自己一般的其他家夫人照著自己的衣裳樣子做幾身呢！可這到了全國最繁華的西京後，她立刻就覺得自己的丫鬟手不巧了、梳的髮髻不好看了。好歹她兒子現在也是個工部侍郎，沒準兒過兩年就又升官了，出門怎麼也得講究一番啊！

蘇雲察覺後，就讓自己從大長公主府帶來的侍女給常老夫人梳頭、打點衣裳，這下可把常老夫人哄得十分開心啊……

番外二　常侍郎中年喜得子

眼看著蘇雲的孕期日子過得十分愜意，一轉眼就到了來年的陽春三月，天氣逐漸轉暖，她倒是能在院子裡多走走，日後好生產。

隨著生產日子的臨近，常侍郎的府上也有了緊張感，有經驗的產婆還有奶娘都被大長公主請進府來了。

蘇雲自己才是生產的主角，心裡反而不緊張，好歹生過沈珍珍，對生孩子這體力活頗有心理準備了。

結果倒是常侍郎緊張得晚上都睡不踏實了，生怕他娘子半夜要生產的話，他必須第一時間衝到她身邊去，給予她最大的支持和鼓勵。

果不其然，過沒幾天，蘇雲還真是傍晚開始發動的。

大長公主一聽到這個消息，匆匆從大長公主府趕來，這個時候也有些緊張，竟出了一手心的汗。

常侍郎剛到家，聽到自己娘子就要生了，匆匆換下官服後就朝佈置好的產房跑去，身上的扣子都扣錯了。到了產房門口，跑了一腦門子汗的常侍郎顧不得什麼風俗習慣，非得進到產房去陪蘇雲生產。

常老夫人一看自己的傻兒子執意要進產房，厲聲道：「你給我站住了！平日我慣你，也就總順著你的意走，可是這產房乃是污穢之地，你一個男人怎能不顧一切地衝進去？咱們就在外面耐心地等吧，她這是剛發動，還得等等才能生呢！」

常侍郎著急地道：「我們同僚平日都說，這女人生孩子是要走一回鬼門關的，十分凶險，我無論如何也要進去陪著娘子，拉著她的手，好生安撫她！管他什麼污穢不污穢，反正泉州人都說我命硬！」常侍郎一副不怕死的架勢，就跟要上戰場一樣，整個人豁出去了。

常老夫人到底沒能拉住她這個跟強驢一樣的兒子。

大長公主看到常侍郎這般表現，內心哪能不開心？她十分欣慰，總算給雲兒挑了個好夫婿啊！她拍了拍常老夫人的肩膀，笑道：「算了算了，兒女都是債，隨他去吧！咱們兩個老的就在外面待會兒，一會兒冷了，咱們就到旁邊的屋子坐著去，有你們家二郎在，不用操心。」

結果，事實證明大長公主這句話說早了。

常侍郎一開始進去的時候，看著蘇雲滿頭是汗，心疼得要命，卻也想不出什麼好辦法，只得伸出自己的右手說：「娘子，妳要是疼就咬我的手吧，都是我不好，害妳遭這般罪，我要跟著妳一起疼！」

蘇雲疼得恨不得掐這個冤家，都是他害得自己有了身孕，可是聽見常侍郎這話，內心確實是極為受用的，但她又哪裡捨得真咬這個冤家呢？於是輕聲道：「呸，誰要咬你那粗糙皮肉？你別在這兒添亂就好了，還是快出去吧！」

眼看著蘇雲越來越疼，常侍郎不光腦門上是汗，連眼睛裡都蓄滿了淚，心道：以後可不能叫娘子再受一回生產之苦了，看得我這心都跟著絞痛起來了。也不知道娘子肚子裡的是男娃兒還是女娃兒，怎地這般淘氣，現在就知道欺負我的親親娘子了？還不出來，之後看我不打你（妳）幾下，竟敢折騰我娘子，哼！

蘇雲到底不是頭一回生產，比頭胎生產的婦人要快上許多，加之蘇雲生產前每日都被常侍郎拉著在院中走路，因此眼看著孩子就快要出來了。

產婆欣喜道：「娘子再加把勁，我這就準備拿剪子了！」

常侍郎本就是處於高度緊張的狀態下，結果一看到產婆拿著大剪子走過來，以為她是要用那麼大一把剪子去剪他娘子的肚皮，剖出孩子，竟然生生地被嚇暈過去！

蘇雲一看這冤家給嚇暈過去了，心裡覺得又好笑、又好氣，這人進來不是來幫忙的，簡直就是來給人添亂的！蘇雲對產婆說：「妳只管繼續，我看我這夫君也就是嚇暈了而已，一會兒就醒了，不用管他。」

等常侍郎醒來的時候，發現自己沒在產房，竟然是在臥房，才想起來剛剛自己看見大剪子，暈了過去！也不知道娘子那裡怎麼樣了？到底生了沒有？他連忙坐起來，奪門而出，跑到了產房門口，看見產房中還有亮光，莫不是娘子還在生？

忽然，常老夫人從他背後給了他一掌。「你這個沒出息的！我叫你別進去，你偏偏不聽，進去了膽量竟然還不如女人家，看見剪子都能暈倒，結果這一暈還怎麼叫都醒不過來，真是太沒用了！阿娘我都替你臊得慌，你娘子可比你強多了！」

常侍郎也顧不得丟不丟人了，連忙捧著他阿娘的手問道：「那我娘子可是生了？」

常老夫人本想板著臉的，看著兒子這一臉焦急的模樣，就應該別告訴他，讓他急！但是，此刻她卻是怎麼也壓抑不住心頭的喜悅，笑道：「你個混小子，關鍵的時候就暈倒，沒得以後叫你兒子嘲笑他老子是個膽小的！二郎啊，你娘子給你生了個大胖小子，足足七斤呢！」

常侍郎覺得自己彷彿被砸了一下，腦子暈乎乎的，幸福來得太突然了，好一會兒，反應過來的他開始大笑，大聲喊道：「我常玖有兒子啦！我常玖有兒子啦！阿娘，我兒子呢？不對，我要先看我娘子！那臭小子折騰他娘好一陣子，我見了他後可要收拾他！」

常夫人罵道：「你敢！現在誰都沒有我的乖孫重要，我盼了多少年才盼來他，你還要收拾他？我堅決不許！你娘子太乏了，已經睡下了，孩子被抱到了奶娘那裡，大長公主也回去了。我再去看一眼我的乖孫後，也準備歇下了，今晚可是把大家都累著了。你倒是好，還暈倒睡了好一陣子呢，哼！」

「阿娘，那您趕緊去歇著，我得去看我娘子了。」

常老夫人看著常玖急匆匆就衝進屋子去，無奈地搖了搖頭，笑道：「我這麼多年來竟是養了個白眼狼，有了娘子，忘了娘喲……」

常侍郎悄悄地走進了屋，沒想到蘇雲居然沒睡，正笑咪咪地看著自己，只是人剛剛生產完，身子虛弱得很，臉上沒什麼血色，眼睛卻十分有神采。常玖一把握住蘇雲的手，眼淚瞬間就湧了出來，哽咽道：「辛苦娘子了，我……我……我本來是想陪著妳的，怎想到自己太沒出息，竟然暈了過去……」

蘇雲笑道：「我看你平日挺大膽的，沒想到只是裝的。好在你暈過去沒多久，孩子就出來了，我倒是沒遭太大的罪。咱們的兒子是個十分康健的孩子，你還沒去抱抱他吧？」

「我不想抱他，只想抱妳！在我的心中，就妳是最重要的，看我以後不好好收拾這小子，盡折騰我娘子！若是他以後敢不聽妳的話，可別怪我不給他好臉色，哼！」

常侍郎現在這話說得十分激昂，但後來卻對長得十分肖母的兒子毫無脾氣，此為後話。

常侍郎看著蘇雲一臉笑意，低聲道：「我不知道怎樣才能對妳表達我心底的感受，自從遇見妳，我平淡的人生彷彿就出現了一道絢爛無比的霞光，也是妳讓我這個木頭體會了什麼是情愛，如今又讓我做了父親，我心底除了對妳的滿心愛意，還有無限的感激。若問我常玖最感激上天的事是什麼，那便是遇見了妳，與妳結為夫妻。」

蘇雲聽這冤家嘴上跟抹了蜜一般甜，內心是既甜蜜又感動。想想自己前半生的那些事都彷彿夢一般，自從碰見這常侍郎後，她總算明白了情愛的滋味，也體會了人們所說的夫妻之間的琴瑟和鳴，她何其有幸能尋得這般良人，並如此對她，她真真是沒有任何的遺憾了。感動至極的蘇雲很想哭，可是想著自己現在是要坐月子的人了，萬萬不能哭，因此只得逼回眼中的淚，笑罵道：「你這般說話，可千萬別把我說哭了，人家都說坐月子不得掉眼淚，不然以後身體會不好呢！」

常侍郎聽了這話，連忙說道：「娘子不哭，該笑，今天是個好日子呢！」

夫妻二人相視一笑，有了對方的日子，真真是好啊……

——全篇完

2016年4月出版

君愛勾勾嬋

文創風394～395

老天待她，看似有心垂憐，實是無情作弄，
要不怎會重生一回，又欠了前世冤家的救命之恩，
而代價竟是再一世勾勾纏?!

美人嬋娟，君心見憐／杜款款

前世，她雖有皇后命，卻遭到篡位者三皇子韓拓的強娶，
不久便因頑疾未癒而香消玉殞了……
如今重生一回，本以為能憑己之力改變命運的軌跡，
哪曉得當她受困雪中險些小命不保，
竟遇上前世冤家——靖王韓拓，還承蒙他出手相救。
結緣莫結孽緣，欠債莫欠人情債，果真是所言不假，
平日他百般癡纏也就罷了，還讓皇帝親爹下了賜婚聖旨，
聖意難違啊，她只能既來之則安之。
嫁作靖王妃，枕邊人是戰功顯赫、能力卓越的王爺，
無論是朝廷動盪還是外患來襲，夫君總會牽扯其中，
可萬萬沒想到，戰場前線竟傳回了丈夫的死訊，
她不但成了下堂棄婦，還被人虎視眈眈覬覦著，
唉，為夫守節，難不成只剩青燈古佛一途了？

2016年3月出版

商女高嫁

文創風 388～389

這位大將軍，工作危險係數高，獎金雖多但一毛沒攢下，
爹不親、娘已逝，小媽鳩占鵲巢，同父異母的大哥對世子之位虎視眈眈。
名聲比她差，家底沒她厚，家裡糟心事比她多……
成親，還真難說是誰高攀誰！

娶妻單刀直入．甜的喲！／輕舟已過

世人都道她白素錦不是一般的好命，
一個退過婚的商戶女竟能高嫁撫西大將軍，山雞一朝變鳳凰！
可惜世人看不穿，撫西大將軍府就是個虛名在外的空殼子，窮的喲！
他說：「數日前，偶然經過令府門前，有幸一睹姑娘風采，再難思遷。」
哼，與其說他會提親是對她「一見鍾情」，倒不如說是「一見中意」更恰當，
想他堂堂一方封疆大吏、榮親王府世子爺，帳面上就只有三百多兩的現銀，
這……拮据得讓人難以置信，遇見她這麼會理財又有錢的當然再難思遷了。
不過，看在他拿金書鐵券以死保證他只會有她一個女人的分上，嫁了！
唉，她原是考古學女博士，穿越成了平民女土豪，
這一嫁，怕是要與皇家窮親王互相抱大腿過一輩子了……

有情有義・笑裡感動
活得率性・妙語如珠／小餅乾

2016年3月出版

二嫁得好

穿過來後，
她從寡婦到棄婦到貴婦，活得像倒吃甘蔗，
不只銀兩賺得飽飽，再嫁後夫妻生活也和和美美，甜得快膩人……

文創風 390 1

人家穿越是榮華富貴，而她穿來是個寡婦就算了，
才來沒幾日，居然就被趕出婆家門，帶著兩個小兒子窩山洞裡吃地瓜過活，
唉！穿過來之前沒當過娘，穿過來之後，不得不學著當個娘，
好幾回她氣得三人抱在一起哭，感動也抱在一起哭。
她想，既然回不去了，可得想法子讓這一窩三口吃飽、長進、活好，
看來能使得上力的就是她半吊子醫術、以及時不時來的靈光預感，
她決心要帶著兩個兒子活得有滋有味……

文創風 391 2

楊家人將她嫌得不成樣，還把她從寡婦休成棄婦，
呵呵，她倒覺得離了楊家那狼坑不是壞事，
人呢活著就是要有志氣能自在，機運來了，便能從賺小錢到賺大錢，
瞧她，活得多好，連棄婦都當上了，還怕人家說什麼，
想怎麼過日子就怎麼過日子，兒子想怎麼教就怎麼教，
醫術幫她賺一點，敢於嘗試幫她賺更多，
對人都一張冷臉的老寡婦，疼她的兩個兒子也順便對她好，
連房子都分他們一家三口住，就連老寡婦失而復得的兒子都對她……

文創風 392 3

說真的，楊立冬剛認識田慧這女人時，
他只有想翻白眼跟搖頭的分，要不就頻頻在內心嘆息……
天氣熱，她整個人懶洋洋躺在那兒，要她走動還會生氣；
說什麼都有她的理，直率得不像話，覺得她傻氣偏偏有時又很靈光，
倒是做起生意點子多，教起兒子很有她的理，連別人家的兒子也疼愛有加，
天下有女人像她那樣的嗎？他真真沒見過。
唉，男人一旦對個女人好奇起來，事情就沒那麼簡單了，
自願當起她兩個兒子外加一個乾兒子的接送車夫，
時不時就買好吃的討好三個孩子，人家可還沒叫他一聲爹呢！
那天，還趁她酒後亂性，誆騙她要對他負責，想方設法讓她只能嫁給他……

文創風 393 4 完

她棄婦的日子過得好好，本來沒打算再嫁的，
偏遇到了皮厚的冤家，對她吃乾抹淨還誆她要對他負責，
看在他對自家兩個兒子這麼照顧的分上，心想就跟他湊合著過看看吧……
沒想到，他對自己真是好得沒話說，
這一生，她沒奢想過能二嫁個皇上器重的將軍，
親兒子、乾兒子全考中、還連中三元，連開的餐館都賺得荷包滿滿，
現在的她什麼都不求，只求能度過命中這關卡，能跟他長長久久……

成親好難 下

國家圖書館出版品預行編目資料

成親好難 / 夏語墨著. --
初版. -- 臺北市 : 狗屋, 2016.05
冊 ; 公分. --（文創風）
ISBN 978-986-328-588-5（下冊：平裝）. --

857.7　　105003844

著作者　夏語墨
編輯　黃淑珍
校對　黃薇霓　周貝桂
發行所　狗屋出版社有限公司
地址　台北市104中山區龍江路71巷15號1樓
電話　02-2776-5889～0
發行字號　局版台業字845號
法律顧問　蕭雄淋律師
總經銷　知遠文化事業有限公司
電話　02-2664-8800
初版　2016年5月
國際書碼　ISBN-13　978-986-328-588-5
原著書名　**《庶偶天成》**，由北京晉江原創網絡科技有限公司授權出版

定價250元
狗屋劃撥帳號：19001626
網址：love.doghouse.com.tw　E-mail：love@doghouse.com.tw